日本の中の韓国文化

－滞日韓国人の宗教生活－

申長鎬

제이앤씨
Publishing Corporation

目　次

第2部
資料編

はじめに

　二十一世紀の始まりを迎えようとする現代の社会を人々は、科学の時代または情報の時代であると言っている。

　それほど、科学の展開が早いばかりではなく時折、科学的な価値観が、この世を支配しているように思われる時さえもある。しかし、このような社会に生きている人間も、その生活の営みの中では、科学に還元され得ない多様な意味世界が存在する。その中でも宗教は、たとえ形態を異にしてはいても、世界のあらゆる伝統の中にその存在を見いだしうるという意味で考えれば、人類が普遍的に体験してきたものの一つである。

　現在、関東地域とその周辺には多くの韓国人が居住している。彼らは、これまで戦前・戦中の日本植民地支配のもとで朝鮮から日本へ来た者とその子孫で構成されている「在日韓国・朝鮮人1)」と区別される新しい韓国人集団である。本書では、彼らを「滞日韓国人」と称する。滞日韓国人の来日は、1980年代の円高と1989年から実行された韓国民の海外旅行全面自由化によって主に労働、勉学が目的で来日し、滞在している韓国人である。

---

1)「在日韓国・朝鮮人」は、基本的には朝鮮が日本の領土から切り離された1945年8月15日以降の日本在住の韓国・朝鮮人で、その後1952年4月のサンフランシスコ講和条約の発効によって「日本国籍」を失った旧植民地出身者の子孫のうち「韓国・朝鮮籍を持つ者」である。しかし、1965年の日韓国交正常化以降、日本人配偶者などをもつ者とその子孫も在日韓国・朝鮮人として捉えられている。このように、その定義においては、歴史的にも制度的にも明確に表せない部分がある。そして、「在日」という言葉自体も1970年代の後半以降、二世、三世の若い世代が新たなアイデンティティの模索と関連して使われたものである。
　尹　健次1992『在日を生きるとは』岩波書店、pp.57~98.
　谷　富夫1995「在日韓国・朝鮮人社会の現在—地域社会に焦点をあてて—」駒井洋編『定住化する外国人』明石書店、p.135.

彼らは、これまでの在日韓国・朝鮮人との接点は殆ど持たず、概して定住志向が見られず、一時的な出稼ぎ、勉学が目的である。そして、総ての滞日韓国人は「韓国籍」を有している。

　以上のような定義づけで「在日韓国・朝鮮人」と「滞日韓国人」を区別するカテゴリーをもって論じて行きたい。

　こうした滞日韓国人社会には、神的能力が認められた菩薩(ボサル、Bo-sal)と呼ばれる宗教者(シャーマン)が存在している。通常、シャーマンは、異常心理状態において超自然的な存在(＝神霊・精霊・死霊)と直接交流し、その過程において予言・卜占・治療、祭儀などを行う呪術・宗教的職能者[2]のことである。

　滞日菩薩の多くは女性であるが、男性も同様の能力が認められてスニム(Seu-nim)または法師(ボップサ、Beob-sa)と呼ばれている。これらの名称に対して、現在の韓国では女性シャーマンは巫堂(ムーダン、Mu-dang)男性シャーマンは博士、卜師の訛伝[3]である博数(パクス、Bag-su)と呼ばれているが、巫堂が最も普遍的な名称として、男女の区別がなく韓国全体のシャーマンを包含する立場で用いられている。そして、研究者のあいだでも、蔑称と考えられている「巫堂」を批判なく用いることが多かったので学術用語としても市民権を得ている。しかし、当事者の面前では決して呼称されず、第三者同士が用いる名称が学術用語として定着していることには歴史における差別の背景と研究者自身における巫堂への偏見が伺えると言わざるを得ない。

　一方、滞日韓国人社会における菩薩・スニムは信者・依頼者から「様(ニム、Nim)」の敬称で呼ばれている。勿論、こうした敬称は菩薩・スニムの所へ熱心に通っている信者・依頼者が主として用いる。彼らにとって菩

---

2) 佐々木宏幹1980『シャーマニズム―エクスタシーと憑霊の文化―』中公新書、pp.25〜27.
3) 李 能和1927「朝鮮巫俗考」『啓明』第19号 啓明倶楽部、p.2.

薩・スニムは超人間的な能力と権威をもった存在と考えられているからで
あろう。

　現在、関東地域で巫業を行っている滞日菩薩は50人位と推定されるが、
正確な人数を把握することは困難である。韓国と行き来しながら活躍して
いる菩薩・スニムも存在しているので実際の活動人数は更に多いと思わ
れる。

　このように本書では、韓国シャーマニズムを基盤として、日本という異
国の特殊環境下で行われている「滞日韓国人のシャーマニズム」が研究対象
である。これまで韓国シャーマニズムの研究は、様々な分野で多くの学者・
研究者によって研究されてきたが、在外韓国人社会で信仰されている「韓
国型シャーマニズム」が研究されたのは皆無に等しく、関西地域で在日韓
国・朝鮮人の婦人層によって信仰されている韓国型シャーマニズムは生駒
山周辺を中心とする研究報告4)がわずかに見られるが、関東地域における
在日韓国・朝鮮人のシャーマニズムに関する研究、とりわけ、滞日韓国人
における韓国型シャーマニズム研究は筆者が最初となる。

　本研究資料は、1995年から現在までの数年間、滞日菩薩宅や修業およ
び儀礼の現場などを中心に行った現地調査資料と親しくなった菩薩・信者
の面接調査などから得られた基礎資料に基づいて、異国の地で繰り広げら
れている滞日韓国人の宗教生活の現状を把握する上で、韓国型シャーマニ
ズムの構造が持つ特質と機能の宗教学的立場からの研究を試みることに本
書の大きな特徴がある。

---

4) 詳細な論文及び書名は巻末の参考文献リストを参照されたい。

■凡　例

一　文中に現れる韓国の地名及び固有名詞は漢字、或いはカタカナで表記した。
一　フリガナは、漢語の場合は、漢字(カタカナ、ローマ字)の三つの順に表記し、ハングルは、カタカナ(ハングル、ローマ字)の順に記した。
一　文献については、「」は論文名を示し、『』は単行本または雑誌名を示す。そして、欧文書名はイタリック体で示した。
一　全ての参考文献の出版年度は、西暦に著した。
一　本文中に現れる[　]内の数字は調査年月日を表す。
　　例えば、[1999. 9. 20]は、1999年9月20日を示している。
一　韓国語の固有名詞、名詞などに対するフリガナが、不十分な発音表記と考え、2000年7月、韓国文化部告示(第2000-8号)の「国語のローマ字表記法」に従い、以下のような表記システムをもって、ローマ字表記を付した。

単母音	ㅏ a	ㅓ eo	ㅗ o	ㅜ u	ㅡ eu	ㅣ i	ㅐ ae	ㅔ e	ㅚ oe	ㅟ wi	
二重母音	ㅑ ya	ㅕ yeo	ㅛ yo	ㅠ yu	ㅒ yae	ㅖ ye	ㅘ wa	ㅙ wao	ㅝ wo	ㅞ we	ㅢ ui
基本子音	ㄱ g/k	ㄴ n	ㄷ d/t	ㄹ r/l	ㅁ m	ㅂ b/p	ㅅ s	ㅇ ng	ㅈ j	ㅊ ch	ㅋ k ㅌ t ㅍ p ㅎ h
複合子音	ㄲ kk	ㄸ tt				ㅃ pp	ㅆ ss		ㅉ jj		

第1部

滞日韓国シャーマニズム

序 章
シャーマニズムとは

　シャーマニズムは、その形態において複雑な呪術・宗教的行動の組み合わせに基づいて成立しているので、他の数多くの類似職能者や類似現象との間に明確な一線を引きがたいという性格を持っている。そのため、定義においても多くの学者によってなされてきたが、「シャーマニズムとは何か」という固定した共通の概念があるのではなく、諸研究者の学問的立場や方法の相違によって、その内容も様々な展開を示している。

　換言すれば、先史時代に始まり、狩猟・牧畜・農耕の各文化史をつらぬいて現在にいたるシャーマニズムという宗教現象自体が一つの固定された定義の中におさまらないほどの膨大さを持っていると言えよう。それはまさに、人類のもつ最古の文化であり、そして、その歴史をこえてそれぞれの民族、風土、歴史的な環境と社会構造などに応じて種々の分化や習合を成し遂げてきた最も長い生命力をほこる文化所産[1]である。また、その分布範囲においても北アジア、中央アジア、アメリカ大陸、インドネシア、オーストラリア、さらにヨーロッパからアフリカまで及んでいる[2]。

　つまり、シャーマニズムは世界の殆どの民族に広がっている宗教現象として種々の地域性があり、他の宗教現象と複合化していることが少なくないのである。そして、機能的には、特異な民族衣装を身につけて太鼓を打ち鳴らして神霊を招き寄せたり、天空へ飛翔して天界の神霊と直接接触・

---

1) 堀　一郎1971『日本のシャーマニズム』講談社、pp.31～32.
2) 堀　一郎・小口偉一監修1973『宗教学辞典』東京大学出版会、p.250.

交流し、その過程で卜占・予言、治病、祭儀などを行うとされている。

　滞日韓国人菩薩を他の宗教的職能者から区別できる一般的な特徴は「ト
ランスのような異常心理状態において超自然的な存在(神霊・精霊・祖霊)
との直接接触とその間において信者・依頼者への働きかけである3)」と言え
る。しかし、こうした枠組はあくまでも一般的なものであり、シャーマンと
超自然的な存在との接触内容や性質の問題は明白にされてない部分が多
い。よく、シャーマンやシャーマニズムの定義は学者の数だけあると言われ
るが、上述の呪術・宗教形態としてのシャーマニズムと、その中心人物と
してのシャーマンの特質や性格、役割などがわかりにくいという事実を間接
的に表現している4)のである。結局、シャーマニズムとは何か、何がシャー
マンを他の宗教的司祭と区別し得るのかの問題については、まだ諸学者の
間に一致した見解は持たれていないのが現状である。最近韓国では、仏教
やキリスト教のような外来既成宗教以外の伝統的な宗教現象や呪術的なす
べての行為に対してもシャーマニズムと称するほどである。

　こうしたことから、本稿においてはシャーマニズム論の是非を論議する立
場ではなく、ただシャーマンとシャーマニズムの概念が学者によっていかに
異なる定義づけが行われているかを示すにとどめておきたい。

　以下においては、シャーマニズムとその中心人物であるシャーマンの一般
的な特色と諸研究者の立場そして、研究方法の相違が大きく反映される
シャーマンと超自然的な存在との接触内容や性質の問題に関する先行研究
者の若干の定義を取り上げたい。

　まず、シャーマニズムの古典的定義としてマッカロック(J.MacCulloch)は
次のように要点を述べている5)。

3) 佐々木宏幹1992『シャーマニズムの世界』講談社、p.234.
4) 佐々木宏幹1980『シャーマニズム—エクスタシーと憑霊の文化—』中公新書、p.25.
5) J.A.MacCulloch, Shamanism,in:J.Hastings(ed), Encyclopaedia of Religion and
　　Ethics, vol.11, Edimburgh:T&T.Clark, 1920, pp.441～446.

　シャーマンは超自然的世界と密接な関係を結ぶことによって治病と卜占の役割を果たし、精霊が彼らを助け、憑依して命令をする。そして、シャーマンは諸精霊と肉体的・精神的に直接交流を行い、実際に霊界に接触するのである。またシャーマンは、精霊の助けによって通常の人間よりも優れた知識を獲得し、敵対的な精霊や呪力を制圧し駆逐する。その能力を行使している間、彼は明らかに通常とは異なる異常心理状態(トランス)にある。

　こうしたマッカロックの定義は、主にウラル―アルタイ諸族の現象に基づいているが、その定義は極めて包括的であり、職能者としてのシャーマンの諸特徴をほとんど網羅している6)。しかし、氏の定義は憑依現象を重視しすぎるきらいがある反面、肉体的にも精神的にも実際に霊界に接近するという脱魂現象を思わせる事に関しては明らかにされてない部分がある。

　これに対して、エリアーデ(M.Eliade)は、脱魂型のシャーマンに重点をおいて次のような主張をしている7)。

　シャーマニズムは古代的なエクスタシー(ecstasy)の技術であるとともに神秘主義であり、呪術であり、広い意味での宗教だとしている。エクスタシーとは、トランス状態の間にシャーマンの霊魂がその肉体を離脱して天に上昇し、地下界に下降すると信じられているとする。このような神秘的な旅

---

6) 佐々木幹1992『シャーマニズムの世界』講談社、pp.234～235.
7) M.Eliade, Le Chamanism et les techniques archaiques de l'extase,Paris:Librairie Payot,1951(translated by W.R.Trask, Shamanism―Archaic Techniques of Ecstasy, New York:Bollingen Foundation 1964, pp.xix～5.)
　M・エリアーデ著・堀　一郎訳1973『シャーマニズム―古代的エクスタシー―』冬樹社、pp.5～16.
　M・엘리아데 著・문상희 역1977『샤아머니즘』三省出版、pp.56～64.
　문상희 1977「샤아머니즘解題」文　相熙 外訳『世界思想全集 48』三省出版、pp.22～25.
　M・엘리아데 著・이윤기 역1992『샤마니즘』도서출판 까치、pp.11～33.
　佐々木宏幹1992前掲書pp.236～237.

行をそのイニシエーションにおいてはじめて経験する。その後、これを病人
の霊魂を探し、供犠動物の霊魂を天に運び、神々に捧げ、神々の恩恵を求
め、月をはじめ他の天体を訪ね、死者の霊魂を地下の冥土に届けるために
行使する。そして、エクスタシーは、苦悩、夢、想像などと同様に、人間
的状態の本質的部分を構成すると思われるから、その起源を特定の文化や
歴史に求める必要がないのでエクスタシーは非歴史的現象であるとしてい
る。憑依(possession)も極めて古代的な宗教現象であるが、その構造は厳
密な意味におけるシャーマニズムの特徴であるエクスタシー経験とは異なる
ため、シャーマンの憑霊が天上界や地下界に旅行している間に「精霊」がそ
の肉体に憑依したのであり、この逆のプロセスを想像することは困難である
としている。

　以上のようにエリアーデはシャーマニズムの本質的特徴であるエクスタ
シーを脱魂と見なし、これを人間の本質的条件と考える立場から、宗教現
象を解釈、説明しようとしている。したがって氏のシャーマニズム論は、現
実の特定社会の現象に対する記述よりも、本質の探究に、また形態の分析
よりもその意味の解明に焦点をおいている。そして、憑依現象を中心に
シャーマンやシャーマニズムを扱おうとする現地重視的立場が多い近来の
研究傾向の中にあって、宗教史学的に脱魂型シャーマニズムを位置付けた
ことの意義は大きい。

　しかし、特定社会のシャーマンの役割やシャーマニズムの構造と機能を
問題にする立場に立つ記述・分析にとって、氏の立場や枠組は著しく有効
性を減少することにもなり得る。それは、現代諸民族社会の間で機能して
いるシャーマニズムにおいて、エリアーデの意味における本質的特徴(＝エ
クスタシー)を大きく逸脱した憑依型が支配的であり、しかもそれは、その
社会の他の呪術・宗教的体系と関連した意味と役割を現に果たしているか
らである。このように本質を問題にする視点からは、少なからず変容し、あ

るいは修正された形態と見なされうるものでも相応の現実的な意味と有効
性を具えている限り、地域社会の宗教として、本質に関係なく問題にされ
なければならないと思われる。

　以上の定義は、いずれもシャーマニズムを普遍的現象と考える点で共通
しているが、これに対してR・ファースは、憑霊(spirit possession)と霊媒
術(spirit mediumship)とシャーマニズム[8]を次のように区別している。

　憑霊はトランスの一形態であり、それは通常、ある人物に外在する精霊
が、彼の行動を支配している証拠と解される。また、霊媒術は、通常憑霊
の一形態であり、ある人物が精霊と人間との媒介者としての役割を果たし
ていると考えられている。その重要な点は「交通」にあり、霊媒の行為と言
語は他人に理解できるものでなければならず、この点で単なる憑霊や狂人
の場合と区別される。こうした点から憑霊と霊媒を区別している点は示唆
的であると言える。つまり、トランス状態においていかに異常な言動を示し
ても、シャーマンは精神異常者ではないからである。彼らはトランス状態が
解けてしまうと、極めて日常的な人物であるとされる。しかし、ファース
は、シャーマニズムを北アジアにおける特有な宗教現象と見て、他地域の
類似現象と区別しているが、これは一見識ではあっても、現在の研究動向
から見ると少数意見に属する。

　以上、これまでの諸定義の傾向・分析から明らかなことは、シャーマン
がトランス状態になり得る人物である点ではすべて一致しているが、トラン
スの内容や性質の解釈をめぐって種々の差異が出てくるということである。
しかし、トランスが人間の心理内容であるからこれを正確に把握し、分析
することは極めて困難である。

　「トランス」や「エクスタシー」の諸概念は、人類学や宗教学だけからのア

---

8) R.Firth, Problems and Assumptions in an Anthropological Study of Religion,
　Journal of the Royal Anthropological Institute, 89.2,1959,pp.129〜148. 佐々木
　宏幹1992前掲書pp.239〜240.

プローチには限界があるので心理学、生理学、精神医学などの協力によっ
て、より正確を期するべきだと思われる。

　いずれにしても、シャーマン、シャーマニズムの語は、二十世紀になると
世界各地の類似職能者に適用されるようになり、現在では世界の大半の全
域にわたって民族学者や人類学者によりシャーマニズム的(shamanistic)な
現象やシャーマン的(shamanic)な人物、職能者の存在が指摘されるように
なった9)。

　確かに、今日におけるシャーマンやシャーマニズムの用語は、シベリアを
中心に北東アジアの諸民族に見られる特有な呪術宗教的現象10)に限定す
る狭義にとどまらず、グローバルに使用されるようになって、研究上におけ
る様々な問題が生じていることも事実である。しかし、シャーマンとシャー
マニズムという語は、各地の類似現象に対してますます広く適応されてい
る傾向にある。現在においては、むしろシャーマン、シャーマニズムの用語
を広く適用すると共に形態や役割上の差異を比較しながら、地域型を設定
することが今後の研究、調査を進める上でより有益であると思われる。

---

9) 佐々木宏幹1980前掲書p.23.
10) 桜井 徳太郎1974『日本のシャーマニズム・上巻』吉川弘文館、p.34.

第 1 章
韓国シャーマニズムの研究史

1.1　先行研究

　今日に至るまでシャーマニズムという用語で著される宗教現象は韓国においては「巫」または「巫俗」と呼ばれてきた。巫俗の「俗」は、李氏朝鮮時代において儒教を崇拝する両班官僚がみる「俗なるもの」の意[1]をもち、儒学者の巫堂に対する差別語として用いられた。こうした傾向には、シャーマニズム現象を社会的習俗として捉えようとする意図が含まれている。そして、宗教現象に対する歴史的な関心と独自性への考慮が欠けていると思われる。

　韓国のシャーマニズムは、東北アジアおよびユーラシア内陸一帯にわたる普遍的な原始宗教現象の一部であるが、韓国の文化史を通して形成された韓国的特殊性を持つものと言えよう。したがって、韓国的シャーマニズムに対する固有名詞として、単なる社会的習俗以上に、より宗教的現象であることをあらわすと同時に「韓国的シャーマニズム」をあらわす名称である[2]。

　韓国におけるシャーマニズム研究は、戦後もっとも活発な研究成果を示した。戦前においても、早くから李 能和らの文献研究や孫 晋泰、赤松智城・秋葉隆らのフィールド調査が進められ、朝鮮総督府もシャーマニズム

---

1) 조 홍윤1997『巫 − 한국무의 역사와 현상 − 』정음사、p.12.
2) 柳 東植1976『朝鮮のシャーマニズム』学生社、p.14.

の実態を究明するのに努力した。

　しかし何といっても、日本植民地からの解放後、次々と発表された韓国シャーマニズム研究は輝かしい業績を残したといえる。こうした傾向をもたらしたのは、元来韓国シャーマニズムが多彩なシャーマニズムの宝庫であった点が起因していると思われる。その反面、解放前の日本の羈絆を脱することによって、直接世界の学者との交流がふえ、その刺激を受けたためでもあろう。そして自民族の文化パターンを自らの手で調査・分析する方向が打ち出されてきたからである。さらに、韓国文化広報部などの官庁が、この風潮に動かされて自国伝統文化の解明と保存のために国家的調査体制を編成し、全国的な規模の文化財調査にのり出したことも大きな成果をあげた。その報告書は、すでに完成刊行されている[3]が、その内容はシャーマニズムの記事が多くのスペースを占めている。さらに、民間においても韓国民俗学会、韓国文化人類学会[4]などが組織され、全国主要大学のシャーマニズム研究者が会員となって、その機関誌に貴重な論考が多数掲載されている。これらの活動がやがて花を開き、東アジアのシャーマニズム研究の発達に寄与したことは言うまでもない。

　以上のような韓国シャーマニズム研究の歴史は、三つに分けて考えることができる[5]。

　第一は、高麗末期から朝鮮時代の儒学者たちの巫俗に対する批判的な態度で記された史料であり、第二は、1900年代前後から始まった西洋基督教宣教師による研究と1930年代の植民地下においての日本人学者による研究がある。そして最後に1920年代から今日に至るまでシャーマニズムを韓国

---

3) 1968年、全羅南道から始めて全国各道にわたり、民俗総合調査を実施し、『韓国民俗大系』全10巻が韓国文化公報部文化財管理局から出版されている。
4) 韓国民俗学会は1968年、韓国文化人類学会は1958年に創設された。
5) 金　泰坤1989「巫俗研究半世紀의 方法論的反省」民俗学会編『巫俗信仰4』教文社、p.152.

の伝統文化として捉えた国内学者・研究者による研究がある。

　国内学者による歴史的な研究としては、戦前の文化史家・宗教史家である李　能和による文献研究が代表的である。氏が1927年に季刊誌『啓明』第19号に発表した「朝鮮巫俗考」は、韓国のシャーマニズムに関する最初の総合的論文である。氏は、この論文において『三国遺事』『三国史記』の古文献に基づいて高句麗、百済、新羅の三国時代における古代シャーマニズムの起源と『高麗史』と『朝鮮王朝実録』などの文献に基づいて高麗期及び朝鮮時代についても歴史的考察を試みると共に朝鮮全土にわたる巫覡信仰の解説をも試みたのである。

　こうした「朝鮮巫俗考」は、文献研究の限界性はあるものの韓国人学者によって行われた最初の韓国シャーマニズム研究の歴史的意義は大きいと言える。

　これに対して、歴史的研究をしながら周辺民族との比較研究を試みたのが民族史家である崔　南善である。氏も『啓明』第19号に「薩満教箚記」を発表した。この論文において氏は、Shamanを「薩満、Sal-man」と音借し、ツアップリカ(M.A.Czaplika)のシベリアのシャーマニズムに関する研究と鳥居竜蔵の日本周辺民族の原始信仰に関する研究を紹介[6]しつつ、これらを通して韓国の古代信仰を考察しようとしていた。しかし、韓国シャーマニズム自体を直接研究対象にはしていない。氏の韓国シャーマニズム研究に貢献した論文は「不咸文化論」[7]である。この論文では、韓国の古代思想体系の究明を目的として建国神話の檀君をシャーマンとする見解を示していることが注目される。そして、東北アジアのシャーマニズム文化圏を論じながら韓国シャーマニズムの性格と位置を解明しようとした。

　このように、李　能和、崔　南善が主に文献によるシャーマニズム研究を

---

6) 崔　南善1927「薩満教箚記」『啓明』第19号、啓明倶楽部、pp.1～51.
　　崔　南善1973「薩満教箚記」『六堂　崔　南善全集2』玄岩社、pp.490～518再録.
7) 崔　南善1973「不咸文化論」『六堂　崔南善全集Ⅱ』玄岩社、pp.43～76.

行ったのに対して、民俗誌的研究を行ったのは孫 晋泰である。氏は、1930年に咸鏡道、平安道、慶尚道地域の巫歌を現地調査し、韓国最初の巫歌集として『朝鮮神歌遺篇』[8]を出版した。その後もシャーマニズムに関する論文を発表[9]し、シャーマンの条件における巫病の重要性と性格を具体化した。

そして、外国研究者による韓国シャーマニズムに関する研究発表はハルバート(H.B.Hulbert)によって、月刊誌The Korea Review(1903)に前後六回にわたって「韓国のムーダンとパンス」(The Korean Mudang and Pansu)[10]を載せたことに始まる。その後、宣教師クラーク(Clark)は、ハルバートの民俗誌と彼自身の現地調査の資料を基に民族学的研究を発表した[11]。氏の論文では、ムーダンとバクスがシベリアのシャーマニズムと直接つながるものとし、シベリアのシャーマニズム分類領域内における韓国シャーマニズムを究明しようとした。

そして、1930年代から終戦までは日本人学者による韓国シャーマニズム研究が主であった。この時期の研究は、日本植民地下で朝鮮総督府の支援による植民政策色の強い研究が行われたが、従来の部分的に研究された韓国シャーマニズムが中央官庁の支援の下に朝鮮全土にわたる現地調査が実施され、資料蒐集が行われた。韓国シャーマニズム研究に貢献した代表的な研究者として、村山智順と京城帝国大学教授であった赤松智城、秋葉

---

8) 孫 晋泰1930『朝鮮神歌遺篇』は、郷土研究社から出版されている。
孫 晋泰1981「朝鮮神歌遺篇」『孫 晋泰全集 5』太学社、再録。
9) 孫 晋泰の主な論文は「中華民族의巫에関한研究」「朝鮮及中国의腹話巫」「盲覡考」があり、1948『朝鮮民族文化의研究』に集録され、乙酉文化社から出版されている。
孫 晋泰1981「中華民族의 巫에 関한 研究」「朝鮮及中国의 腹話巫」「盲覡孝」『孫 晋泰全集2』太学社、pp.314〜394再録.
10) Homer B. Hulbert. The History of Korea,2 vols.1905 ; The Passing of Korea,1960.
11) C.A.Clark, Religions of Old Korea,1929,pp.173〜219.

隆が挙げられる。

　村山は、当時朝鮮を支配していた朝鮮総督府の嘱託研究者として民間信仰の資料を蒐集して出版[12]するとともに多分野にわたって朝鮮全土におよぶ規模で資料を蒐集したという意味からも多くの業績を残している。しかし、その蒐集方法においては、当時の全国の各警察署を通して調査したものを収集、分類したに過ぎず体系的な研究には至っていないと言える[13]。しかし、全国的な規模でシャーマニズムを研究したことはその後の研究者に大きな影響を及ぼした。

　その後、韓国のシャーマニズムに関する総合的・体系的研究は赤松智城、秋葉隆によってはじめてなされた。秋葉は、社会人類学的立場から現地調査に基づく研究を行い、マリノフスキー(B.K.Malinowski)の「深化的社会学的方法(intensive sociological method)による研究」を試み、韓国におけるシャーマニズムを集約的に調査して、社会構造との関係から全貌を捉えようとした[14]。そして、赤松智城との共同著作1937年『朝鮮巫俗の研究 上巻』・1938年『朝鮮巫俗の研究 下巻』を世に出した。

　上巻は、もっぱら巫儀において歌われる巫歌と祝詞を収録した資料集としてソウル・京機道地方と済州島地域の巫歌を集録し、下巻では、上巻の資料と文献および現地調査資料に基づいて、朝鮮シャーマニズム全般を分析・研究している。その後、秋葉は、下巻の中で赤松が執筆した第四章以外を修正編集して1951年『朝鮮巫俗の現地研究』[15]を出版した。しかし、著書における氏の研究は宗教現象としてのシャーマニズムというよりは韓国社会の習俗として捉えているきらいがある[16]が、韓国シャーマニズム研究の

---

12) 村山智順は、1929『朝鮮の鬼神』、1931『朝鮮の風水』、1932『朝鮮の巫覡』、1933『朝鮮の卜占と予言』『朝鮮の類似宗教』、1937『部落祭』、1938『釈奠・祈雨・安宅』を朝鮮総督府発行として出版している。
13) 柳 東植1976前掲書pp.15～16.
14) 柳 東植1975『韓国巫教의歷史와構造』延世大学校出版会、pp.16～18.
15) 秋葉 隆1951『朝鮮巫俗の現地調査』養徳社から出版されている。

現地調査に基づいた実証的研究として後世に大きな影響を及ぼしている。

　秋葉の研究と著作が世に出てから暫くは韓国シャーマニズムに関する総合的研究はほとんどなく、1960年代になって韓国の若い文化人類学者、社会学者、国文学者たち[17]の間から新たに研究がはじめられつつあった。

　その後、韓国文化広報部などの政府機関によって自国文化の解明と保存のために行われた全国レベルの実態調査は韓国シャーマニズムの研究史に大きな業績を残しているといえる。そして、学者・研究者においても貴重な論考が数多く発表され、韓国シャーマニズム研究の発達に多大な貢献をした。

1.2　在日・滞日シャーマニズムの研究史

　在日・滞日韓国シャーマニズムとは、日本国内に居住している韓国人社会で信仰されている「韓国型シャーマニズム」の総称である。韓国シャーマニズムは、韓国古代の民間信仰がその歴史的変遷を通して、民間信仰いわゆる巫俗と言われながら信仰されている宗教現象の総体を示している。韓国における自然宗教としてのシャーマニズムは宗教文化史の中で外来文化および外来の諸宗教と接触・融合を繰り返して変化してきた。そして、表層形態の変化に留まっている部分もあれば、深層形態にまで影響されている部分も少なからず見られる[18]。しかし、韓国シャーマニズムが多かれ少なかれ他宗教の影響を受けながらも、その構造においては一貫して維持されている[19]ように、在日・滞日韓国シャーマニズムにおいても韓国内のそれ

16) 金　泰坤1989前掲書p.157.
17) 著名な研究者として、任　晳宰・任　東権・李　杜鉉・張　籌根・柳東植・玄容駿・金　泰坤・崔　吉城らの諸氏が挙げられる。
18) 金　仁会 1975「韓国의 샤머니즘」『宗教란 무엇인가』분도出版社、pp.136〜139.

と大差なく、基本構造は維持されている。

　現在の在日シャーマニズムは、消えうせた韓国の古代宗教でもなければ、単なる未開民族の原始宗教でもなく、在日社会における母国の宗教文化のひとつとして、とりわけ関西地域を中心に多く存在し、現在においても生き続けている。

　しかし、その研究においては、当事者である日本および韓国の研究者たちの在日韓国社会における宗教文化に対する無関心と観察力の不足によって、十分に研究・理解されていないことは否定できない。

　在日韓国人に対する最初の調査報告は、1929年に東京府が行った『在京朝鮮人労働者の生活状況』で、わずかに彼らの宗教生活に関して紹介されている。報告によれば、「宗教が人間生活にとって、欠くべからざる必要なものであるとすれば、朝鮮人労働者は、必要欠くべからざるものを欠いて生活している」[20]としているが、当時の朝鮮人労働者の来日動機が出稼ぎであったことなどから教会、寺院などに参拝する精神的、時間的な余裕がなかったと考えられる。しかし、在日韓国人の生活文化の中にシャーマンの存在が確認されたのもこの頃である。

　このように戦前から行われた調査は、日本の行政機関や警察関係機関が中心になって、朝鮮人居留地域別に多く報告されているが、その大半は在日朝鮮人全体が行動し得るとされる独立運動と労働運動の事前感知が目的であった。そして、思想調査、犯罪調査に伴う生活状況などの把握が調査の中心目的であった。

　そして、戦後の在日韓国人の研究は、東京に在住する済州島出身者の文化変容を中心として泉　靖一による「東京における済州島人」[21]がある。その後、渡辺正治・大森元吉や丸山孝一によって広島における在日韓国

19) 金　仁会 1975前掲書p.141.
20) 朴　慶植1975『在日朝鮮人関係資料集成』第3巻、三一書房、p.931.
21) 泉　靖一1966「東京における済州島人」『済州島』東京大学出版会、pp.233〜275.

人の調査研究が行われた。しかし、いずれの調査報告も在日韓国人の宗教
または宗教生活の把握が目的ではないものの、当時の在日韓国人における
宗教への関心度は「極めて低い」と記している。

　在日韓国人社会における宗教文化が学問的な関心によって本格的に研
究され始めたのは、1965年頃である。東洋史学の岡崎精郎によって生駒山
周辺の朝鮮寺[22]調査が実施された[23]。その後、1980年代になってから文化
人類学の米山俊直による生駒の神々の調査と、大和・河内を結ぶ圏域の
中に生駒を位置づけようとする踏査がある[24]。そして、在日韓国人である
梁　永厚が1982年行った調査報告[25]で氏は、在日一世の女性たちが本国の
宗教文化の中で育ち、それを身につけて在日として生き続けながら日本文
化と政治的外圧にも本国の宗教文化を離すことなく伝承し、生活現象とし
て機能していることから在日宗教文化の見直しを試みた。

　そして、1985年に「宗教社会学の会」が行った生駒山周辺の在日韓国系
寺院の調査報告がある[26]。調査報告では、生駒山や信貴山周辺を中心に
散在している朝鮮寺院の所在と現状を把握するとともに、行われる祖先祭

---

22) 生駒山周辺に散在している朝鮮寺院は63ヶ所あると報告している。朝鮮寺院
　　は、主に在日韓国人の婦人層に信仰されている寺院であり、その宗教的形態は
　　韓国のシャーマニズムと仏教が混淆している。
　　これらの寺院を総称して「朝鮮寺」と称するが、一般的には定着していない。
　　宗教社会学の会篇1985前掲書p.236.
23) 岡崎精郎1966「朝鮮寺調査記─中間報告として─」『朝鮮学報』第39・40合併特
　　輯号。
　　　同　　1976「大阪と朝鮮─在阪朝鮮人と朝鮮寺の問題を中心として─」
　　　宮本又次編『大阪の研究』第1巻が清文堂から出版されている。
24) 米山俊直1972「生駒の神々」『エナジー』第32特集号、エッソ。
　　　同　　1982『大和・河内発見の旅』PHP研究所。
25) 氏は、大阪市内や生駒山麓に存在する朝鮮寺の現状と活動は1982「在日の
　　シャーマン」『季刊　三千里』第30号が三千里社から出版されている。
26) 飯田剛史・谷富夫・芦田徹郎・秋庭裕が中心に行った調査報告は、宗教社会
　　学の会篇1985「朝鮮寺─在日韓国・朝鮮人の巫俗と信仰─」『生駒の神々─現
　　代都市の民俗宗教─』創元社から出版されている。

祀や巫儀などの儀礼を紹介し、在日シャーマニズムを宗教社会学的立場で研究した。

　いずれにしても、これまでの在日韓国人に関する研究は、済州島出身者などの特定地域集団や在日韓国人の密集居留地域である関西地方を中心に、祖先崇拝や宗教文化が注目されると共に社会学的な立場から研究されることが多かった。

　一方の滞日韓国シャーマニズムは、関西地方の生駒山周辺に散在している朝鮮寺中心の在日韓国シャーマニズムとは対照的に東京周辺の関東地域を中心に形成されている滞日韓国人社会で信仰されている韓国型シャーマニズムである。これまで、滞日韓国シャーマニズムが研究されることはなく、むしろその存在も認められなかった傾向がある。

　そこで、筆者は滞日シャーマニズム研究の出発点として、東京周辺の各地に居住している多くの滞日韓国人にシャーマニズムがどのような役割を果たし、如何なる結果を生んでいるのかに対する構造的・機能的地平を宗教学的な立場から究明したい。

1.3 研究対象と内容

　近年に入ってから、韓国におけるシャーマニズムが韓国人の宗教生活の中で果たした役割は多くの研究者によって注目され、研究されている。これまでの先学者たちの韓国シャーマニズム研究は、大きく三つに分けて考えることが出来る[27]。

　　1) 巫堂自体に関する研究である。つまり、巫堂の人生史や巫病過程そ

---

27) 崔 吉城1994『한국무속의 이해』예전사、pp.258～259.

して、入巫後の世界観、結婚観などに関する研究である。

2) 巫堂の巫業活躍の中心である儀礼の研究である。儀礼研究は、韓国シャーマニズム研究の歴史でもあり、多くの事例が報告されている。しかし、巫儀(クッ、Gut)そのものの研究より、巫儀の際に用いられる巫歌を中心に研究が行われた。巫歌は、韓国シャーマニズムを理解する上で重要な資料ではあるが、儀礼の構造と機能を理解できる核心的な研究には及ばない。そして、今日においても諸巫儀をリアルに調査報告している研究は殆ど報告されてないのが現状である。

3) シャーマニズムを信仰する信者・依頼者に対する研究である。信者と巫堂は如何なる関係で結ばれ、如何なる時に儀礼が行われるのかの研究である。しかし、その多くは地域社会における巫堂と信者の関係を中心に行ったもので、個別にシャーマニズムを信仰している信者・依頼者に対する調査研究はなされてない。もっとも、個人の信者・依頼者を対象に面接調査を行って、巫儀の儀礼と行為が当人にとって、どのような意味と機能を持つかなどに関する研究は面接調査自体が困難である部分も認められる。

しかし、いずれにしても先学者の研究対象は、韓国内で行われているシャーマニズムが中心であって、在外韓国人社会におけるシャーマニズム信仰が韓国の研究者によって研究された例は無に等しく、未だ、存在も知られてない未知の世界である。

このように、従来の研究では、韓国シャーマニズムは韓国内部のみにおける宗教現象として捉えられてきたに過ぎず、在外韓国人社会における韓国シャーマニズムの研究はなされたことはない。

近代の日本の政治、経済、文化、思想の発祥地である首都東京とその周辺地域には1980年代から新しく、滞日韓国人社会が形成されている。彼らの大半は一時的な出稼ぎ或いは勉学が目的で来日し、滞在している。

こうした滞日韓国人社会のなかには菩薩と呼ばれる宗教者が多く存在し、日頃から訪れてくる信者・依頼者の要望に応じる宗教活動を行い、か

つて「在日韓国・朝鮮人は宗教的信仰心が欠けている」といわれた戦前の時代とは対照的に、韓国シャーマニズムは、現在の滞日韓国人社会の中で新しい展開を見せている。

　本書では、前述のように在日韓国・朝鮮人と滞日韓国人を別のカテゴリーとしてとらえ、先学者の諸研究成果を踏まえた上で研究を進めていきたい。まず、滞日菩薩の人生史と彼らが局面した巫病と入巫を事例として取り上げ、入巫後の彼らにおける諸神霊観を日常生活から探る。さらに、巫儀(財数巫儀)の過程に行われる諸神霊・依頼者・菩薩の三者によって行われる神託を調査資料に基づいてリアルに記し、巫儀の正確な構造を考察する。

　事例研究においては通常、韓国内で巫堂と呼ばれる宗教者が滞日韓国人社会では、女性巫の場合は菩薩、男性巫の場合はスニムあるいは法師と仏教に由来する名称などで呼ばれているが、両者の総称として「菩薩」の言説を用いる。

　そして、本国の巫堂と同じくシャーマニスティックな性格を持つ宗教者として関東地方で活躍している滞日菩薩を総合的に研究・考察する。

　そして、研究方法としては滞日シャーマニズムを宗教現象としてとらえ、宗教・社会的機能を問題にし、菩薩の役割などを分析するとともに、人類学的立場から現地調査の資料に基づいて、滞日シャーマニズムの構造と機能に関する宗教的意味を明らかにする。

　本書の叙述は、序章と終章を含む6章から成っている。序章では、シャーマニズムの宗教現象がその形態において複雑な呪術・宗教的行動の組み合わせに基づいて成立しているので、他の数多くの類似職能者や類似現象との間に明確な一線を引きがたいという性格を認めつつ、シャーマニズム論の是非を論議する立場ではなく、シャーマンとシャーマニズムの概念が学者によっていかに異なる定義づけが行われているかを提示するにとどめ、本書

が、広義のシャーマニズム定義をもって論を進める事を示した。

　そして、第1章では、先学者たちの先行研究として韓国シャーマニズムの研究史を三つに分けて考えた諸研究者の立場を総合した。つまり、第一に、高麗末期から朝鮮時代の儒学者たちの巫俗に対する批判的な態度で記された史料であり、第二は、1900年代前後から始まった西洋基督教宣教師による研究と1930年代の植民地下において日本人学者による研究である。そして最後に1920年代から今日に至るまでシャーマニズムを韓国の伝統文化として捉えた国内学者・研究者による研究を再検討すると共に、戦前における在日韓国人の宗教活動と戦後の在日・滞日韓国シャーマニズムの研究史から在日菩薩の存在を確認することを提示した。

　第2章では、本書の主題となる在日・滞日菩薩を戦前・戦後の菩薩と現在の滞日菩薩に区分し、それぞれの歴史を日本政府によって行われた在日韓国・朝鮮人に関する調査報告資料と在日菩薩の証言に基づいて、その歴史を検証すると共に現在関東地域で巫業を行っている滞日菩薩の形成期を述べた。そして、菩薩の類型を問題に取り上げた。つまり、先学者が行った入巫形態による分類として降神巫と世襲巫に区分できることを認めた上で、滞日菩薩に現れる特徴として、入巫地域による分類を行い、「本国型菩薩」、「在日型菩薩」、「滞日型菩薩」の三つに分類できることを新たに提示した。このように分類が可能なのは入巫後における菩薩の巫業活動でそれぞれの相違点が見られるからである。

　第3章では、韓国内におけるシャーマンの名称を考察し、一方の滞日韓国人の信者・依頼者が菩薩と呼称する理由を分析した。そして、滞日菩薩の成巫過程を菩薩個々の人生史における巫病と入巫過程を調査資料に基づいて述べてその特徴を考察した。

　さらに、入巫後の彼らの修行と活動を考察すると共に、菩薩になった彼らの神堂と巫儀堂の構造、また、諸巫儀が行われる際に用いられる巫具、そして巫楽器、巫服などに関する特徴をも考察した。

　第4章は、滞日韓国人社会で最も多く依頼され、行われる財数巫儀(チェスクッ、Jae-su-gut)の事例を各段階別に区分し、その過程を詳細かつリアルに紹介し、宗教的構造を考察すると共に滞日シャーマニズムの機能を予言・卜占、治病、祓除の三つの機能に分けて考察した。

　そして、第5章では滞日シャーマニズムにおける神霊観と諸神霊の分類を試みた。滞日菩薩に信仰されている神霊は、韓国内で信仰されている神霊が大半を占めているが、日本系の神霊も信仰されていることを確認し、こうした神霊の形成と性格を把握・考察した。また、滞日シャーマニズムに現れる他宗教の要素と融合関係に関し、それそれに及ぼした影響をも本章で考察を行った。さらに、滞日シャーマニズムと祖先崇拝を主題に取り上げ、シャーマニズムに見る祖先の概念と儒教のそれと比較しつつ述べている。韓国国内で行われる祖先崇拝は儒教祭祀に代表され、女性が参加することが基本的には認められない。反面、滞日韓国人女性はシャーマニズムを通じて盛んに祖先供養を行っていることを指摘し、異国の地で女性中心に行われる祖先崇拝の相関関係を考察した。

　第6章では、滞日シャーマニズムにおける救済の構造を信者・依頼者の依頼内容と菩薩の処方の事例を参考にし、救済の類型を考察することにした。そして、依頼者の依頼内容における夢と菩薩自身における夢の意味の解釈をも試みた。また、菩薩が信者・依頼者の要望に応じる救済の一つとして用いる符籍(ブジョク、Bu-jeog)を取り上げ、その種類と各符籍が持つ救済機能に関して資料を提示しながら考察を試みた。

　そして、結章では、以上のように述べた滞日韓国シャーマニズムの全体相を通して明らかになった構造と機能に現れる特徴を韓国の巫堂と滞日菩薩を比較しながら異国の地で新しく展開している彼らの活動を考察し、滞日韓国人社会における滞日シャーマニズム文化の位置付けを試みた。

　以上のように本書は、これまでの研究成果を総合し、滞日韓国シャーマニズムの全貌をつかみうる構造と機能を中心に研究を行った。

第2章
滞日菩薩の歴史と類型

2.1 滞日菩薩の歴史

　戦前の日本産業界の最底辺を支えていた朝鮮人労働者が単身で日本に
やって来て、後に家族を呼び寄せ始めたのが1930年代の初め頃である。こ
うした労働者やその家族の渡日につれられて、菩薩たちの来日が始まった
のもこの頃だと考えられる。それを裏付ける資料は、大阪府による生計調
査書「在阪朝鮮人の生活状態」1)がある。調査によれば、大阪市内に一戸を
構える朝鮮人世帯一万八五三戸に対する職業統計欄には、宗教を専業と
する数として、牧師1、布教師3、僧侶2、神占師2、巫女1と記している。
　しかし、それより3年前に行った東京府の調査2)では大阪府と対照的に神
占師や巫女の報告はされてない。大阪の統計で見るように神占師2・巫女
が1という調査結果と東京府の調査結果の背景には、当時の植民地当局
がシャーマニズムを未開の習俗・迷信として排他的であったことと、巫堂
を蔑視する朝鮮の身分制度が残っていたため、正確な巫者の把握が困難で
あったと考えられる。従って、東京府では実際の活動菩薩が存在し、大阪
府は、更に多くの巫者が朝鮮人労働者の宗教生活に関わっていたと思わ
れる。
　そして、敗戦後の東京では、在日韓国・朝鮮人社会においてシャーマニ

---

1) 1932年、大阪府学務部が朝鮮人労働者の分布状況、雇用関係、失業の状態、
　生活及び生計状態などを詳細に調査・報告したものである。
2) 1929年、東京府学務部社会課が行った「在京朝鮮人労働者の状況」。

ズムが女性たちを中心に信仰[3]されたという調査報告がある。泉　靖一による「東京における済州島人」[4]の調査報告がそれである。

　氏の報告には、「…Ｘ地区には三人の[5]がいて、済州島人の宗教的要求を満たしている。行事に用いる太鼓や鐘は済州島のそれとほぼ同様である。しかし、神房たちは神房であることに劣等感をいだき、他の人々にひたかくしに隠している。済州島本来の神歌や本解[6]は、ほとんど忘れられているが、行事の進行方、入巫過程などは本島のそれとは変わらない。神房の支持率は、われわれの調査では、男子はゼロ％、女子は14.3％という結果が出ているが、実際にはおそらく女性の支持率はさらに高いものと考えている」とある。

　こうしたことから、今日における在日菩薩の存在は二つに分けて考えるべきである。

　一つは、戦前から在日韓国人が集中的に在住していた地域、主に関西地方を中心に活躍した「在日型菩薩」である。在日型菩薩の存在は、本国の生活文化の中で育ち、日常生活において身に付けた韓国シャーマニズムを在日社会においても信仰し続けた在日一世の女性たちに支えられた。彼女らは、日本文化と政治的外圧にも身に付けてきたシャーマニズム文化を離すことはなかったと思われる。一方、現在では在日韓国・朝鮮人の世代交代によってシャーマニズムが廃っていると思われがちだが、関西地方では、在日一世や二世・三世の女性たちに支えられて盛んである。

　このように関西地方でシャーマニズムを信仰している多くの在日韓国・

---

3) 梁　永厚1982「在日のシャーマン」『季刊　三千里』第30号、三千里社、p.98.
4) 泉　靖一　外編1951「東京における済州島人」『民族学研究』16巻1号、pp.1～24.
5) 韓国本土では、シャーマンにおける名称として巫堂、万神、博数、タンゴルなどがあるが、済州島では神房(シンバン、sin-bang)と呼ばれている。
　　玄　溶駿1985『済州島巫俗の研究』第一書房、pp.31～35.
6) 本解(ボンプリ、bon-puri)は、巫儀における祭次過程の一つで、神霊の経歴を説き、祈願する。

朝鮮人女性は、自分あるいは家族が抱えている不幸を祓うために、また、幸福を招き入れるために、巫儀による除厄招福の祈願を目的に生駒山、信貴山周辺や枚岡、額田、石切などに散在している朝鮮寺を訪ね、巫儀を依頼し、行うのである。

　これに対して、現在の東京周辺の関東地方では、1980年代から現れている「滞日型菩薩」の存在感が目立っている。関西地方のような在日型菩薩の存在は無に等しく、1970年代の後半から80年代の前半までは埼玉県の黒山山麓を中心に数人の在日型菩薩が存在していたが、現在は、李菩薩[7]が最後の在日型菩薩として考えられている。

　以上のような分類をも含めて、本章においては、関東地域における在日菩薩がいつ頃から存在していたのか、その歴史を戦前の朝鮮人労働者を中心に行った生活状況資料と戦後に報告された調査資料に基づいて考察して行きたい。そして、現在活躍している滞日菩薩の入巫地域による分類も試みる。

　まず、1910年の日韓併合によって、多くの朝鮮人労働者が来日したことで、韓国人の集団が構成され、彼らが求める韓国伝統の宗教的欲求を満たすために存在したのが、初期の在日菩薩であろう。

2.1.1 戦前・戦後の菩薩

　日本の併合によって、生活基盤を解体された多くの朝鮮人は生活に困窮し、仕事を求めて故郷を後にせざるをえない境遇に落ち込み、出稼ぎの目的で渡日した。

　1911年大阪の摂津紡績木津川工場での雇用を皮切りに、就業を目的とする渡航朝鮮人が相次ぐようになって、併合翌年にわずか二千数百人にす

---

7) 本書の第3章の事例を参照されたい。

　ぎなかった日本在住朝鮮人の数は、年々増え続けて日本敗戦時には、朝鮮総人口の一割にあたる240万人が日本に在住していた[8]。

　合併から解放までの36年間、多くの朝鮮人が渡航する中で、日本政府は、朝鮮人労働者における生活実態調査を行った。東京を中心に在住する朝鮮人労働者に関する報告は、1924年の「在京朝鮮人状況」が朝鮮総督府警務局東京出張員によって初めて行われ、報告された。

　そして、1929年の「在京朝鮮人労働者の状況」の調査報告は、大都市はもちろん、いかなる山間僻地においても増え続ける朝鮮人労働者が、東京府管下においても著しく往来するようになり、多くの社会問題を惹起しているとし、そのため、彼らの分布状態、生活並びに生計、住居、雇用関係、失業の状態、失業問題などの諸状態を調査し、これを日本国内の内政問題、社会問題として捉えていた。これらの調査報告は、政策を遂行する立場からの必要性に応じたもので、朝鮮人労働者の組織を管理する目的であった。

　報告では、「我々が見て知るが如く彼らの生活が常に無味乾燥であるのはエトランゼとして彼らが感じている旅愁そのものから来る原因と言うよりむしろ、彼らの内面的精神生活に宗教的信仰心が欠けているのが原因で、彼らは常に暗より暗へ行くもので光を求めることなく、精神生活が漸次退化して行くばかりであるように見受けられる」とし、朝鮮人の宗教集団をはじめ、宗教生活と宗教人口も調査している。

　さらに報告では、朝鮮人世帯員の場合は、全数の約八割が宗教に対する信仰を持たず、独身者の場合は、八割五分が無宗教生活をしているとするが、彼らに対して宗教が疎遠であるのは、大半の労働者が出稼ぎ目的で来日したため、教会、寺院などに参詣する時間的、精神的余裕がなかったことが、最大の原因であると考えられる。しかし、少人数でありながら宗教

---

8) 尹 健次1997『在日を生きるとは』岩波書店、pp.36～37.

生活を行う人々の存在は、以下の表においても見受けられる。

【表1】

宗　　別	世帯員 (実数)	独身者 (実数)	世帯員 (比例)	独身者 (比例)
仏　　教	49	94	12.25	5.88
基 督 教	15	42	3.75	2.63
儒　　教	21	86	5.25	5.38
天 道 教	7	31	1.75	1.94
無 宗 教	308	1,347	77.00	84.19
計	400	1,600	100.00	100.00

『在京朝鮮人労働者の状況』東京府学務部社会課1929年

　このように、少ない人数でありながらも宗教生活をしている人々がいたとすれば、その中には、調査では把握しえなかったと思われる菩薩が存在し、信者・依頼者の要望に応じる宗教活動をしていた可能性も十分に考えられる。

　その後、関東地域において文献上から在日菩薩の存在が確認されるのは1950年からである。泉　靖一は、東京における済州島人の研究において、東京のX地区の済州島人社会に三人の神房が存在していることを確認し、神房による家祭のほかに、病気または凶事に対する行事がしばしば行われ、済州島人の要求を満たしていたとする。

　調査対象に現れた菩薩が、戦前から来日して巫業を行っていたかは定かではないが、大多数の朝鮮人労働者がこの時期から日本に定住し始めたのである。それは、日本の敗戦に伴って韓国の独立が成立したが、その後、朝鮮戦争が勃発したため政治情勢などが極めて困難な時期であった事や更に、朝鮮半島の分断という時代的な背景からも、彼らの日本定住が余儀なくされたと思われる。また、韓国・朝鮮からこの時期に労働目的で来日し

た労働者も極めて少ないと考えられる。従って、調査に現れた三人の神房
は、戦前・戦中に渡日し、朝鮮人労働者の宗教的要望に応じていたと考
えられる。

　このように、戦後間もない時期の調査報告で神房の存在が確認され、信
者・依頼者の要望に応じる宗教者の役割を果たしていたことから、関東地
域における在日菩薩の存在年度は更に時代を遡って考えねばならない。

　したがって、前述したように1930年代以前から関東地域においても在日
菩薩が既に存在していたと考えても差し支えないと思われる。

　このように関東地方では、合併後の間もない時期から存在していた在日
一世の菩薩たちであるが、現在においては在日菩薩の衰退が著しく、黒山
の李菩薩一人が現役の在日菩薩として確認されている。

　一方の関西地方では、未だ多くの在日世代の菩薩が巫業活動を行って
いるのに対して、関東地域では在日菩薩が減少している理由は、関西地域
と対象的に在日韓国・朝鮮人の密集地域が少ないことと巫儀を気楽に行
える場所と巫儀堂の数が少ないことがその要因であると考えられる。関西
地域には、交通の便も便利な生駒山周辺を中心に「朝鮮寺」と総称する韓
国シャーマニズム系寺院が一つの地域に60個所も集まっているが、関東地
方では一箇所の韓国シャーマニズム系寺院があるに過ぎない。

　そして、在日韓国・朝鮮人の世代交代による韓国シャーマニズムへの無
関心が最も大きな要因の一つであろう。

2.1.2　現在の菩薩

　1980年代から、韓国内で生じた就職難および円高そして、89年から韓
国政府が実施した韓国民の海外旅行全面自由化政策などが来日する韓国
人の急増に繋がる。こうした韓国内の諸社会事情に伴って来日した韓国

人は、新たに日本の大都市を中心に滞日韓国人社会を形成するように
なった。

　特に、東京周辺を中心にもっとも多くの滞日韓国人が滞在し、日常生活
を営んでいる。彼らの来日は労働あるいは勉学が主な目的であるため、合
併後に来日した初期の在日朝鮮人と同様に大半が独身者である。しかし、
戦前の労働者状況とは異なって、現在は女性労働者が多く存在しているこ
とに滞日韓国人の特徴がある。

　こうして来日した人々は、異国環境における社会生活や労働生活に戸惑
いと不安を感じた時にコミュニティーを求めてキリスト教、仏教などに入信
することが少なくない。

　教会や寺院は、信仰のほかに仕事の斡旋、賃貸住宅の情報など、生活
全般の相互情報を交換する場としての役割も果たしている。そして、信仰
という一つの共感意識をもった人間関係の中では心理的安定も得られるた
めに、本国では宗教に関心を持たなかった人も、来日後、初入信する人も
少なくない。

　しかし、こうした信者の中にも現世の幸福を祈って菩薩を訪れる人がい
る。その依頼者は、韓国国内または関西地域の信者層と同様の女性信者
が圧倒的に多い。

　このように多くの滞日女性たちに支持されながら活躍している滞日菩薩
たちは80年代後半から滞日韓国人の急増とともにその存在が拡大していた
と思われる。しかし、統計の上で滞日菩薩の人数を明確に把握することは
不可能である。それは、菩薩個々の宗教活動範囲が固定しているのではな
く非常に流動的であることと菩薩自身の滞在資格などの諸問題によって居
住地(神堂)の移動が激しいこともその理由の一つである。

　筆者が独自に調査を行った結果と菩薩の証言などを総合すると、関東地
方を中心に活躍している滞日菩薩は50人ほどと推定される。しかし、韓国
と日本を行き来しながら活躍している菩薩を含めると、活動菩薩の実際数

はさらに多くなると思われる。

　このように関東地方を中心に活躍している菩薩の多くは、80年代に出稼ぎを目的として来日した後、巫病を経験し、日本にある巫儀堂あるいは韓国に一時帰国して降神巫儀(シンクッ、Sin-gut)9)を行って菩薩になったのである。また、韓国国内においてすでに巫業を行っていた菩薩が来日して活動することもある。

　いずれの場合も、本論文では在日菩薩とは区別して滞日菩薩と定義する。

　以上のように、在日と滞日を異なる概念で捉えるのは、相互交流などの接点が見受けられないからである。概して、滞日韓国人は1980年代から急増した留学生、就学生、そして興行ビザの滞在資格をもって来日した労働者などが中心に形成されている。彼らの特徴は、勉学や一時的な出稼ぎを目的として来日している人々が主流で、将来において日本定住指向が見られないことである。

　特に、滞日菩薩の多くは日本語の駆使は殆ど不可能であるため、日本語を母語とする在日二・三世が大半を占める在日社会との宗教的交流はほとんど行われていない。そのため、滞日菩薩の信者・依頼者層は滞日韓国人が主で、彼らを対象に宗教活動を行っている。というより、菩薩自身が訪ねてくる信者・依頼者を滞日韓国人に限定する傾向がある。

　以上のように、関西地方の在日型菩薩が、在日一世、二世、三世の女性たちに支持され、彼女らの精神的・宗教的指導者として存在しているのに対して、関東地方においては滞日女性労働者たちに支えられている滞日型菩薩が女性労働者の精神的・宗教的指導者として存在しているのである。

---

9) 降神巫儀は、特定人物が巫病にかかるのは超自然的存在(神霊・精霊)の召命(選択)によるものとされ、悪霊を払い、守護神(モムシン、Mom-sin)を詔請する巫儀である。しかし、その名称においては、地域差や個人差があって降神巫儀(シンクッ、Sin-gut)またはネリムクッ(Nae rim-gut)ともいう。

2.2 滞日菩薩の類型

　シャーマンが他の宗教者と区別されるのは宗教行為を実施する際に、必ずトランスと称する異常心理状態におちいるからである。そして、シャーマンは超自然的存在と意のままに直接接触できる人間であるから普通人とは異なる能力の保持者でなければならない。

　滞日菩薩は、このような力を獲得するために神の選択によって与えられる一定の「試練の過程」を経験しなければならない。それは、俗なる世界に生きる人間が、聖なる世界に新しく生まれ変わる準備のしるしでもある。

　エリアーデは、シャーマンになる方法と条件として次の三つを挙げている[10]。

　第一は、シャーマン的職能の世襲伝達による世襲巫といわれるものである。世襲という一種の社会的制度によって、シャーマン家に生まれた子女の多くがシャーマンになる場合である。韓国においては、世襲巫の制度的存在によって、彼らの社会的地位が賎民或いは一般民衆より下位の階級として明確に区別され、結婚や職業など、日常生活においても差別の対象になることがあった[11]。

　第二は、自然的な神のお召命「任命」や「選択」によるものでいわゆる降神

---

10) M.Eliade, Le Chamanisme et les techniques archaiques de l'extase, Pari:Librairie Payot,1951(translated by W.R.Trask,Shamanism Archaic Techniques of Ecstasy, New York:Bollingen Foundation, 1964); Idem, Birth and Rebirth, theReligious Meaning of Initiation in Human Culture(translated by W.R.Trask). New York: Harper &Brothers,1958.
　　堀一郎訳1974『シャーマニズム─古代的エクスタシー技術─』冬樹社、p.15.
　　堀一郎訳1971『生と再生─イニシェションの宗教的意義─』東京大学出版会、p.181.
　　이 윤기 역1992『샤마니즘─고대적 접신술─』도서출판 까치, p.32.
11) 今日において世襲巫の存在は少なく、彼らが行う村祭りや巫歌などの芸術性が認められ、政府公認の「人間文化財」として指名される事もある。

巫である。殆どの滞日菩薩がこれに属し、シャーマン家に生まれなくても、神の選択によって巫病を経験した後、自己意思に関わりなく、シャーマンにならざるを得ない場合である。

彼らの持つ霊力は、社会的にも認められ、周囲に対する影響も強い[12]。しかし、それが社会的地位の高さを意味するものではなく、一般民衆は、依然としてマイナス的なイメージを持っている。

そして第三は、各個人が自由意志で「探求」によるものの習得巫である。主に経済的貧困が理由で巫業を習得し、生計を立てるシャーマンとして「経済巫」[13]ともいう。こうした習得巫は、滞日社会には存在せず、世襲巫・降神巫のシャーマンに比較してその能力が弱いと考えられている。

しかし、どの方法で指名されるにしても二種類の教育を受けなければ、シャーマンとしては公認されないのである。第一はエクスタシー(夢、幻想、トランス)的な教育であり、第二は伝統的な(すなわち、シャーマンの技術、精霊の名と機能、その部族の神話と系譜、神秘の言語)教育である[14]。この二種類の教育は、神霊と先輩シャーマンによって伝えられ、入巫過程を構成するのである。

このようにエリアーデの挙げた成巫の条件は、韓国や日本をはじめ、世界各地で見られるものである。そして、関東地域で活躍している滞日韓国人菩薩も例外ではない。彼らは自らトランス状態を作り出して神霊や精霊と直接交流をする憑霊を行うのである。

通常、憑霊(spirit possession)は、神霊・精霊がある人物に憑依することと考えられているが、これは狭義に憑霊を捉えているものであって、霊が憑くのは人間に限られているわけではない[15]。それは、ルイス(I.M.Lewis)の定

12) 赤松智城・秋葉隆1938『朝鮮巫俗の研究・下巻』大阪屋号書店、p.43.
13) 玄溶駿1975「済州島のシンバン」『えとのす』3月、新日本教育図書、p.70.
14) 佐々木宏幹1992『シャーマニズムの世界』講談社、p.249.
15) 佐々木宏幹1984『シャーマニズムの人類学』弘文堂、p.60.

義においても憑霊はトランスよりも広範囲の諸現象を包括している16)と規定されている。つまり、憑霊はある種の霊や霊力・霊感が人間以外の動物、自然物、人工物に憑き、それらの物に霊能を生じさせる事を示唆している。

その例も各地に見られる17)。このように、憑霊の対象は、人間、人間以外の諸存在、シャーマンなどに区分できる18)。しかし、滞日シャーマニズムでは人間以外の憑霊は認められていないので本項では滞日菩薩における憑霊に限定して考察したい。

滞日菩薩が神霊・精霊と交流する仕方として最も多く見られる現象が憑霊型である。こうした憑霊は更に三つに分類することが可能である19)。

1) 神霊が身体に入り込み、人格転換を起こして神自身として振る舞い、直接話法で神意を伝える。
2) 身体の外側から神霊の影響を受けて、神霊の姿を目にしたり、その声を耳にしたり、霊的存在の意志や力を五官に受けつつ交流した内容や、心に浮かんだ事柄などを神意として間接話法で伝える。
3) 身体に付着した神霊と会話を交わし、その内容を神意として間接話法で伝える場合などがある。

以上のような分類において佐々木宏幹は、1)の神霊が身体に「入り込む」状態を「憑入型」、2)のように「身体の外側から神霊の影響を受ける」状態を

---

16) I.M.Lewis, Ecstatic Religion—An Anthropological Study of Spirit Possession and Shamanism—, Middlesex:Penguin Books, 1971,pp.45～46.
　　平沼孝之訳1985『エクスタシーの人類学』法政大学出版局、pp.41～44.
17) 佐々木宏幹氏は、沖縄のセヂが地物、庶物などの有形なものに憑くとその物に霊能を生じさせるとし、人間以外のものにも憑霊が可能であることを証明している。
18) 佐々木宏幹1992『シャーマニズムの世界』講談社、pp.22～23.
19) 佐藤憲昭1997「シャーマンのイニシエーションと夢—新潟市のS・Aの事例から—」脇本平也・田丸徳善編『アジアの宗教と精神文化』新曜社、pp.79～80.

「憑感型」、そして3)のような「神霊が身体に付着して交流する」状態を「憑
着型」と定義している[20]。

　本書もその延長上に立つものであるが、憑感型と憑着型をはっきりと区
別しつつ、滞日菩薩に見られる憑霊を考察したい。つまり、滞日菩薩は、
諸巫儀の際、神霊が菩薩の頭や肩に降臨(座って)している状態で交流を行
い、神意を間接話法で伝える場合がある。また、こうした憑着の交流は彼
女らが営む日常生活における憑霊の経験からも見られる現象である。そし
て、滞日菩薩の殆どは上述の三つのタイプを一人で担当する事が多い。

　例えば、諸巫儀において、菩薩が歌舞を行いながらトランス状態に入っ
た際、「私は誰々の神だ」と一人称で語る。また、巫儀の過程においては
「今、誰々の神が来ている」と霊感を感じ、神意を間接話法で伝える場合も
ある。しかし、この場合、神霊が菩薩の身体に付着しているのではなく、一
定の距離がある。それに対して、第三の憑着型は、神霊・精霊が菩薩の身
体のある部分、例えば「今、誰々の神が私の頭の上、肩の上、膝の上に
座っている」[21]のように降臨している状態で交流を行い、神意を間接話法
で伝える場合である。

　このように、憑感型と憑着型の境界は微妙ではあるが、菩薩自身が感じ
る神霊との距離はそれぞれはっきり区分されている。

　以上のような分類は、いずれにおいてもある人物が憑霊状態になること
は当地の文化的評価が必要となり、社会の人々が如何なる状態を持って憑
霊と認めるのかによって規定されるのである。そして、滞日菩薩は人間以
外のものに対する憑霊は認めないのである。

　では、上述のような方法と条件に基づいて滞日菩薩の類型を以下に考察
したい。

---

20) 佐々木宏幹1984『シャーマニズムの人類学』弘文堂、pp.57〜69.
21) 降臨する神霊は、幼児期に死亡して神として現れる男児霊(童子神)女児霊(明
　　心神)が多いとされる。

2.2.1 降神巫

　降神巫に属する菩薩は、自分の意志でその職能を選ばなくても、神霊の神意によって促され、自己の意思に関わらず菩薩の道を歩まざるをえない場合が多い。

　滞日菩薩は、神霊・精霊の「選択」によって、超自然的領域へと引き込まれ、直接・間接交流を強いられるのが最も多い傾向である。このようにひとたび超自然的存在に選択されると自らの意志でそれらを拒否することはまず不可能であるとし、彼らはこの選択を「神気」として表現している。

　このように選択された菩薩の候補者は、イニシエーションの過程において毎日のように幻覚・幻視や夢(先夢)に現れる神霊や祖霊から「何処そこへ行って祈祷を行え」などの「命令」が与えられるが、それを実行しないとあらゆる方法でもって全身に激痛を与え、やがて心身衰弱の状態まで陥るのである。つまり、神霊は特定人物を選んで試練を課し、強制的に菩薩に仕上げるのである。

　品川区在住の玄菩薩は、一年以上の巫病生活を経験した後、降神巫儀を行って菩薩となった。1989年に来日し、日本人の男性と結婚した玄が長男を設けて2年が経ったある日から、どことなく身体の苦痛が始まった。薬の処方に頼っても直らないので、医者のすすめで入院、検査をしても病名は不明であった。そして、お腹が空いても食事が取れないことや数日間も眠れない日々が続くこともあった。また、家の中にいると不安と焦燥感に陥るので、街に飛び出して見知らぬ人に助けを求めると気違いとからかわれたこともあった。

　あまりの苦痛に絶えられず、自殺を考えたこともあったが、神意にはばかれて実現できなかった。そうしたある日「壁に将軍神像を掛けて祀らなければならない」という夢を見るが、これを断り続けると体の痛みはさらに激し

くなった。仕方なく韓国に一時帰国して降神巫儀を行い、将軍神を祀って菩薩になると病気は治った。

　滞日菩薩は、精神的・肉体的な苦痛に悩まされる巫病を経験した後、神意によって仕方なく菩薩になった者が大半である。

　そして、菩薩が降神を受ける時は守護神とされる神霊といくつかの祖上神の霊を受け入れるがその後、菩薩として活躍することによって新たな神霊と交流し、その他の神霊の降神を受けることもある。

　このように降神を受けた菩薩は、他の菩薩に比べて霊力が大きいと認められ、信者・依頼者に対する影響も強いとされる。

　現在活躍している滞日菩薩のほとんどはこれに属している。彼らは入巫後、守護神(モムシン、Mom-sin)を奉安した神壇を設け、巫儀の際には歌舞交霊によるエクスタシー現象を起こし、神託を語るのが特徴である。

2.2.2 世襲・習得巫

　世襲・習得巫の場合は、個人の諸事情によってシャーマンになることを希望し、先輩シャーマンなどの指導によって学習・修行を続け、一人前のシャーマンになる。

　これら世襲・習得巫のシャーマンは韓国内においてはタンゴル(단골、Dan-gol)[22]、ファラン(화랑、Hwa-rang)、シンバン(신방、Sin-bang)などと称され、韓国シャーマニズムに欠かせざる類型の一つであり、韓国シャーマニズムの定義や概念の設定においても重要な位置を占めている[23]。主

---

22) タンゴルは、世襲の男・女巫を総括して用いる名称であるが、全羅道地方で主に使われる。ファランは、慶尚道における世襲の男性巫に対する名称である。そして、済州島における世襲巫はシンバンという。
　　李 相彦1983「韓国巫名称의語意」『韓国民俗学』第16輯、pp.245～253.
23) 崔 吉城は、世襲巫のタンゴルを巫堂と区別し、シャーマンと異なる祭司者として捉えている。

に、朝鮮半島の南部地域に多く分布しているタンゴル、ファランは、巫病の経験や降神儀礼などを行わず、母から娘に、あるいは姑から嫁に伝承する世襲巫の制度である。そして、降神巫が超自然的存在と直接接触・交流する積極的な関わり方をもっているのに対して世襲巫は、その点が希薄であることからシャーマニスティックな性格よりも祭司者の性格が濃厚であると言える。

　タンゴルやファランは、平均二～三部落に一人ぐらいの比率で在住しており、活動区域が決められ、特別な事情がない限り他の世襲巫の管轄内での巫業活動は許されないのが原則である24)。そして彼らは、自分の管轄内の部落祭、家祭、さらに特別な儀礼においても司祭者として努める任務がある。

　こうした世襲巫の特徴は、神壇を設けず、巫儀の際には歌舞はするが、エクスタシー現象を起こさず、神託を語らないことから、交霊を伴うシャーマンとしてよりも司祭者としての役割が大きい。

　主に、関西地方の在日社会において例が見られる世襲巫25)は、その活動の仕方において韓国のそれと大差がある。つまり、韓国のタンゴル、ファランは活動範囲が決まっているのに対して在日菩薩は活動範囲が決まってない。それは、在日社会が集落単位として存在していないので部落祭が行われないことと、韓国内では南部の農村中心に多く見られる世襲巫は豊穣を祈願することも大きな役割である。しかし、在日社会ではまず見られない光景であろう。

　以上のことから在日の世襲菩薩が行う巫業は決まった地域的範囲はな

崔　吉城1984『韓国のシャーマニズム』弘文堂、pp.77～84.
24)　崔　仁鶴1975「ムーダンとタンゴルの世界」『えとのす』3月号、新日本教育図書、
　　　p.35.
25)　東大阪の額田谷に存在している正覚寺の菩薩金がその例である。三年前、母
　　　(菩薩)が亡くなった後から、娘の金が後を継いでいる。[1999.8.5]

く、個々の信者・依頼者の依頼によって行われている。そして、祭司者としての役割よりト占と符籍(ブジョク、Bu-jeog)[26]処方を中心に用いる占い師(ジョムジェンイ、Jeom-jaeng-i)として信者・依頼者の要望に応じている。

このように在日・滞日菩薩を大別すると、前述した降神巫は関東地域に多く存在し、世襲巫は関西地域にその存在が認められ、二つの類型に分類できる。しかし、その活動などにおいては韓国内のそれと異なる形態を有しているといえよう。

2.2.3 入巫地域による分類

在日菩薩の分類を入巫地域によって、本国型、在日型、滞日型の三つに分けることが可能である。

本国型菩薩は、韓国内で既に降神巫儀を行い、巫堂として活躍していたものが来日し、巫業を行う菩薩である。彼らの巫業活動は、巫儀は勿論、ト占などを行い、符籍を用いる処方も行う。そして、活動における使用言語は、韓国語のみを用いる。

それに対して、在日型菩薩は戦前・戦後まもなく来日して日本国内において巫病を経験し、日本で降神巫儀を行って菩薩になった人である。彼らは、入巫後、一定期間の学習と修行を行ったので本国型と同様に巫儀とト占などをもって信者・依頼者に対処する。彼らの巫業活動における使用言語は、日本語と韓国語を併用して在日韓国人の宗教的欲求に応じている。そして、滞日型菩薩である。彼らは、1980年代に労働目的で来日し、日本在住中に巫病を経験し、韓国に一時帰国または、韓国の巫堂を招い

---

26) 符籍は呪符として、種々の災難をよけ、現世の目的達成のために超自然的な存在の力に頼る呪術的行為として悪魔の進入を防ぎ、病魔を追い払い、幸福をもたらす力があると考えられている。

て降神巫儀を行い、菩薩になった場合である。彼らの巫業は、降神巫でありながら巫儀が行えず、卜占と呪符をもって信者・依頼者に対処することが多い。巫業活動では、韓国語を主として用い、信者・依頼者は本国型菩薩と同様に滞日韓国人である。

　以上の分類によって現れる各菩薩の特徴を次章の事例に基づいて考察したい。

1) 本国型菩薩

　韓国内で巫病を経験し、降神巫儀を行った後、降神巫として韓国国内で活躍していた巫堂または、タンゴル、ファランのような世襲巫が来日して巫業を行っている菩薩を本国型菩薩と定義する。

　彼らの来日動機は多様である。中には、韓国内における巫堂に対する社会的な差別などから逃れる目的で来日した者と、日本滞在中の神娘または滞日菩薩から依頼された巫儀がきっかけで来日した者などがいる。つまり、前者は儒教文化を上位の文化として考える朝鮮時代の思想が近・現代まで影響を及ぼして巫堂が卑しまれる存在とされ、社会的に差別の対象になっていることであろう。そして後者は、巫病中の滞日韓国人が降神巫儀を一時帰国して行うことによって、降神巫儀の主巫は、新米菩薩の神母（シンオモニ、Sin-eo-meo-ni）[27]になる。その後、新米菩薩が再来日して巫業を行う際、信者・依頼者から巫儀が依頼あった時は、母国の神母に再依頼することがある。

　これを機に、初来日した巫堂(神母)がそのまま日本に滞在しながら巫業

---

27) 神の縁によって結ばれる養女関係として、降神巫儀を行う際、主巫を務めた菩薩が新米菩薩の神母となって、その後、巫業に関する全般事情を新米菩薩(神娘)に指導する義務が課せられる。
　　柳　東植1975『韓国巫教의歴史와構造』延世大学校出版部、p.281.
　　金　仁会1987『韓国巫俗思想研究』集文堂、p.229.

を行うことがある。彼らは、韓国国内では巫堂と呼ばれ、社会的にも差別の対象になっていたが、滞日社会で巫業を営むことによって、韓国内での底辺的な地位から、本国の伝統宗教文化の職能者として信者・依頼者から平等の宗教者として受け入れられている。

　例えば、次章で取り上げている本国型の崔スニムは、以下の経緯で来日し、現在は都内の日暮里で巫業活動している。

　故郷の崔家は、先祖代々が法官出身の名門家系である。名門家庭で生まれ育った崔は、15年間の巫病生活を経験しながらも降神巫儀を拒否し続けてきた。それは、家系において恥になることと、男性が巫職に携わることはあり得ないことだとし、長年の巫病に耐えてきたが、すべての財産と最愛の妻を亡くし、苦痛に耐えられなくなった1976年、親族も友人もいない釜山に引越し、降神巫儀を行ってスニムとなった。

　降神を受けた崔スニムは、故郷に戻ることなく、釜山で巫業をはじめた。その後、高校の同窓会で事が発覚し、6年前から日本と韓国を往来していたが、現在は滞日韓国人が多く居住している日暮里で活動をしている。

　以上のように、社会的地位が認められる名門家系出身の崔が親戚・友人のいない場所で巫業を行ったことの裏面と、発覚後の彼に対する周囲の目は、想像を絶する厳しさがあったと思われる。一方、上述のような社会的差別に対し、当事者である巫堂自身が一つの原因を作りあげていると思われる。つまり、訪れてくる信者・依頼者に対しては、伝統宗教文化の司祭者や宗教者として権力を持っていると自覚する。反面、社会的には一般の人びとから卑しまれる者だと位置づけ、自らの社会的地位を下げ、差別の対象にしている嫌いがあると思われる。

2）在日型菩薩

　戦前・戦後において朝鮮人労働者と共に来日した韓国の巫堂または、労働者として来日した者が巫病を経験し、日本または韓国で降神巫儀を行って、今日まで日本国内を巫業活動の舞台とする菩薩である。そして、彼らの二世・三世とも言うべき神娘が、日本に定住しながら巫病を経験し、菩薩として活躍している者を在日型菩薩と定義する。

　彼らの大半は日常生活において韓国語は使わず、日本語を母語として使う。また、巫儀や卜占においても日本語が意志伝達の手段となる。そのため、滞日韓国人の依頼には応じることは少ない。現在、彼らの存在は在日韓国・朝鮮人が密集している関西地域に多く、関東地域では黒山の李菩薩が最後の在日型菩薩と言える。

　李菩薩は、日本に在住しながら以下の巫病と降神を経験して菩薩になった。

　李が来日したのは1940年である。在日韓国人の柳氏と見合い結婚して東京の三ノ輪に住み始めた。結婚後の10年ほどは幸せな生活を送ったが、夫の浮気が原因で持病の心臓病が再発した。その後、日が経つにつれ、気力がなくなって声が出なかったり、胸の苦しみに耐えられず倒れることもあった。

　苦痛に耐えるある日、黒山に行って祈祷すれば病気が治る夢を見て、それに従って祈祷すると一旦は元気になったものの、帰宅すると苦痛が始まった。

　不思議に思って、菩薩に相談すると「お前には、神が降りているので降神巫儀を行うべきだ」と言われたが、巫堂になるのは李家の恥で、実家にも帰れなくなるとして拒否した。その後、苦痛は続き、さらに重くなった。そして、52歳になって降神巫儀を行い菩薩となった。降神を受けた李の病気は

完治したのである。

　李菩薩のように、在日韓国人として日常生活を営んでいた人が巫病を経験し、降神巫儀を行った後、巫業活動している菩薩が在日型菩薩である。

　彼らの多くは、巫儀と卜占を主として韓国内の巫堂と変わらない巫業活動をしていた。しかし、80年代はじめ頃までは数人の在日型菩薩が関東地域にも存在していたが、現在は李菩薩一人である。

3）滞日型菩薩

　1980年代から、労働または勉学を目的として来日した韓国人が、日本滞在中に巫病を経験して一時帰国、あるいは、日本国内で降神巫儀を行い、巫業を営んでいる菩薩を滞日型菩薩と定義する。

　彼らの巫業活動における使用言語は、韓国語であり、信者・依頼者も滞日韓国人である。滞日型菩薩の特徴は、巫病後に行う降神巫儀が二つの形態をもっている。まず、巫病を経験した菩薩候補者は、降神巫儀を行って、諸神霊を受け入れなければならない。

　この際、巫病者である滞日韓国人は、短期間帰国して降神巫儀を行う場合と、韓国内の巫堂を短期間日本に招いて降神巫儀を行う場合がある。

　任菩薩は、韓国の巫堂とスニムを招いて降神巫儀を行って菩薩になった。

　任が来日後、巫病を経験したのは1992年の1月頃である。
これまで繁盛していた飲食店が閉店を余儀なくされる経営難に陥ったことと、離婚と借金による精神的・経済的圧迫に耐えられず、自殺を図った後から異変が起こり始めた。

　買い物に行って失神したり、突然、気力がなくて動けなくなることなどが起こった。

こうした心身異常が数カ月間続き、苦痛に絶えられなくなった任は、韓国
から菩薩とスニムを招いて降神巫儀を行ったのである。その後は、病気は
完治して現在は埼玉の川口で巫業を行っている。

　以上のような滞日型菩薩は、日本に滞在中、巫病を経験して韓国の巫
堂またはスニムを招いて降神巫儀を行うか、または、巫病中に一時帰国し
て降神巫儀を行った後、再来日して巫業活動を行うことも珍しくない。

　本来、降神巫儀を受けた新米菩薩は、神母の指導の下で信者・依頼者
に依頼される諸巫儀の行い方や巫歌の歌い方、巫経の唱え方、そして、祭
壇や造花の作り方の習得、また、修行の仕方などを数年間同居しながら身
に付けた後、一人前の菩薩として独立するのが常である。しかし、上述の
滞日菩薩はいずれの場合も短期間の滞在であるため、時間的に巫業に関す
る多くの事が習得できない状態である。従って、滞日菩薩の多くは、降神
を受け、自宅に神堂も設けて巫業を行っているが、依頼される巫儀が行え
ず、もっぱら占いに頼る活動をしている。そして、信者・依頼者から巫儀
の依頼がある場合は、本国型菩薩に再依頼するか、韓国内の巫堂または神
母を招いて依頼に応じるのである。

　一方、滞日型菩薩であっても、神母が日本に滞在している場合は同居し
ながら諸事情の習得と修行の指導を受けている新米菩薩も存在する。

　以上のように、滞日韓国人社会における菩薩は三つに分かれて、個々の
特徴を生かした巫業活動を行い、韓国国内のそれとは異なる形態をなして
いる。これは、これまでの韓国シャーマニズムの存在を超えた、異国の地で
繰り広げられる新しい展開と言えよう。

第 3 章
滞日菩薩

　近代日本の政治、経済、文化思想の発祥地である東京とその周辺地域には数多くの滞日韓国人が暮らしている。そして、彼らの社会には菩薩(ボサル、Bo-sal)と呼ばれるシャーマンが存在し、日頃から訪れてくる信者・依頼者の日常生活で直面する様々な悩みなどの諸問題解決の要望に応じて、適切な処方を行い、宗教者として活動している。

　このような宗教現象が、どのような視点ないし方法で理解するのかによってその現象は異なって把握されることは確かである。近年まで、韓国内のシャーマニズムが論議される場においては、伝統文化と位置づける反面、否定的な立場で批判された。これは、シャーマニズムが韓国人の心性を否定的な方向に導いた見解でもあるであろう。しかし、今日においては、シャーマニズムが無形・有形文化財として登場するなどこれまでの否定的な立場からの視点の変化が見られるのも事実である。

　このような視点から把握され、今なお多くの学者・研究者が関わっている韓国のシャーマニズム現象は非常に複雑で、各地域ごとに歴史的背景と伝統を持って発展してきている。韓国内においては、南部の全羅道、慶尚道、済州道、中部地方と東海岸などがそれぞれの特徴を持って変化・発展しているため、その全部を網羅するには莫大な努力と時間が必要と思われる。

　その点、滞日韓国シャーマニズムの現象は、菩薩の本国における出身地の特徴を受け継いでいることなどから上述した各地域の特徴を垣間見るこ

とができよう。

　まず、本章では、滞日韓国シャーマニズムの普遍的な定義や一般理論を試みるものではなく、異国社会という特殊文化及び社会環境における滞日菩薩の個別事例を紹介し、韓国国内と異なる特徴を把握し、新しく展開している滞日韓国シャーマニズム現象の誕生を探ると共にその宗教的機能と構造を分析することを当面の課題としている。

　その最初の課題として、本章では滞日シャーマニズムの宗教現象の中心人物である菩薩と呼ばれるシャーマンの名称と成巫過程および宗教生活を現地調査の資料に基づいて考察したい。

3.1　名称

　韓国のシャーマンに対する名称ははっきりとした基準を持たずに非常に恣意的に使われてきた[1]。なかでも最も普遍的に使われている名称が、女巫に対しては巫堂(ムーダン、Mu-dang)男巫に対しては博数(バクスー、Bag-su)である。巫堂は、韓国のシャーマンを代表する名称として学術用語としても市民権を得ており、済州島を除いた全国で用いられている。そして、男女のシャーマン全体を包括した立場で使用される名称といえる。

　歴史的に、「巫堂」の名称は、女が神を祀る場所「堂」という意味から伝来[2]している。例えば、国師堂、城隍堂、山神堂、弥勒堂、七星堂、都堂、そして神堂などである。

　ここから女巫に対する名称として、巫堂と漢字を当てて称するようになった。

---

1) 超　興胤1999『巫 —한국무의 역사와 현상—』민족사、p.121.
2) 李　能和1927『朝鮮巫俗考』啓明19号、啓明倶楽部、p.1.
　　赤松 智城・秋葉 隆1938『韓国巫俗の研究・下巻』大阪屋号書店、p.25.

　一方、男巫の名称である博数は、博士あるいは卜師の訛伝[3]だとされている。しかし、秋葉　隆は、巫堂と同じく歌舞降神の行事を行う男巫に対する名称で博数巫堂(バクスームーダン、Bag-su-mu-dang)と称したり、ムーダンを略してバクスーと称する地方もあるし、バクスーの音に博士、拍手、卜師などの漢字を当てている[4]とした。いずれにしても博数は男巫を指す代表的な名称として一般化されている。

　しかし、漢字のみをもって表記された古代の諸史書にはいろいろな名称が使用されている。そして、現在においても各地方によって様々な名称が使用されている。

　その主なものをあげると次のようになる[5]。

　女巫の名称

　巫堂、万神、仙官、法師、巫女、神仙、明図、占匠、タンゴル、菩薩

　男巫の名称

　博数、卜師、占匠、才人、花朗、広大、神将、神房などである。

　以上、名称の多様性からも察知できるように韓国シャーマニズムは外来宗教との習合性が多分に見られる。例えば、神仙、仙官などは道教に由来するものであり、菩薩、法師などは仏教に由来していることがわかる。

　さて、滞日韓国人社会で用いられる名称を調べてみると、女巫に対しては菩薩(ボサル、Bo-sal)、男巫にはスニム(Seu-nim)、法師(ボッブサ、Beob-sa)と仏教に由来する名称が好んで使われている。また、日本語を用いて先生と呼ばれる場合もある。このように、滞日社会においても彼らに対する名称の一貫性は見られない[6]。

---

3) 李　能和1927前掲書p.2.
4) 赤松　智城・秋葉　隆1938前掲書pp.29〜30.
5) 柳　東植1976『朝鮮のシャーマニズム』学生社、pp.140〜142.
6) 滞日社会におけるシャーマンの名称は、女性巫＝菩薩、男性巫＝スニムが一般

　こうした名称の問題は、二つに分けて考えなければならない。つまり、菩薩が自称する際の名称と信者・依頼者が菩薩に言及する際の名称である。前者の場合は、自己差別や謙遜の意味合いを持って巫堂と自称したり、また、菩薩、神の弟子などを用いる事から、後者の概念によって韓国の巫堂が一方的に差別層として位置づけられると言えよう。

　滞日社会の信者・依頼者は、菩薩とスニム、法師を用い、一方的な差別感はないと考えられる。反面、韓国内では、法師と呼称される巫は、巫堂のように歌舞を行わず、神堂に三仏・七星などを祀って合掌祈祷だけを行う女巫7)に対して用いられるが、滞日社会における法師は、巫堂と同じく、巫病を経験し、入巫したシャーマンとして歌舞降神を行うのである。そして、韓国国内では女巫に用いられるのが、滞日社会では、男巫のみを対象に法師と称していることなどは興味深い。つまり、こうした名称の違いは、韓国国内で普遍的に使われている巫堂、博数という名称が差別的な意味を含んでいることは論を待たない。それに対して滞日韓国人社会では、巫堂、博数の名称をさけて、差別の意味合いが含まれていない菩薩、スニム、法師など仏教の名称が用いられている。

　こうした名称が用いられた経緯は、信者・依頼者がこれまでもっていた差別的なイメージの変化によって、菩薩、スニムなどの親しみやすい仏教用語を用いたと思われる。

　それは、相互がおかれている異国生活の不安と苦悩という共感によって生じた名称だと思われ、相互尊重の敬意が伺える。

　的であるので本論文では、これに従って用いる。
7) 赤松 智城・秋葉 隆1938前掲書p.37.

3.2 成巫過程

　滞日菩薩たちは、多かれ少なかれ普通の人と異なる特殊な能力、つまり、諸精霊と直接交流ができる超自然的能力を持っている[8]と認められている。そして、その能力を獲得する過程において、もっとも基本的な条件とされる巫病の入巫過程を例外なく経験している。こうした巫病は、個人の宗教体験とも言えるが、これを通して社会的に認められることに大きな意味がある[9]。

　巫病の内容は、菩薩・スニム自身の告白によって知る他はない。

　しかし、彼らに向かって「如何にして菩薩になったか」または「何故スニムになったか」という質問を発して真実の答えを与えられる場合は比較的少ない。

　それは、自分自身の信仰の秘密を洩らすことでもあり、また彼らの恥を語ることでもある[10]。さらに、滞日菩薩とスニムの場合は、個人の日本滞在資格などの状況も明かされることになるので正確な情報を入手するのは困難である。しかしながら筆者がこれまでインタビューした十数人の菩薩とスニムは相当の信頼と親しみをもって自己の心中を比較的正確に語ってくれた。

　本章では、彼らの告白によって明らかになった入巫の過程を一事例として取り上げ、滞日菩薩における入巫の動機は如何なるもので、どのような巫病を経験しているのかを把握し、滞日菩薩に見られる入巫の特徴と入巫後の日常生活及び巫業活動を考察したい。

　彼らの入巫動機と巫病は、個々の事情によって多種多様である。しか

---

8) 佐々木宏幹1980『シャーマニズム―エクスタシーと憑霊の文化―』中公新書、p.98.
9) 崔　吉城1984『韓国のシャーマニズム』弘文堂、p.44.
10) 赤松　智城・秋葉　隆1938前掲書p.42.

し、大概の菩薩はある日突然、心身が弱くなって激しい苦痛に陥るのではなく、幼年期あるいは青年期の成長過程から既に様々な類型の巫病要素を持っていたと語る。

そして、滞日菩薩たちは、異口同音に「私には、あの時から神気(シンキ、sin-gi)11)があったのに、それに気付かなかった。もし、それが巫病だと分かったなら、あれほどの苦しい経験をせず、もっと早く降神巫儀を行って神霊を受け入れた」という。この証言からも、滞日菩薩は、降神巫が主流であることが伺える。

こうした証言内容に基づいて、滞日菩薩における巫病の兆候を整理すると、以下のように大きく三つに分類できる。

1) 幼児期或いは、青年期に経験した心身病弱による巫病。
   ＜心身病弱の徴候＞
2) 裕福な家庭で経済的に恵まれた環境で成長するが、その後、極貧による巫病。＜経済不安の徴候＞
3) 夫婦関係の不和による巫病。＜家庭不和の徴候＞などである。

このような巫病の徴候に気付かない状態で放置すると、時間が経つにつれて事態は深刻化し、ついに心身の激しい苦痛まで発展することになる。そして、夢枕に神が現れたり、幻聴、幻覚などによって、さらに苦痛が継続する現象を大概の菩薩が経験している。

巫病は、一般的に神がある人物を選択し、神霊界の専門家または神の乗りものに鍛え上げるための、いわば神によって課された聖なる試練である12)と考えている。

病気の進展によって、ようやく普通の病気ではないことに気付いて先輩

---

11) 神気は、精霊によってもたらされる力の意であるが、多くの場合は神霊の力が宿っていることやそれが原因で生じた病気を表す際に用いる言説である。
12) 佐々木宏幹1980前掲書p.99.

菩薩を訪ねて聞くと「神霊を祀らなければならない」「神が降りている」など
と言われ、初めて神意による病気であることを確認する。

　それでも菩薩になることを拒否すると、病状はさらに重くなって、精神
異常状態にまで陥る。こうした彼らの態度は、極端な食欲の低下、遊戯を
好まず人を避けて一室に隠居する場合が多い。そして、ある日突然、家を
飛び出し、山中や夜道などを我を忘れて走り回ったり、意味不明の言葉を
口走るのである。そして、心身異常の極限状態になって意識を失い、回復
したのちに神意に従って、降神巫儀を行うと病気は完治するのである。他
方は、長年にわたる巫病の苦痛に耐えられたが、ある時点で、これ以上は
人間の力ではどうすることも出来なくなった時、自ら降神巫儀を希望して
諸神霊を受け入れることで病気が治る場合もある。

　こうして、諸神霊を受け入れて菩薩になると、それまでに経験した苦痛
と病気が完治するとともに他人(信者、依頼者)の病気が治せる特殊能力を
授かるようになる。

　さらに、災禍を除き、空唱(コンス、Gong-su)[13]を伴う巫儀(クッ、
Gut)[14]や占い、予言などの特殊な能力も得られるようになる。そして、
彼らは諸神霊を奉安する神堂を自宅の一室に設けて菩薩職を始めるので
ある。

　上述したように滞日菩薩の主流は降神巫であるため、そこには入巫の本
質的なものが存在すると思われるので、彼らが入巫に至るまでの過程を菩
薩とスニムの事例を中心に取り上げたい。

---

13) 菩薩が巫儀の際、神に人格転換して語る神の言葉。
　　李 能和1927前掲書p.32. 趙 興胤1991『巫와 민족문화』민족문화사、pp.179～182.
14) 巫儀(クッ、Gut)とは、菩薩によって行われる幸福と幸運をもたらそうとする積
　　極的な宗教儀礼を意味する。

3.2.1 鄭「菩薩」の場合

1) 生い立ち

　来日して十年目を迎える鄭は、1993年韓国に一時帰国して降神巫儀を行い、菩薩として再び来日した。

　1946年全羅北道の全州で生まれた鄭は、幼い頃から口数が少なく、周囲に友達もあまりいなかったので読書が趣味だった。中学校時代から山や川などの静かなところへ行って本を読むのが好きで、日が暮れてから帰宅する事もしばしばあった。この時期から鄭には、神気があったという。19歳の時、両親の反対にもかかわらず、高校の2年先輩だった現役大学生と結婚した。

　夫は、大学を卒業すると同時に建築会社を設立し、以来20年間、一男一女をもうけて幸せな家庭生活を送った。しかし、1985年の春頃から夫の事業が思わしくなく、ついに倒産してしまった。その後、夫は幾度も転職を試みるが、その度、仕事に馴染めないで職場を転々とする生活を送った。そして、倒産会社の借金返済や職場から来るストレスがたまって、口もきかなくなる一方、酒におぼれる日々が続いた。また、それが原因で夫婦喧嘩が絶えなかった。その後、夫が精神異常を起こして家庭の不和が更に続く中、鄭は子どもと一緒に教会へ通い、夫の回復を祈った。

　しかし、このような家族の努力も空しく崩れ落ちる事件が起こった。ある日、教会から帰って来ると夫の放火によって、わが家が全焼してしまったのである。その後、一間の部屋を借りて暮らすことになったが、夫の精神異常はエスカレートし、子どもにも暴力を振るい始めた。そして、日ごとに暴行は激しくなって、離婚を決意した。

　離婚後、実家に預けた子どもの生活費と学費を稼ぐ目的で初来日したのである。

　夫の事業失敗による経済的な困難から始まった家庭の不和、そして離婚まで経験していた鄭は、それまで自分に神気があることは自覚できなかった。それは、一般的な韓国人と同様の「シャーマニズムは迷信」という否定的な観念を持っていたからだという。

2) 入巫

　離婚後、出稼ぎのために来日した鄭は、都内の飲食店で働き始めた。以前は、社長夫人として豊かな生活をしていたのに、現在はホステスの身分になった現実を悔やみながら、数年間、一生懸命に働いて貯めた資金をもとに飲食店を経営するようになった。

　開店後しばらくは、店も繁盛して万事が思うままになると思われたが、長くは続かず数ヶ月後からは赤字経営に苦しみ始めた。当然ながら経済的にも窮地に陥ってしまった。

　そして、性格も神経質に変わって、肉体的にも何処となく苦痛を感じるなど異常が出始めた。当初は、精神的な疲労によるものだと思って簡単な健康ドリンク剤を飲んで耐えていたが、時間の経過と共に身体が重くなるばかりか、落ちつきもなく、欝病になるのであった。また、突然、号泣したり、10日以上も眠れない日々が続くことや、食物を受け付けず、数日も飲食をしない日々が続いた。

　このように神気は、精神的・肉体的な苦痛によるもので、菩薩候補者になる者は、神霊の選択によって巫病を患うのである。そして、守護神(モムシン、Mom-sin)となる多くの神霊は、候補者が自覚するまで様々な方法で苦痛を与え続けるのである。

　特に、鄭の守護神は食べさせない、眠らせない、外出もさせないという苦痛を与え続け、一日中、部屋の中に閉じこめ、経済的にも無能力になるまで窮地に追い込んで神霊の存在に気付かせようとした。

　こうした巫病は、時として深刻な身体的衰弱を伴うこともある。鄭は、上述の神霊の試練によって、60キロあった体重が38キロまでに落ちたのである。

　さらに、神霊の試練は続いて、目を霞ませて趣味の読書も出来なくし、一カ所に集中させなかった。また、どことなく苦痛を感じ、体を動かすことも出来なくなった。やっとの思いで病院へ行くと、過労のため安静が必要だと言われた。

　仕方なく、精神的・肉体的安静を求め、一時帰国した。帰国後、入院して人間ドックに入ったが、前回同様に異常がないと診断された。こうして当分の間は、韓国で療養生活を送って、再び来日し、数カ月間は薬に頼りながら店の経営を続けた。

　そうしたある日、鄭の店に遊びに来た菩薩が「あなたには神が降りている。菩薩の道を歩まなければならない」と口走った。

　その言葉が、気になって鄭は別の菩薩に相談すると、確かに神が来ているので降神巫儀を行って神霊を受け入れることを勧められたが、シャーマニズムに否定的であった鄭は、入巫せず解決する方法として符籍処方15)をおこなったが効果は見られず、苦痛が重くなるばかりであった。その後、入巫以外の解決策はないと判断した鄭は、降神巫儀を覚悟して韓国に帰国した。

　故郷のある菩薩を訪ねて、降神巫儀を依頼し、神娘16)として従う事を

---

15) 符籍(ブジョク、Bu-jeog)は呪符として、種々の災難をよけ、現世の目的達成のために超自然的な存在の力に頼る呪術的行為である。符籍は、悪魔の進入を防ぎ、病魔を追い払い、幸福をもたらす力があると考えられている。
　　村山 智順1929『朝鮮の鬼神』朝鮮総督府、pp.331〜393.
　　小口偉一・堀一郎監修1973『宗教学事典』pp.375〜377.
16) 神娘になると、助巫として一定期間、神母と同居しながら諸巫儀に関する学習と修行を行ってから一人前の菩薩として独立するようになる。
　　柳 東植1975『韓国巫教의歴史와構造』延世大学校出版部、p.281.

誓って巫儀の日取りを決めて準備金を手渡した。通常、降神巫儀の日取り
は、菩薩候補者の生年月日にあわせて吉日が決められる。そして、巫儀の
場所は、巫儀堂(クッタン、Gut-dang)[17]または菩薩宅に設けられている神
堂、或いは、聖石、聖木、聖水がある自然の聖なる場所や依頼者宅で行わ
れることが多い[18]。

　鄭は数日後、三神閣[19]で降神巫儀を行った。その後、神母が依頼され
た祖上巫儀(チョサンクッ、Jo-sang-gut)[20]に参加する目的で山神閣に居
残った。それは、鄭の霊力をテストするためのものでもあった。しかし、参
加はしたもののテストはさせないで、巫儀の準備のためにこき使われたので
鄭の守護神が怒り出した。さらに神母は、鄭の降神巫儀の際に使用した
神木(コッペ、Gos-bae)[21]まで使おうとした。先日行った鄭の降神巫儀で
神霊が神木を通して降臨したので、その霊力を奪おうとしたのである。神
娘にとって、神母は絶対的な存在であるため指示に従わざるを得ない
が、鄭の守護神がそれを拒否したので、別の神木を持って行った。このよ

---

17) 巫儀を行う目的で設けられている聖なる場所。

18) 文　相煕1990「韓国의 샤머니즘」『宗教란 무엇인가』분도出版社、p.171.

19) 三聖閣(サムソンカク、Sam-seong-gag)、七星閣(チルソンカク、Chil-seong-
　　gag)ともいう。これがいつ頃から韓国仏教の寺刹に存在するようになったのか
　　は確かではない。しかし、ほとんどの寺刹、庵子には山神閣があり、しばしばこ
　　こで巫儀が行われることもある。
　　柳　東植1975前掲書pp.260～266.

20) 祖上は、死霊祭が終わった先祖を指し、祖上巫儀とは、死してから一定の時間
　　を経た先祖のために行う巫儀である。
　　崔　吉城1994『한국무속의 이해』예전사、pp.356～357.

21) 巫儀を行う際に用いる白い布が七つ縛られている聖なる木。神々は聖木を通じ
　　て降臨するとされ、一度に限って使用が許される。数回も使用されることはタ
　　ブーとされている。
　　崔　吉城1994前掲書pp.96～97.
　　M.エリアーデ著　堀　一郎訳1974『シャーマニズム　―古代的エクスタシー技術
　　―』冬樹社、pp345～348.

うに、不浄を犯した神母はそれ以来、身体の苦痛が絶えなかったという。

その後も鄭は、祈祷修業を行うため、しばらく山神閣に留まった。祈祷は、夜12時に始まって夜明けまで続くが、それまで祈祷を経験していない鄭は、祈祷の仕方がわからず、三神閣に滞在している他の菩薩の指導を受けた。両手をあわせて、軽く目を閉じてしばらく巫経[22]を繰り返し唱えると、身体が震え、全身に汗が流れほど暑くなると神霊の降臨が始まったという。

このように、降神巫儀を行った鄭に降臨している神々は、以下のとおりである。

青竜皇竜神、山神、竜王神、五方神将、白馬大将軍、七星神、天地神明、玉皇上帝、日月星辰、檀君神、元暁大師、富士山童子神の12の諸神霊である。

降神巫儀を行って以来の鄭は、それまでの苦痛がなくなって、心身ともに安定して余裕が持てるようになった。そして、人のために生きるので生き甲斐も実感している反面、未だ韓国の友人達には菩薩職を内緒にしている矛盾点も指摘した。

3.2.2 崔「スニム」の場合

1）生い立ち

崔は、旧満州国の吉林省で三人兄弟の末っ子として1935年に生まれた。父は、吉林省の消防署長を勤め、家族が熱心な天主教徒であったため、崔は、軍隊を除隊するまで天主教会に通っていた。

1945年、日本植民地から解放されると、家族は父の故郷である慶北・金

22）すべての霊と通じる祈祷を行う際には、霊通祝願文（ヨントンチュクウォンムン、Yeong-tong chug-won-mun）を唱える。本書の資料編を参照。

泉に移り住むようになった。故郷の崔家は、代々法官の名門家で、叔父は慶北・安東で地方検察の事務局長を歴任し、実兄は、検事総長の秘書法官として活躍していた。このように名誉ある裕福な家庭で生まれ育った崔は、友人の間でも人気があって、高校の同窓会の会長を勤めたこともあった。

　こうした崔に、入巫の徴候が見られたのは軍隊に入隊してからであった。入隊して一回目の定期休暇が決まった七月のある日、故郷に帰る途中、事故に遭う夢を見たのが原因で休暇に帰りたくなかった。しかし、軍の社会では休暇も上司命令の一つであるため止めるわけにはいかず、嫌な気持ちで故郷行きのバスに乗った。

　そして、夢で見たように、雨の泥道でバスの転落事故に遭った。幸い、怪我はしなかったが、休暇期間の大半を病院で費やした。二回目の休暇も、同じような夢とバス事故にあった。崔は、部隊内の生活においても、天主に祈祷をすることは欠かさなかったが、このような事故に遭ったのは、天主教会に通ってはいけないとする「神の警告」だったと振り返った。

　その後は、何ごともなく無事除隊し、しばらくの間は兄の家で居候生活を送った。

　そして、1958年に見合い結婚をして故郷の金泉で事業を始めた。崔に、巫病の兆候が現れたのもこの時期であった。

2) 入巫

　結婚後の崔は、経済的に余裕があった両親から一軒家と大きな書店を生活基盤として相続したが、一年も持たずに倒産してしまった。その後は、菓子の問屋、クリーニング屋、ビリヤード場などを次々と開店しては閉店する失敗を繰り返した。こうした事業の失敗によって、精神的、肉体的なストレスと金銭的にも大きな損失を出した。

　また、事業の失敗が原因で身体の異常も生じ、日ごとに病症は重くなっ

て、食欲もなく、全身がだるくなっていた。病院へ行くと、精力がないと
し、放置すると身体が衰弱して命が危なくなるとして、体調を取り戻すた
めには犬肉や蛇を食べるように勧められた。しかし、体が食べ物を受けつけ
ず、食べては、吐いてしまうので諦めざるを得なくなった。こうした症状
は、神意によるもので神が飲食を拒否したという。

　そして、あらゆる薬を飲み健康回復を試みるが、効果は見られなかっ
た。また、漢方病院で針治療を行うと、針が曲がってしまうので追い出さ
れることもあった。また、定評のある温泉や山中の休養所などを転々としな
がら数年もの休養生活を送ったが、ある精神科医は、精神的な安静が必要
だとして娯楽を勧めた。それに従って、ビリヤードを習ったり、社交ダンス
を習ったりしたが効果はなく、神の試練は続いて病養生活中の崔を残し
て、最愛の妻が急死してしまった。

　残された二人の息子のために回復を誓って努力したが、身体が思うよう
に動かず、15年間の巫病生活を続けた。

　長年の病気の治療費で、財産もなくなり、入院費と薬代が不足したの
で、わが家まで売却せざるを得ない状況に陥った。しかし、なかなか家が売
れないので、ある菩薩を尋ね、売却予想の占いを依頼したが、菩薩は「山に
行って、祈祷すればすぐ売れる」といったので、半信半疑の気持ちで数回祈
祷を行うと家が売れたのである。

　その後、不思議に思って再び菩薩を尋ねると「あなたには神が来ている。
家が売れたのは、降神巫儀の費用に使わせるためだ」という。しかし崔は、
家門の事情や男の身で巫堂になるのは無理だとして、その言葉を無視した
が、病症は更に重くなり、苦しみが激しくなっていた。

　そして、苦痛に耐えられなくなった1976年に降神巫儀を行ってスニムと
なる。巫儀後は、これまでの病気が完治したのである。

　このように、一度神に選択された人間は、神を受け入れざるを得ないの

である。神意に反し、降神巫儀を拒否すると受け入れるまで神による試練・苦痛が続くのである。

降神巫儀を行ってスニムになった崔は、家系の社会的な面目もあって、故郷で巫業は不可能で、親戚も友人もいない南部地方の釜山に神堂を設け、巫業を行った。

その後、10年ほどは故郷に帰ることもなかったが、会長として招待された同窓会でスニム職が発覚し、二度と故郷に帰ることなく、6年前から日韓両国を往来していたが、現在は都内で巫業活動を行っている。

3.2.3 李「菩薩」の場合

1）生い立ち

李は、1921年に慶尚北道の慶州で漢方医師の傍ら、農業を営む両親の五番目の娘として生まれた。李家は宗家[23]であるにもかかわらず、両親は男子をもうける事が出来ず、門中の人々に心配をかけていた。そこで李を妊娠した時は、男児が生まれることを祈っていた。

韓国では、儒教思想のもとで「祖先崇拝」が何よりの子孫の義務として位置づけられ、男性中心の祖先祭祀が行われている。李家も男児の出生を期待していたが、李が生まれて、両親だけではなく多くの李家の人びとが失望感に陥った。

このように韓国社会において女性はあまり歓迎されない雰囲気の中で生まれてくる。これは男性中心で行われる儒教祭祀において女性が排除されていることからも分かる。そして、女性の結婚においても、新たに家庭を作り出すのではなく、すでに存在していた父系親族に女性が編入することに

---

23) 韓国の家族構成は、一子残留による直系家族を理念とし、家(チブ、Jib)永続の願望が強烈である。
　　宗家は、祖先から子孫へと継承される長男子家(本家)を指す。

なる。

　文化的に男子を選択する社会では、息子のない夫人に厳しい心理的緊張と葛藤を生じさせるのである。しかし、息子がない夫は、妻に向けられるような社会的な強圧的責任は感じない。そして夫としての立場や同姓集団内における社会関係が危うくなることもなく、万一、別の女性に男子を生ませたとしても、止むを得ないこととされ、社会や親族から非難されることはないのである24)。

　既に5人目の娘を生んだ李の両親は、男児をもうけるために「山神」「七星神」25)に供養を行い、祈祷する事を欠かさなかった。そして、祈祷に行く際は、心臓病を患っていた李も同行した。こうして李は、日常の生活環境において民俗信仰や習俗の中で成長したと思われる。そして、皆の願いが叶って、2人の弟が生まれた。

　その後、李は18歳になるまで、家の仕事を手伝いながら暮らした。就学の経験はなく、生涯において文字の読書きは出来なかった。当時の韓国は、日本の植民地時代で農村のごく一部の地主は別にして、総じて苦しい生活を強いられており、農家の娘が学校に通うのは考えられなかった時代であった。

　19歳になった李は、在日韓国人の柳氏と見合い結婚し、東京の三ノ輪に住み始めた。しかし、結婚して間もなく、夫が一男をもうけている再婚者である事に気付いた。さらに、姑が菩薩であることも知るが、帰国することも出来ず、「韓国では名家出身の私が巫堂家の後妻に嫁ぐとは」と結婚を後悔するばかりであった。

　それでも、10年ほどは普通の家庭とかわりなく、一家団欒の生活の中で一男をもうけ、幸せな生活を送っていたが、ある日、夫の浮気が発覚して

---

24) 重松真由美1982「韓国の女」綾部恒雄篇『女の文化人類学』弘文堂、p.208.
25) 山神祈祷では、事業の繁栄と成功そして子孫の繁栄も願う。また、七星祈祷では、子孫の授かりと延命祈願などを祈る。

家庭不和が始まった。

　夫は毎日のように外泊を繰り返し、酒に酔って暴力をふるった。さらに、博打にも手を出して、経済的にも苦しくなっていた。こうした日々の中、両親が山神、七星神に祈祷を行い、2人の弟が生まれたことを経験している李は、家庭円満の祈祷を埼玉の黒山で行った。

　しかし、祈祷が重なるにつれ、夫の酒と暴力、外泊が頻繁になっていくので仕方なく離婚を決意し、夫の同意を求めるが拒否され、暴力的行動を受け続けるのであった。その後、38歳まで結婚生活は続いたが、持病の心臓病が再発し、苦痛を訴えはじめたのもこの頃である。

2) 入巫

　家庭を顧みない夫の暴行が続く中、姑が亡くなると李の心臓病の痛みは更に激しくなっていた。当初は、幼児期の心臓病が再発したと思い、本国の家族から送られる漢方薬を飲んで治療をしたが、日が経つにつれて気力も食欲もなくなって、眠れぬ夜が続いて病気は治らなかった。

　後に李は、これも「神がさせたこと」だと振り返る。また、病状は悪化して声も出なくなり、胸の苦しみに耐えられず倒れることもあった。そして、全身が震えて歩けず、医者の治療や薬を飲んでも効果はなかった。

　そうしたある日、苦痛に耐え難かった李は、夢の中で「黒山に行って祈祷を行えば病気が治る」と聞かされて半信半疑の思いで祈祷を行った。すると、苦痛はなくなって元気が戻ったのである。しかし、帰宅すると再び苦痛が始まった。同様のことが何度もあるので、「黒山不動尊」の在日菩薩[26]に相談すると「お前には、神が降りているので降神巫儀を行うべきだ」と言われた。しかし、李家は、先祖代々から数人の大臣が出た両班の家系である

26）後に、李の神母になるが、1980年頃まで活躍した済州島出身の在日菩薩であること以外の詳細な点は不明である。

のに巫堂になることは、李家門に泥を塗る行為で、実家に帰れなくなると
して菩薩の言葉を拒否した。夫も、「母も巫堂だった」といい、猛反対する
ので降神巫儀は行わなかった。その後、李の病状はさらに重くなっていた。

　このように、韓国における巫堂は一般民衆からも差別の対象になってい
ることが知られよう。

　52歳になって、17年間の苦痛に耐えてきた李も、あまりの苦しさに我慢
できず、大臣が出た李家のプライドも捨てて黒山不動尊の在日菩薩に依頼
し、降神巫儀を行い、神霊を祀ると病気は完治した。そして新米菩薩と
なった李は、巫業に関する修行と学習を始めた。通常、降神を受けた新米
菩薩は、神母の助巫として生活を共にしながら一定期間の修行と学習を終
えてから一人前の菩薩として独立するのが一般的である。

　修行・学習の内容は、巫儀の行い方、巫歌や巫経の唱え方、そして祭壇
と供物の設け方と飾り花の作り方、また、各種巫具の使用法などを学習す
る。そして、菩薩としての姿勢と人格をも修行を通して教えられるのであ
る。李は、上述の修行と学習を3年ほど行ってから独立した。

　一人前の菩薩となった李は、関東地域は無論、関西・東北地方まで出
張に出かけて巫業を行ったという。当時は、滞日菩薩の存在は少なく、主
に在日菩薩の活躍が目立っていたが、1980年代半ばから滞日菩薩が増加し
ているのに対して、現在の関東地域における在日菩薩は李菩薩一人であ
る。李は、巫業活動を殆ど行っておらず[27]、不動尊を巫儀堂として提供
し、使用料を徴収して生計を立てている。

---

27) 李の話によれば、最初に神が降臨した時に比べ、現在は「霊力」が弱くなってい
　　るという。「降臨した神霊は、活動的であるため、若い菩薩に行きたがる」すな
　　わち、若い菩薩に降臨した神霊は、菩薩の行動と共に「遊べる」のに対して、年
　　寄りの菩薩は体力がないため神霊も「遊べない」のである。

3.2.4 任「菩薩」の場合

1）生い立ち

任は、韓国の首都ソウルの裕福な家庭の末っ子として1956年に生まれた。

韓国の家庭における女子の礼儀作法は厳しく、日常における仕事は掃除、洗濯、炊事などを手伝うことである[28]が、幼少期から病弱であった任は、家庭内においても自由が許された。

中学校に入ってから教会に通っていたが、特に信仰心を持ったからではなく、親しい友人と遊び場を求めて通ったに過ぎなかった。中学校と高校までは、病弱でありながらも平凡な少女として暮らした。しかし、高校卒業後は家族の反対にもかかわらず、歌手を夢見て音楽の勉強をはじめたが、全国を転々とする酒場の歌手生活を強いられた。

一般会社に就職を望んでいた両親の希望に逆らったため、歌手生活の数年間は実家に帰ることも出来なかった。そうした中、日常生活から不安を感じ、巫堂を尋ねて将来の運勢を占い、祈祷してもらうこともあった。

このように全国を転々とした生活を送ったのは「神の力」によるものであり、神気があったため「神霊によるテスト」[29]だったと振り返っている。

24歳になってから外国生活に憧れ、歌手の資格をもって興行ビザ[30]を取得して六カ月契約で初来日した。滞在中は、韓国クラブで働いたが、病気を患って仕事は殆ど出来ない状態であった。病気は、帰国間近になっても治らず、旅費がなくて困っているところ、ある男性から旅費を貸してもら

28）重松真由美1982前掲書p.214.
29）神霊が特定人物に降臨し、特殊な能力を与える際は長時間の試練を与えると信じられている。
30）演劇、芸術、スポーツなどの興行に関わる活動または、その他の芸能活動を目的とする滞在資格。
　　1996法曹会「平成7年度における出入国管理の状況」『法曹界』48巻9号、法務省入国管理局、p.133.

い、無事帰国することができた。

　帰国後もしばらくの間、男性と交際が続いて翌年の1981年に結婚して再来日した。

　来日直前、巫堂を尋ねて日本人と結婚して渡日する事を占ったが、「大運が入ろうとしているので運迎巫儀(ウンマジクッ、Un-maji-gut)」31)を勧められた。そして、300万ウォン規模の巫儀を行ってから来日した任は、資金40万円の食堂を開店した。

　開店して間もなく、「乾いた土の中から突然、澄んだ冷たい水が湧き出る」夢を見て、韓国で行った運迎巫儀を思い出した所、偶然にも店がテレビ局の取材を受ける事となった。これが話題を呼び、毎月の売り上げが数百万円を超える繁盛をした。そして、5年間の繁盛を機に事業を拡大させ、四つの飲食店と貿易会社まで設立するようになった。

　当時を振り返る任は、これが「神による恩恵だ」とは知らず、感謝の供養を行わなかった。苦しい時は、巫堂を訪ねて先祖供養と祈祷を欠かさなかったが、生活に余裕ができると先祖を粗末にしてしまったため、店の繁盛は続かず、1988年から神による試練が始まったが、既に2人の女子をもうけた後だった。

　その後、各店舗が経営難に苦しみ、一つの飲食店を残して他の店は閉店を余儀なくされ、暴力団に借金せざるを得ない生活を強いられた。更に、店の経営難によって夫婦の間にも、意見の食い違いが生じて喧嘩が絶えなくなった。そして、離婚に同意して店の名義と2人の子どもを引き受けて任は独立するが、借金は残ったままであった。

　経済的な貧困と借金取り立ての圧迫から精神的に耐えられず、飛び込み自殺を数回はかったが、死には至らなかった。

---

31) 運を迎え入れる目的で行われる巫儀であるが、小規模の財数巫儀である。運は、財物の運だけではなく、健康、無病の意味も含まれている。

このように「神に選ばれた」人間は自己意思では死ねないという。ある菩薩は、巫堂職を拒んで苛性ソーダを飲んで、喉を痛めて声がでなくなった場合や、腕の動脈を切っても死ねなかった[32]とする報告もある。このように「神の弟子」[33]には様々な苦痛と試練が与えられるのである。

1992年から日常生活自体が苦痛である任に身体の異変が起こり始めた。買い物に行って失神することや道端に座り込んで動けなくなることもあった。そして、店に出勤しては、店内を転がり回ったり、飛び跳ねたり、大声で暴れて客が来なくなることもあった。こうした渦中で、在日韓国人二世である現在の夫に出会って看病と借金の一部を返済した。

そして、再婚して間もない1992年6月に入ってから症状は更に悪化し、全身が震え、医者にかかっても病因が判明できず、栄養剤の服用を勧められた。

2）入巫

二度目の結婚生活は始まったが、原因不明の病気は治らず、頻繁に鎮静剤や睡眠剤を服用して昼夜を問わずに寝床に入った。起きていると、無意識的に異常行為をしたくなるからだ。例えば、吸えなかったタバコを吸ったり、夫に悪口を言ったり、夫婦関係も持ちたくないこともあった[34]。

任の身体的・精神的な異常は日増しに悪化し、出勤しても体が震え、仕事につかず帰宅することもしばしばであった。仕方なく、綾瀬の菩薩を訪

32）徐 廷範1980『韓国のシャーマニズム』同朋舎出版、p.75.
33）菩薩になることは守護神の弟子になると考え、自称「弟子」と称することが多い。
34）任は、自分に降臨した守護神が男神(8代目のお爺さん)であるため、こうした異常行為があったと説明している。巫病の過程やシャーマンにおけるセックス概念の変化などの異常行為は、沖縄のシャーマンであるユタにおいても報告されている。
山下欣一1983「シャーマンとセックス」関西外国語大学国際文化研究所編『シャーマニズムとは何か』春秋社、pp.208～210.

ねると「外祖母の霊が降臨している」と言われ、降神巫儀を勧められたが、信じられなくて再び三河島の李菩薩を訪ね、韓国から来たスニムに伺った。当初は、雑鬼が憑いていると言ったが、しばらくして外祖母が降臨したと判断され、降神巫儀を勧めるので1992年7月3日と日取りを決めて巫儀を行った。

降神巫儀は、李菩薩と韓国から来た童子菩薩と2人のスニムによって行われた。巫儀後、降臨した外祖母の神霊を自宅の神堂に祀ることで任の病気は完治した。

そして、新米菩薩となった任は、神母の下で巫儀に関する修行をしなければならないが、主巫であるスニムが帰国したため、独自の修行を行った。例えば、日光鬼怒川の男体山、二荒山神社、筑波山、高尾山などで山神大王の祈祷を行ったり、江戸川、中川において竜王大神の祈祷を行って神託を受け、言葉の扉が開いたという。

上述した内容から任菩薩の巫病の徴候は、無名歌手として酒場を転々とした時から始まったという。そして、来日当初の財運は神霊の恵みであったが、「神の恩恵」に対し、供養を行わなかったため、神から経済的な苦痛が与えられ、さらに家庭の不和、離婚という試練が課せられたと考えている。いずれにしても、神に選ばれた特定人物は、それを避けることは不可能であるため、神霊を受け入れざるを得ないのである。

降神巫儀を行った任は、幼児期から病弱であった体も元気になって、精神的にも安定し、薬を服用する事は二度となくなった[35]。

---

35) 任の入巫の詳細は、彼女の巫病における精神的・肉体的変化を「神寿録」として記しているので資料として提示する。本書の資料編を参照。

3.2.5 金「菩薩」の場合

1) 生い立ち

金は、1943年に慶尚北道・安東の農家で生まれた。黄海道(北朝鮮)出身である母親は、三代独子[36]である父と見合い結婚をした。父は既婚者であったが、男子をもうけてなかったため、初婚を装って再婚した。前述の李菩薩の事例でも分かるように韓国では代を継ぐ男子をもうけるのが子孫の義務でもある。特に、金の父のように独子で代を継いでいる家はなおさらである。男子をもうけるためならこのように初婚を装った結婚も社会や親族から許される時代だった。否応なく後妻となった李の母も、男児ではなく二女をもうけた。金が長女である。

その後、男児を生めなかった母は、親族の度重なる虐めと結婚生活の重圧に耐えられず、2人の娘と共に家出をした。このように婚家においても父系を継承し、次代の祭祀を行う男児が確保されるまでは身内の者としてみなされなかった[37]。精神的・肉体的に弱くなった母は、金が7歳の時に急死してしまった。

母を失った姉妹は、父元に戻る事もできず、慶北金泉市にある天主教系孤児院に預けられ、文字の読書きを習いながら「テレサ」という聖霊名をもって物心が付くまで孤児院で生活した。李は、熱心な天主教徒として、不幸な人生を送った母を思い出す苦しい時も、恋人に会う楽しい時も、「天主がすべて」だと思い、祈祷は一日も欠かさなかった。結婚を約束した恋人が軍隊に入り、無事除隊出来ることを祈っていたが、除隊間近で訓練中の事故で死んでしまったので天主に疑問を持ちはじめたという。

そして、数年の歳月が過ぎて金が30歳の時に同じ教会の信者と結婚し

---

36) 三代に続く一人の男子。一人の男児しか設けてないため、後孫の継続が不安定とされる。
37) 重松真由美1982前掲書pp.214〜215.

た。新婚の時は、夫の自営業も繁盛して長男が生まれた時は、母の鬱憤を
晴らすかのように嬉しかったという。さらに、次男も生まれて四人家族の幸
せな家庭生活を送った。

　しかし、ある時期から夫の事業が思うように行かず、間もなく、倒産と
ともに不運が始まった。事業失敗後の夫は、仕事に馴染めず、他の事業を
興しても失敗に終わり、経済的にも苦しい生活を強いられた。生活が苦し
くなった夫婦は、夫婦喧嘩が絶えず、結婚七年目にして合意離婚をした。
これまで信じ続けた天主が本当に存在するなら、こんなに不幸に陥るはず
がないと天主に再び疑問を抱くようになった。離婚を経験した金は、大量
の睡眠薬を服用し、自殺を図ったが早期発見で助かった。

2）入巫

　その後の金は、夢に悩まされるようになった。例えば、竜に連れていかれ
る夢、虎が漢字本を持って現れ、意味解読を強制する夢などが続いた。そ
して、頭痛も絶えないので天主に祈祷をするが、頭痛は治まらなかった。ま
た、ある日の夢では太極旗を一束抱えたお爺さんが現れて「これは全部おま
えの物だ」といいながら、高麗人参と一緒に与えられる夢を見た。さらにお
爺さんは「お前はなぜ、天主に祈祷をするのか」と激しく叱り、今後は「天主
への祈祷は止めたまえ」と命令した。しかし、幼い頃から心の支えであった
天主を裏切る訳にはいかないと反発して太極旗と高麗人参の受け取りを拒
否した。

　こうした夢は、数ヶ月も続いて目覚めても生々しく記憶に残るので精神
的な苦痛に絶えられず、天主教の修道院で百日祈祷を行う事にした。

　祈祷を行っている間も、夢は絶えず、ある日は牛を引いて山道を歩く
と、お爺さんが現れて「この山を平地にしろ」と命令する夢が一ヶ月も続い
た。その度に、命令を拒否はしたが、不思議に思った李が、修道女に相談
すると「祈祷が足りないからだ」とし、熱心に祈祷すればお爺さんは現れない

といわれた。

しかし、熱心に祈祷すればするほど夢見る頻度は増して行き、ある日は、列車事故に遭って数多くの人が死傷するが、金はお爺さんに助けられる夢を見た。そして数日後、夢は現実となって1981年5月15日に夢に見た内容と同じ列車事故が慶北、慶山で起こった。百人以上の死傷者が出る大事故であったが、金も親戚の家から帰り道で列車に乗り合わせていた（神が乗せたという）。金は、軽い怪我で助けられ、病院に運ばれたが、入院先でも夢にお爺さんが現れ、「お前は天主ではなく、七星閣を祀れ」と命令した。

いち早く退院した金が帰宅すると、周囲の人々が見舞いに来ては事故のショックで「目つきが変わった」といいながら早期回復を励まされた。

数日間の休養後、金は異常な言葉を口走った。見知らぬ人の将来を占うことや初対面であってもプライベートな事まで言い当ててしまうのであった。しかし、周囲の人からは「あの女は列車事故にあって気が狂った」といわれるが、予言することは的中し、噂になった。

このように、無意識に話す言葉が的中する事に本人も驚いてお爺さんの命令に動揺が始まった。その後の夢でお爺さんは、「これまでの天主の品々を教会に返すか、地中に埋めろ」というのでそれに従って十字架、聖書などの諸物を神父に返して別れを告げ、涙ながらの帰り道で「泣くな、泣くな」と叱られた。

そして数日後、菩薩を訪ねると、母方の叔父が朝鮮戦争の際、大東江で溺死したので叔父の死霊をあの世へ送らなければならないと言われ、祖先巫儀を行うと共に、お爺さんの降霊を試みたが、降臨しなかったという。

巫儀以来金は、母が男児を授かるために祈祷した八公山に行ったある日、お爺さんの語りを聞いた。

一生貧乏な生活から抜け出すことが出来ない病に苦しむ母がいた。その子どもは真面目だが学識がなく、母の病気を治せるような富も持たず、苦心していたところ、山神祈祷に行って「神の知らせ」を受け、母の病気を治

せる薬を頂き、急いで帰宅したが、母はこの世を去った後だった。その子ど
もは、学識があったら、母を助けられたと悔やみきれない思いで勉強に励ん
だという語りであった。

　その後、お爺さんは金に薬師如来の霊力を与え、「これをもって飢えてい
る人、老人、孤児、障害者、貧困で学問が出来ない人のために、生きなけ
ればならない」と命令した。

　思わず約束はしたものの天主教徒であった金は、理解できず、神父に助
言を求めた。しかし、神父と相談している間、隣の信徒が突然、倒れたの
で金がマッサージをして治した。すると、神父からは「教会に来るな」と命じ
られた。

　それでも金は、天主のもとに戻りたくてお爺さんからの逃げ道を模索
し、1984年から5年の間、米国に渡って生活をしながら現地の教会に通った
が、お爺さんの夢と肉体的な苦痛に悩まされ、症状は重くなって行くの
であった。仕方なく、帰国した金は、八公山で祈祷を行うと病症は楽に
なった。

　このような生活の中、父が亡くなって葬式に参加した際、「お爺さん」が
日本植民地時代の三・一独立運動に参加した独立運動家であることが知
らされた。その後、日本に行きたく(お爺さんの勧誘)なって、6年前に来日
したのである。来日を決意した日にお爺さんが現れて「日本の地で暮らして
いる人々の生活の安定や将来の繁栄のために祈祷し、二度とあのようなこ
とが起こらないように両国の親善のため尽せ」といい、植民地時代の死者の
ために祈祷することを命令したという。来日後は、年に数回は、両国の死
霊供養と祈祷を行いながらお爺さんの命令に従っている。

　以上のように、降神巫儀の経験を持たずに菩薩になった金は、活動にお
いても信者・依頼者の巫儀を行う事は出来ず、もっぱら占いを中心に巫業
を行っている。占いの結果によっては、符籍を用いて処方する場合と薬師

如来の力を持って行われるマッサージで依頼者を治療している。

3.3 滞日菩薩の特徴

　以上の事例で紹介した滞日菩薩の入巫は、当人の身体の異常である頭痛や食欲不振などと並行して夢か現か定かでない状態で神霊や精霊が働きかけるから、広義の神秘主義といえる[38]。そして、超自然的存在は様々な事柄や情景を目に見せ、耳に聞かせ、心に浮かばせるのである。これらに対して菩薩は「神が降りている」と表現する。

　こうした滞日菩薩の特徴及び日常生活における修行はいかに行われているのか。また、信者・依頼者の獲得と維持はどのような方法で行われているのかを考察したい。

3.3.1 入巫の特徴

　多くの菩薩の巫病原因は、夫の不倫と事業の失敗による経済的な苦痛、また、それらが原因で起こる長期にわたる夫婦間の葛藤と不和、そして離婚を経験している。こうした肉体的・精神的な苦痛を経験することから「神の選択」とされる巫病に発展する場合が多く見受けられる。しかし、当事者は病気の原因が神の選択によるものと認識出来ないまま、結果として現れるのが入巫せざるを得ない状況まで陥るのである。

　そして、滞日菩薩が行う降神巫儀の形態は以下のように整理できる。

---

38) 佐々木宏幹1983『憑霊とシャーマン—宗教人類学 ノート—』東京大学出版会、pp.9〜10.

① 日本で巫病を経験して、菩薩を尋ねて神霊による病気と判断されて
短期間帰国して密かに降神巫儀を行って、再び来日して活動する場
合である。韓国内で降神巫儀を行った菩薩は、通常、新米菩薩が神
母の下で行うべき修行や学習をしないまま来日するとこが多い。その
ため、日本における巫業においても占いや呪符処方に頼ることが多
く、信者・依頼者から巫儀の依頼がある場合は、韓国にいる神母を
主巫として招待するか、日本滞在の本国型菩薩に主巫を依頼し、本
人は助巫として参加する。その後、新米菩薩は依頼した主巫に巫業
に関する助言を求めることもあり、指示に従って学習するのである。

② 日本で巫病を経験し、帰国するのではなく本国の菩薩を招いて、日
本で降神巫儀を行って菩薩になる場合である。

上述の①と同様に、降神巫儀を行った韓国の菩薩は帰国してしまう
ので、新米菩薩は修行と学習が出来ないのである。①②のいずれの場
合でも、神母と接するのは短期間であるため、巫儀で歌う巫歌、踊
り、音楽などの芸術と巫儀の行い方と内容そして祭壇の設け方、造
化の作り方39)などを神母から習得する余裕がない。そのため、彼らの
中にはもっぱら占いや、呪符そして精誠祈祷でもって信者・依頼者
の要望に応じる菩薩もいる。すなわち、降神巫儀は受けたものの、信
者・依頼者の巫儀が行えないのである。信者から巫儀を依頼された
時は、本国から招待または日本滞在の本国型菩薩に再依頼して応じ
ている。このように滞日菩薩の社会では、神母と神娘の師弟関係は
事実上存在していないのである。

③ 日本あるいは韓国で巫病を経験し、日本に滞在する本国型菩薩に巫
儀を依頼し、日本にある巫儀堂で降神巫儀を行う場合である。この
ように降神巫儀を行った新米菩薩は、神母と同居しながら巫儀に関
する学習を含めて、共に修行に出かけることもあって、巫儀全般にお
いて神母の指示に従って学習するのである。巫業活動においても占い
や呪符処方は勿論、信者・依頼者の依頼に応じて巫儀を行うことも
ある。巫儀の際は、神母が助巫として付き添い、新米菩薩は神母の
指示に従って巫儀を行うのである。彼らにおいては、神母と神娘の師

---

39) 金 仁会1994『韓国人의 価値観 —巫俗과 教育哲学—』文音社、p.91.

　　弟関係がはっきりと存在し、巫儀に関する様々な諸事情を学習・習
　　得できるのである。

　滞日菩薩の入巫および降神儀礼は、上述の三つに分けられる。しかし①
②③の全体を通して共通する部分は、彼らの菩薩職を限られた親類以外に
は秘密にしていることである。そのため、短期間の帰国をもって降神巫儀
を行うのである。また、日本に滞在しながら巫儀を行い、日本国内だけを
巫業活動の場として考えている。

　ある滞日菩薩は、韓国から友人が観光に来た際、神堂が設けられている
自宅に招くことはなく、ホテルのレストランで食事をして別れる。

　滞日菩薩が、今後帰国してからも巫業を続けるかの質問に対しては「故
郷を離れて活動する」あるいは、「日本滞在を希望」していると答える場合が
圧倒的に多い。

　上述の事例で分かるように、第三者が持っている菩薩のイメージは勿
論、菩薩自身においても、巫業職に対してマイナス的なイメージをもってい
ることが少なくない。

　自らの意思で菩薩になった人は、少なくとも滞日菩薩の中に存在しな
い。では、如何なる人物が菩薩になるのかに関して彼らは、先天的に神に
選択された人として運命づけられていたとする。さらに、かつての「先祖（家
系）」の中に菩薩職を経験している人がいたなら、その子孫においても神霊
が降臨する確率が高いとする。即ち、菩薩は家系継承によるものが中心で
あることを暗示していると思われるが、当人は、神の選択による神意として
捉え、決して、逆らうことが出来ないとしている。

　また、前項の事例を整理すると、幼い頃から不安と苦痛、疎外感のなか
で育てられ、父母の愛が乏しい怨恨の生活環境で成長した例が多い。そし
て、結婚後は、家庭の破綻で精神的・肉体的な苦痛と経済的余裕のない
生活を送った経験をしている。また、離婚あるいは死別を経験し、不幸な

人生を送っている。さらに、大半の菩薩が名家門の裕福な家庭で生まれた
が、ある時期から神の試練が与えられ、恵まれていた経済的裕福から貧困
生活を強いられる。そして、肉体的・精神的な苦痛を伴って巫病にかかり、
病症が進展すると、苦痛に絶えられず入巫することで病気は完治する。

　このように彼らの入巫までの人生史は悲劇が中心的である。すなわち、
巫病は「突然の身体の苦痛」から始まるのではなく、人生史全体において巫
病の要素を持って日常生活を営む。そして、ある時点で巫病の要素が表面
に現れ、原因不明の病気に発展し、心身の苦痛を訴えて降神巫儀を行い、
神霊を受け入れ、菩薩職になることによって病気は完治するのである。

　このように菩薩になる運命は先天的・後天的と定まってないものの、事
例で見るように彼らはある年齢になると他とは異なった精神状態と態度を
示し、一種のシャーマン的性格を有するとみなされる[40]。こうして「選択さ
れた人物」は先輩菩薩の指示に従って「神の弟子＝菩薩」になるのである。
しかし、神の選択に従ったとしても、それは巫病からの解放を意味するもの
であって、日常性への復帰を保証するものではない。つまり「菩薩」になるこ
とを意味する。多くの在日・滞日菩薩は巫職を行うことを望まず、神の選
択から逃れようと抵抗し、反発するが、神の意に反すればするほど巫病は
悪化し、苦痛に耐え切れない極限状態になると仕方なく菩薩になることを
決意し、一連の巫儀を経て神の弟子になると巫病は自然に消える。

　滞日菩薩は女性が圧倒的に多いが、男性菩薩であるスニムの存在も認め
られているので性別に問わず巫業を行っている。

3.3.2 日常生活と修行

　在日・滞日菩薩の日常活動は、一般人とは異なる神の弟子として営ん

---

40) 佐々木宏幹1983前掲書p.5.

でいる。彼らの日常はおおむね以下に基づいて営まれている。

① 第一の義務は、諸神霊を祀ることである。守護神をはじめとする神々を設けられている神堂に祀り、毎日朝晩は井華水(チョンファス、Jeong-hwa-su)41)を取り替え、線香を捧げなければならない。そして、外出からの帰宅や巫業や儀礼などからの帰宅においてもまず、神堂で合掌し、挨拶を済ませてからその他の個人的なことを始める。

神堂に供えられている供物も季節によって旬の果物や新米を備える。そして、食べ物を口にする際においても神壇に捧げた後になる。また、金銭的な収入があった場合も、神壇に一部を供えた後で私物として使わなければならない。信者・依頼者が持ってくるみやげ物なども同様である。

② そして、信者・依頼者の世話と、彼らの要望に応じることが最大の義務である。そもそも、神の降臨は菩薩自身のためではなく、すべての人間のためであるので時間や場所を問わず、信者の要望があれば応じなければならない。

そして、年に数回に及ぶ行事の際は、近くに住む信者・依頼者を招いて祈祷を行った後、食事を振舞う。行事では、信者・依頼者の依頼があれば、占いや呪符処方を行うこともあるが、相互秘密を厳守するのも菩薩の役目である。

<依頼者の要望に応じて儀礼を行う滞日菩薩> <徹夜で修行を行う滞日菩薩>

---

41) 祈祷などに供えるため、早朝一番はじめに汲んだ井戸水を指すが、滞日菩薩は諸神霊に供える聖なる水を井華水という。

③ 菩薩のもう一つの義務が修行である。菩薩にとって修行は、基本的
な宗教行為として強調されている。

霊力は神霊から授かるが、それを維持するのは菩薩の修行であると言
われている。滞日菩薩の修行の場は、江戸川やお台場そして九十九
里浜などの海で行われることもあれば富士山、男体山、女体山、筑
波山、黒山などの山で行われることもある。修行は、菩薩個人の霊力
を強化する目的と澄んだ霊力の維持そして、信者・依頼者の維持を
その目的とする。修行行為は、短時間の滝修行と徹夜に及ぶ瞑想修
行が主である。

　以上のように、滞日韓国人社会で宗教者の役割を果している滞日菩薩
は、様々な形で日々の努力を重ね、諸神霊を祀り、修行を行うことによっ
て、社会的に認められ、信者が集まると共により多くの信者の獲得が可能
になるのである。

3.4 神堂

　神堂(シンダン、Sin dang)は、菩薩が神事である巫儀または告祀(コサ、
Go-sa)42)を行う一定の菩薩宅または家室であって致誠堂(チソンダン、Chi
-seong-dang)とも呼ばれているが、これは、韓国シャーマニズムにおける主
要なる聖所であり、祭場でもある43)。滞日シャーマニズムにおける神堂
は、菩薩個人が諸神霊を祀っている聖所として、巫儀以外のほとんどすべ
ての巫業活動が行われる場所である。そして、神堂では行えない巫儀は通
常、巫儀堂(クッタン、Gut-dang)と呼ばれ、祭壇が設けられている一定の

---

42) 告祀は、個人や家族の厄運を払い、幸運がもたらされることを諸神霊に祈る祭
　祀である。
43) 赤松智城・秋葉隆1938『朝鮮巫俗の研究・下巻』大阪屋号書店、pp.125～126.

聖所を祭場として利用する。

　本来、巫儀は、原則として堂内にて執行されるが、その一部もしくはその形態によっては露天で行われる場合がある。しかし、一時的に小屋またはテントを張ってその中に祭壇を設けて巫儀を行う場合もある。

　本項においては、滞日シャーマニズムの神堂と巫儀堂の構造と巫儀の際に用いられる巫具と巫楽器そして巫服の種類と用途などに関して考察したい。

3.4.1　個人神堂

　個人神堂は、菩薩宅の一室を利用し、諸神霊を祀る聖所として、その中には常に祭壇を設けている。

　本項では、個人の滞日菩薩がいかにして神堂を形成するのかその過程を考察する。

　ある人物が巫病を経験し、菩薩にならざるをえなくなった時は、降神巫儀(ネリムクッ、Nae -rin -gut)を行って諸神霊を受け入れることによって宗教者としての菩薩になる。その際、降臨した守護神および諸神霊を祀らなければならない。しかし、そうするためには神堂が必要になってくるが新米菩薩は、神堂の装飾や神像の準備などができない。この時、降神巫儀の主巫を務めた先輩菩薩が神母として新米菩薩のために神堂を準備するか、準備のアドバイスをするのである。

　神堂内の正面には多数の神霊や仏教の菩薩や道教的名称の神像などを掛け、五色の神将旗を

＜滞日菩薩の個人神堂＞

飾って丹青の色彩に富む聖所を作るのである。また、神堂には巫業に必要な巫具や巫服なども飾って置くのである。そして、菩薩が巫病の過程で経験した宗教体験を通して探し当てた神物や信者・依頼者が奉安した品々も保管している。しかし、神堂の形成に関しては特定の規則はなく、神壇における神像の配置や飾り付けなどは各菩薩によって異なっている。

　以上のように、菩薩宅における神堂は各菩薩の特徴を生かした聖所であり、守護神が中心をなすものである。そのため、神堂が、守護神の名前で呼ばれることや菩薩が神堂の名前または、守護神の名前で呼ばれることも非常に多い。

　　　例えば、七星神を祀る神堂は、七星堂、その菩薩は七星菩薩という。将軍神を祀っている菩薩は将軍神堂、将軍菩薩。また、智異山神を祀っている菩薩宅を山神堂、智異山神堂といい、菩薩は、山神菩薩という。そして、童子の神を守護神としている菩薩は童子菩薩、薬師如来を祀っていると薬師如来菩薩と呼ばれている。

　そして、滞日菩薩の中には仏教的な寺刹名を神堂の名称としている菩薩宅も多い。

　このように、入巫した新米菩薩が神堂を設けて巫業活動を行う初期の段階では、巫業を行う時間の経過とともに諸神霊が新たに菩薩に降臨して補助神として祀られる。

　こうして、菩薩の霊力は広範に及び、神堂に祀る神像も増えていくのである。そして、形成された個人神堂の具体的な形は菩薩によって異なるが、神壇に15から30位の神像・神図を奉安している。その中には巫病を通して降臨した一つまたは二つの守護神(モムシン、Mom-sin)を主神として必ず祀っている。守護神は、菩薩の体の主人という意味であり44)、菩薩の

─────────────────

44)　金　泰坤1994「韓国シャーマニズムにおける神観念と祭儀の象徴的原義」宮塚

一生における霊力の根源となって常に共存している。

　このように、菩薩が個人神堂に祀る神霊は降神巫儀の際に降臨した神々と、入巫後の初期段階で降臨または降臨したことがある諸神霊を上記の写真で見るように、神像と神図をもって祀るのである。

　逆に、降臨したことのある神霊を祀らなければ菩薩の身に病気などの不幸なことが起こると恐れられている。

3.4.2　巫儀堂

　韓国シャーマニズムにおいて、巫儀が行われる聖所は二ヶ所である。一つは前述した個人神堂であり、もう一つは、菩薩宅以外のところで、いつでも巫儀が可能な特定聖所の巫儀堂(クッタン、Gut-dang)である。

＜屋内巫儀堂の全景＞　　　　　　　　　　　＜屋外巫儀堂の全景＞

　巫儀堂が、個人の神堂と区別されるのはその大きさにある。そして、その周辺には、菩薩、信者・依頼者たちに崇拝される神木、神岩、神水のような崇拝の象徴としての聖物があって、これを中心としてその地域が神聖地帯として位置付けられるのである。滞日菩薩たちに巫儀堂として神聖視

準・鈴木正崇編『東アジアのシャーマニズムと民俗』勁草書房、p.21.

されるのは埼玉の黒山三滝に所在する。

<富士山で山神祈祷を行う菩薩>　　　　<九十九里浜で竜王祈祷を行う菩薩>

　そして、滞日菩薩は、巫儀を行う場所として主巫によって決められる自然の聖所がある。これは、上述したように神堂、巫儀堂または信者・依頼者宅ではない露天である。
しかし、主巫の菩薩が常に修行や巫儀を行う特定の場所あるいは地域である。ここには、当菩薩が尊崇する神霊が存在するとされる場所で、神堂よりも一層強く神聖視される聖所でなければならない。
　韓国国内ではこれらの自然の聖所が多く、壇(タン、tan)あるいは堂(タン、tang)と称されるところである。
　しかし、滞日韓国シャーマニズムには壇あるいは堂は存在しないが、聖なる地域として富士山と黒山そして九十九里浜などがある。これらの地域では、山神祈祷、竜王祈祷がしばしば行われる。また、菩薩たちの修行の聖地としても知られている。

3.4.3 巫具

　菩薩が諸巫儀の際に用いる装備を巫具という。菩薩の個人神堂や信

者・依頼者宅で多く行われる卜占の祭に用いる巫具は、鈴と扇子などがあるが、諸巫儀の際にはその種類も多様で、用途も特異なものが少なくない。しかし、滞日菩薩が用いる巫具は韓国内のそれに比べてはるかに簡略化されている。

　例えば、韓国内で用いられる巫具としては、鈴、揺鈴、扇子、月刀、三枝槍、斫一、水瓶、神旗などが各巫儀に用いられている[45]が、滞日菩薩は、鈴、揺鈴、神旗、木鐸などを用いて卜占や諸巫儀を行う。このように、韓国内のそれに比べて簡素な巫具をもちながらも韓国内の巫儀と変わらない多種の巫儀を行っている。巫具の簡略化には、日本国内では、入手が困難なもの、あるいは、韓国から持ち込む場合、危険物とみなされる月刀、三枝槍、斫一などが省かれている。

　滞日韓国シャーマニズムで主に用いられる巫具は次のようなものがある。

1）神旗

　薬師如来菩薩と称する金菩薩は、その神堂に五色五本の神旗を奉安しているが、これは五方神将の神旗である。1992年に降神巫儀を行って菩薩となった金は、祈願、卜占治療を主として活動するが、直接巫儀を行うことはない。しかし、本国では神が宿っているとされる神竿が別に存在するが、多くの滞日菩薩はこの神旗をもって神竿と併用している。

2）鈴

　菩薩が巫儀、卜占などを行う際に用いる巫具である。鈴は、滞日菩薩のシンボルの一つといえるほど好んで使われる巫具である。大抵は、七個の子鈴を連ねかけてあり、菩薩が巫舞をなすにあたって左手に持って振りながら舞うのである。鈴の音は悪魔が最も嫌うもの[46]とされるので、祈祷・巫

45）趙 興胤1997『巫—한국무의 역사와 현상—』민족사、p.166.

儀・卜占などの諸巫儀の際、必ず鈴を振るのである。そして、悪霊を祓い、善霊を招くものと考えられ、菩薩が行う卜占の際にも多く用いられる。また、神鈴にはシャーマンの守護神が宿っているものと信じられて、巫病に罹るものが神懸りの状態において山中に入り、山中から掘出して来たという鈴や鏡を持っている巫堂も少なくない[47]。

3) 揺鈴

女性菩薩は一般的に振り鈴をもって舞い、卜占を行うのに対して、男巫スニムは、仏教の影響と見られる揺鈴をもち、これを打ち鳴らしながら巫経を唱える。

揺鈴は、屋内で行われる卜占にはあまり用いられることがなく、屋外で行う諸巫儀や供養などで主に用いられる。

4) 木鐸

滞日男性シャーマンである崔スニムが用いる巫具には木鐸というのがある。本来は仏教の僧侶がお経などを唱える際に用いられるが、崔スニムは巫儀の際には、必ず木鐸を打ち鳴らしながら巫経を唱える。崔スニムの話によれば、木鐸の音は雑鬼を祓い、その音でもって諸神霊を招くと信じられている。これは滞日シャーマニズムにおける仏教の融合が甚だ強いことを示している。

3.4.4 巫楽器

韓国シャーマニズムにおける巫楽器の役割は、菩薩が卜占を行う場合や巫儀の祭、また、神霊の降臨においても不可欠なものである。さらに、儀

---

46) 鳥居竜蔵1976『全集 7巻』朝日新聞社、p.359.
47) 赤松智城・秋葉隆1938前掲書p225.

礼を展開する各段階においても音楽を伴い、その力を借りる場合も非常に多い。韓国内における巫堂は、助巫が演奏する杖鼓・ピリ・奚琴のリズムにのって廻舞を行い、テンポが速くなり出すと激しい旋回舞に入り、上下跳舞をへて降霊を促し、憑霊するのである[48]。

このような韓国シャーマニズムにおける巫楽器は太鼓、杖鼓、銅拍子、奚琴、横笛、縦笛などが主であり、様々な巫儀に用いられる。中でも致誠(チソン、Chi-seong)の際には太鼓、銅拍子が多く用いられる[49]。

一方、滞日シャーマニズムにおける巫楽器は太鼓、杖鼓、銅鑼、鉦などが主で、巫具と同様に韓国国内のそれと比べて簡略である。奚琴、横笛、縦笛などのように演奏技術を要する巫楽器は省かれ、比較的に初心者であっても演奏可能な巫楽器が用いられている。

それは、韓国内のように専門的な演奏者が滞日社会には存在していないからであろう。

このような巫楽器は、革製と金属製が主に使用されている。巫楽器は、巫儀や祈祷の形態によってそれぞれ異なる使い方をする。例えば、祖先祈祷、山神祈祷の祭には銅鑼、鉦が多く用いられ、降神巫儀の祭には各段階によって上述の巫楽器を繰り返し使用している。そして、前述の巫具と同様、巫楽器においても信者・依頼者の奉納品が多いが、場合によっては、菩薩が自費で購入するか、神母からの譲り受けた物をもって活動している菩薩も少なくない。

1)太鼓

シベリアから中央アジアにかけてシャーマニズムの一大特徴は、シャーマ

---

48) 内田るり子1984「音楽の側面からみたシャーマニズムの諸相—日本周辺地域を中心に—」加藤九祚編『日本のシャーマニズムとその周辺』日本放送出版協会、pp.341〜342.
49) 趙 興胤1997前掲書p.161.

ンが使用する太鼓であることはよく知られている。しかし、朝鮮半島に入ると、シャーマンは太鼓を用いるものの、シベリアのような片面太鼓ではなく両面太鼓を用いる[50]。

　韓国国内において巫具として用いられる太鼓は、男巫のバクスーが用いる巫楽器である。また、バクスーはこれを天上から吊り下げて巫経を読みながら打つのであるが、済州島においては男巫が杖鼓と通常の太鼓を併せて用いる[51]。

　一方の滞日菩薩においては、男巫女巫関係なく太鼓を用いる。また太鼓は、降神巫儀の際に主に用いられ、助巫が台の上に載せて打ちながら主巫の神託を促す。もちろん、韓国内のそれらと同様、巫儀の際は主巫自身が巫経を読みながら打つこともある。

2) 杖鼓

　杖鼓は、韓国シャーマニズムにおける巫楽器の最も代表的なものの一つである。杖鼓は、桐または松の木で出来ている円筒状の両面に牛馬革を張って、左右の手に撥を持って打つ。韓国のシャーマニズムにおいて杖鼓の左側は地獄の門を象徴し、右側は現世の門を意味している[52]。その意味においても、巫儀において欠かせない巫楽器である。

　滞日菩薩たちも巫儀を行う際には必ず杖鼓が用いられる。巫儀において杖鼓は、助巫が主巫の指示に従って打ち、主巫の降臨と神託を促す。

　降臨が始まる際には両手で激しく打つが、神託が始まると緩やかに打ちながら主巫の神託を信者・依頼者に伝える。

50）大林太良1984「日本のシャーマニズムの系統」加藤九祚編『日本のシャーマニズムとその周辺』日本放送出版協会、p.21.
51）赤松智城・秋葉隆1938前掲書p.232.
52）趙 興胤1997前掲書p.162.

3) 銅鑼・鉦

滞日シャーマニズムの巫楽器には、太鼓、杖鼓のような木材と皮革を主素材とする楽器と鉄(銅)を主素材とする銅鑼、鉦がある。

滞日菩薩たちが、巫儀を行う際は各段階の儀礼の性格に合わせて銅鑼と鉦を用いる。主に祭場や依頼者に宿っている雑鬼神を追い払う準備過程の不浄コリと雑鬼神を供養する終結段階で多く用いられる。菩薩たちは巫儀において、銅鑼と鉦の音によって雑鬼・雑神を鎮めるという概念を持っている。それは、雑鬼・雑神は金属やその音を好まないからである。

3.4.5 巫服

韓国のシャーマニズムにおける神霊は歴史的人物も多く、他宗教の影響によって受け入れた神霊も数多く存在している。そのため、巫儀においては各過程によって現れる神霊の性格が異なるため、菩薩が羽織る服装も異なって来る。韓国内では巫堂が、招く神霊になりきり、神霊の地位と性格によって李朝時代の文官(大監)・武官(将軍)または女官の服装を着ることがある[53]。

しかし、滞日菩薩が巫儀を行う際に身に付ける巫服は、最初の過程である不浄コリは平素の服で行われる。そして、中心過程に入ると、男巫スニムは僧服または官服、菩薩は官服を着ることが多く、韓国内で見られるような多様で華麗な巫服は用いられてないのである。終結過程では、平素の服に着替えるか、僧服または官服のまま儀礼の最終コリである後賤巨里を続けることがある。

---

53) 張 籌根1973『韓国の民間信仰―論考篇―』金花舎、pp.83～86.

1）神服

　神服は菩薩がそれを着ることによって、神の姿をとるものであるから祀られる神々の一神一神についてその神服を変えるのが原則である[54]。例えば、将軍神を祀る段階では軍服を着て、将軍として現れる。また、大監神を祀る段階では李氏朝鮮時代の大監の服装で現れるのであるが、滞日シャーマニズムでは韓国のそれより簡素な神服が用いられている。最初の不浄コリと帝釈神を祀る段階では灰色の僧帽をかぶって、長袖の僧服を着て木鐸を打ちながら巫経を唱え、巫儀を行うが、それ以外の段階では一貫して神服と神帽あるいは鉢巻をして望むことが多い。

　このように滞日シャーマニズムでは、巫儀全体を通して、二度のみ神服を改めるので服装においても簡素化されているといえる。

2）神帽

　本来、巫儀の際、頭部の神装にも種々あって菩薩がかぶる帽子をコカル(Kko-kal)というが、通常、滞日スニムは僧帽をかぶって巫儀をはじめる。そして、菩薩は頭部の神装をしないまま巫儀に入る。しかし、巫儀途中の各段階に応じて、神服に着替える際にはコカルをかぶることもあるが、男女巫を問わず鉢巻をして儀礼を行うこともある。

　神服・神帽は神の一部として神聖視されていることから神堂に掛けられ、一般人が触れたりすることはタブーとされている。

　以上のように滞日韓国シャーマニズムにおける巫具、巫楽器、巫服などは韓国のそれらに比べて簡素化され、諸巫儀を行っている。しかし、それが韓国シャーマニズムの衰退の表れではなく、異文化における韓国シャーマニズムの新たな誕生であると思われる。つまり、歴史において韓国シャーマニ

54）赤松智城・秋葉隆1938前掲書p.220.

ズムは異なる国家体制や宗教文化の変化に柔軟に対応し、時としては他宗教との融合あるいは相互影響と共に、儒教、仏教、道教の影響を強く受けている宗教的複合体を見出している[55]。そうした歴史の中で、韓国シャーマニズムは衰退することなく、その度に発展を遂げ、民衆とともに韓国歴史の初めから存在しつづけている。このように考えると、異文化という異なる社会環境と宗教文化の下で存在している滞日シャーマニズムは韓国シャーマニズム本来の性格を最も顕著に表していると思われる。

---

55) 文 相熙1975「韓国의 샤마니즘」『宗教란 무엇인가』분도出版社、pp.140〜141.

第4章
宗教儀礼の構造と機能

　韓国シャーマニズムは新羅時代から始まり、高麗時代と朝鮮時代に隆盛を極めた韓国民族の信仰形態である。その根源は、古代宗教にあり、長い歴史の中で定型化され、現在は民俗宗教として信仰されている。そして、近年に至って歴史的な激動期を挟んで、韓国シャーマニズムは韓国内だけではなく、日本に在住する在日・滞日韓国人によっても信仰されるようになった。

　前章では、滞日韓国人社会で信仰されているシャーマニズムの宗教現象を分析するための第一歩として滞日菩薩の名称及び入巫過程と入巫後の活動における諸事情を中心に考察したが、本稿では、彼らが行う財数巫儀の事例を通して滞日韓国シャーマニズムの宗教儀礼の構造と機能を考察したい。

　まず、巫儀(クッ、Gut)は、その目的によって異なる名称を持っている。例えば、肉体的・精神的な病気を治療する目的で行われる巫儀は「憂患巫儀(ウファンクッ、U-hwan-gut)」[1]、死者の霊魂を慰め、あの世や極楽へ導く目的で行われる巫儀は「チノギ巫儀(Ji-no-gwi-gut)」[2]そして、財産の

---

[1]　一般的には「病巫儀(ビョンクッ、Byeong-gut)」「患者巫儀(ファンザクッ、Hwan-ja-gut)と呼ばれ、病気治療のために行われる巫儀である。患者の多くは、医者にかかっても治らず、最終的な治療法として菩薩を尋ね、病因が神霊や悪霊によって引き起こされたと判断されると、病因となった神霊を祀るため、悪霊を追い払うために行われる。
　　崔　吉城1984『韓国のシャーマン』国文社、p.146.
[2]　チノギは、ソウル・京畿地方においてはチノギ(지노귀、Ji-no-gwi)、チンオギ(진

増加を願う場合や健康と幸運を願って行われる巫儀は「財数巫儀(チェス
クッ、Jae-su-gut)」[3]などの如くである。

　こうした巫儀の基本的な性格をひと言で表現すると「除災招福」の儀礼と
言える。つまり、災いを防ごうとする消極的な面と人間生活上の寿命・安
寧・富などの諸価値に関わる概念を取り込もうとする積極的な面があ
る[4]。そして、滞日韓国人社会において行われる財数巫儀は、菩薩、スニ
ムを中心に依頼者の家庭或いは、個人の繁栄、特に商売繁盛や無病長寿
を願って、決まった聖所で行われる宗教儀礼である。

　財数巫儀は、他の巫儀より規模が大きく、不定期的にかつ頻繁に行われ
る。憂患巫儀やチノギ巫儀は病気の治療や死霊祭として、仕方なく行う場
合が多いが、財数巫儀は、運が良い時は、運の維持を願って、運が悪い時
は、来福を願って自ら積極的に行う儀礼である。財数は「財寿」とも言う
が、主に財産や幸福そして健康などに関する運勢を表す言葉として、幅広
い意味をもって使われている。

　財数巫儀は依頼者の要望に応じた占いの結果によって、菩薩の判断で決
まる。以下においては、財数巫儀の過程をリアルに記述し、その構造を考
察したい。

　오기、Jin-o-gi)と称されるが、慶尚道などの南部地方ではオグ(오구、Ogu)と称
される。これらの巫儀は、死者の霊魂をあの世に送るために死後49日以内に行わ
れる死霊祭の巫儀である。
　赤松智城・秋葉隆1938『朝鮮巫俗の研究・下巻』大阪屋号書店、pp.179～188.
　重松真由美1981「チノギ賽神における祖上と神霊—韓国京畿道楊州郡K洞の事
　例—」『国立民族学博物館研究報告』6巻2号p.257.
3)　崔　吉城1984『韓国のシャーマニズム』弘文堂、pp.46～47.
4)　丹羽　泉1993「巫俗儀礼にあらわれる잡신について」『朝鮮学報』149輯、p.47.

4.1 依頼者「朴」氏と「玄」菩薩

　依頼者朴氏は、1959年ソウルで生まれた。数年前に夫と死別してから息子と生活してきたが、子どもが成長するにつれて、かかる学費や生活費などの稼ぎを目的に来日し、現在は、都内の飲食店で働いている。

　朴の依頼内容は、二ヶ月ほど前から事故で亡くなった夫が頻繁に夢に現れたり、幼児期に病死した兄と弟が夢に現れて、朴氏を激しく叱るというものであった。そして、夢の内容は、日常生活においても、生々しく記憶に残っているので物事に集中が出来ず、不安と焦燥の日々を送ったのである。さらに、夢見た翌日は、必ず悪いことが起こった。

　例えば、友人に金を貸したが失踪し、ついに返済されなかったことや数人がつのる数百万円規模の無尽講(ケ、Gye)が仲間の背信によってダメになってしまうなどの事が相次いで起こるのであった。こうした不運の解決を求めて、友人に紹介してもらった玄菩薩に運数の占いを依頼したのである。

　韓国滞在中の依頼者朴は、みずから巫堂を尋ね、巫儀や占いを依頼することは全くなかったが、日本滞在中は、上述のような悩みと精神的不安がある時は、菩薩を尋ね、解決を求める場合もあった。こうした傾向は、異国生活で実感する日常における不安と特殊な悩みを掲げている状況下で生じる宗教生活であろう。

　一方の玄菩薩は、1957年ソウルの裕福な家庭で生まれて幼児期を送った。物心がついた20歳過ぎに母親が巫病を経験して巫堂になった。そして、その数年後には兄までスニムになったので、それを嫌った玄は1989年に来日して生活するようになった。

　来日後まもなく、日本人の男性と結婚し、一男をもうけて幸せな家庭生活を送った。しかし、1994年から彼女自身も巫病にかかって、突然、奇声を上げ、真夜中に家を飛び出して通りがかりの人に助けを求めるなど、原

因不明な行動をするようになった。そして、周囲からは気違い女と言われ、夫婦別居を余儀なくされた。

こうした事が一年以上も続いたある日、「菩薩になればすべての病気は治る」という神のお告げに従って、1995年一時帰国して降神巫儀を行って菩薩になって、現在は都内の品川を中心に巫業活動をしている。

さて、信者・依頼者に対する占い方は、菩薩によって異なる方法で行われるので、本項では、滞日菩薩によって行われる一般的な占いの形態を示しておきたい。

占いの種類は、自然現象を見て行う「自然観象占」、依頼者を中心に往来する人間、その他の人間関係から見る「人事占」、夢を解いて行う「夢占」、身体の特徴や顔などで占う「観相占」、陰陽説に沿って見る「作卦占」、居住地や墓の位置などの地相を見て、子孫の運命を占う「相地占」[5]などがある。中でも、玄菩薩は夢占を中心に信者・依頼者の要望に応じている。

大概の菩薩がそうであるように占いは、依頼者の生年月日と生まれた時間、姓名を聞くことからはじまる。依頼者のそれらを聞いた玄菩薩は、朴の過去における身体の変化や怪我の経験、また依頼者の家庭内の事情や家族、親戚の死亡内容に関することなど、過去に生じた事項を次々と当てていく。そして、依頼者の夢の内容を聞いて、時折鈴を上下左右に振りながら夢占を行うのである。

夢占の結果、「お前の夫は子どもとお前が恋しくてこの世に多くの未練を残している。にもかかわらず、何の供養もされていなかったので怒っている。そして、幼児期に死んだ兄弟も、多くの未練を持ってこの世をさまよっている」とし、その恨を解決(プリ、Pu-ri)[6]してあげなければならないの

---

5) 任 東権1975「民間信仰」『宗教란 무엇인가』분도出版社、p.241.
6) プリ(풀이、Pu-ri)は、諸神霊に対して犯した罪を謝罪し、福を求める。
李 能和1927「朝鮮巫俗考」『啓明』第19号、啓明俱楽部、p.44.
李 能和著・李 在崑訳1991『朝鮮巫俗考』東文選、p.176.

である。そのため、死者の霊をあの世へ導く目的を兼ねた財数巫儀を行え
ば、必ず財数が入るという夢占の結果を伝える。

　それを聞いた朴は、数日間の苦心の末、巫儀の依頼を決意して日取りを
決める。しかし、依頼を受けた玄菩薩は、来日してから巫病を経験し、入
巫した滞日型菩薩であるため、巫儀の行い方を習得していない。

　つまり、巫病にかかった人物が降神巫儀を行った場合、神母と一定期間
同居しながら菩薩活動に必要な巫儀の内容、数十にもおよぶ巫歌や巫経、
巫踊と巫楽そして巫具の使用法や装飾の花の作り方などを習得すると同時
に修行を行った後、一人前になる[7]。しかし、滞日菩薩の多くは、滞在期
間の制限によって、降神巫儀後、間もなく再来日せざるを得ないので、学
習や修行が出来ない。そのため、多くの滞日型菩薩は信者・依頼者に巫儀
を依頼されると各巫儀を得意とする、本国型菩薩に再依頼している。玄菩
薩も本国型菩薩である崔スニムに主巫を依頼し、玄は助巫を勤める。

4.2　宗教儀礼の構造

　占いが、宗教体験による「思想的表現」であるとすれば、巫儀は実質的な
「行為表現」である[8]。巫儀は大概、菩薩宅に設けられている神堂、あるい
は聖石、聖木、聖水がある自然の聖所あるいは依頼者宅などの決まった場
所で行われる。そして、巫儀が行われる時間においても、人間の日常的な
生活時間である昼と区別して夜に行われるとされている[9]。しかし、滞日韓
国人社会では、菩薩宅ないし依頼者宅において巫儀が行われることは先ず

7) 金 仁会1987『韓国巫俗思想研究』集文堂、pp. 228～229.
8) 文 相煕1975「韓国의 샤머니즘」『宗教란 무엇인가』분도出版社、pp.159～171.
9) 金 泰坤1989「韓国 샤머니즘의 祭儀空間과 時間의 象徴的原義」『경희어문학』
　　경희대 국문학과、p.28.

考えられない。巫儀は、必ず歌舞を伴う宗教儀礼であるため、その際に生じる様々な巫歌と巫舞が異文化のなかでは、単なる騒音として周囲の迷惑として受けとられている。そして、時間に関しても昼夜の特別な区別がなく、依頼者の時間的余裕などの状況に応じて行われている。

　関東地域で活動している菩薩の多くは埼玉県入間郡越生町にある黒山三滝「山滝不動尊」を巫儀堂として利用している。

　巫儀堂が菩薩個人の神堂と区別されるのはその大きさにある。それは、巫儀の際に多くの人が見物に集まることもあれば、吉日とされる日には、いくつかのグループが同時に巫儀を行うこともあるからだ。こうした巫儀堂は大概静かな山の中に位置している。

　三滝不動尊は、古くから修験者の修行場として開かれている修道場であったが、20年ほど前から在日韓国人の李菩薩が管理するようになって現在にいたっている。

　ここで関東地域のほとんどの巫儀が行われるため、通称「三滝巫儀堂」として滞日菩薩たちに親しまれている。

　巫儀は、行われる場所に関わらず基本形態は守らなければならない。各巫儀は、基本的に十二祭次で構成されていることから十二巨里(コリ、Geo-ri)とも呼ばれるが、実際は必ずしも十二巨里とは限らず、その規模によって非常に融通性が高い儀礼形態である[10]。たとえば、七～八巨里で終わる場合もあれば、三十巨里まで拡大されることもある。巫儀の規模の大小は、依頼者の経済的要因によって大きく変わるが、滞日韓国人社会では、依頼者の時間的な制約も巫儀の規模を左右する要因の一つである。すなわち、信者・依頼者のほとんどが独身の労働者であるため、長時間職場を休むことが許されないからである。

　このように巫儀は、規模と内容の差はあっても、その過程は形態や場所

10) 崔 吉城1984『韓国のシャーマニズム』弘文堂、pp.68～74.

を問わず大きく三つの過程にわかれている。

① 準備過程—巫儀が行われる場所を清めると共に諸神霊を請(チョン、Cheong)する過程。
② 中心過程—降臨した諸神霊と菩薩、依頼者、見物人が相互交流・遊戯し、諸神霊を接待し、祀る過程。
③ 終結過程—降臨した諸神霊と雑鬼・雑神を見送る過程。

　以上のような基本過程に基づいて、諸巫儀は行われる。無論、祭次が拡大される場合であっても同様に上述の過程は共通している。

4.2.1 準備過程

　準備過程はまず、屋内外の巫儀場の「清め」から始まる。主巫が、銅鑼を打ちながら一周することによって、巫儀場に存在している雑鬼・雑神などを追い払う。不浄なものを取り除き、場所を浄化した後、聖なる場所に諸神霊と祖上神を請するのである。それが終わると不浄巨里(ブジョンコリ、Bu-jeong geo-ri)に入る。

　主巫であるスニムが顔を洗い、巫儀堂周辺の四方に塩を振りまく。依頼者は三本のロウソクと線香に火をつけた後、供物の中から果物と魚、肉類を少々、祭壇に並べる。そして、主巫が十分ほど巫経[11]を唱えることで不浄巨里は終わる。

　それが終わると、すぐに山神巨里が始まる。山神は最高位の神霊であるとされる[12]。山神は、黒山の山神を含む高山や名山の神々である。しか

---

11) 一切の不浄を追い払うとされる仏説不浄経または不浄経(ブルソルブジョンキョン、Bul-seol bu-jeong-gyeong)または、(ブジョンキョン、Bu-jeong-gyeong)を唱える。本書の資料編を参照。
12) 巫儀の形態によって、神意は異なるが、本儀礼では、山神を最高神として位置

し、山神には、韓国の名山である智異山、太伯山の山神もその対象となっている。つまり、異国の地で行われる巫儀にもかかわらず、韓国国内の名山、高山の諸神霊が重要視されているのは、滞日韓国シャーマニズムにおける神観念の興味深い点がある。

さて、依頼者が祭壇にお辞儀(クンジョル、Keun-jeol)[13]をすると、主巫は巫経[14]を唱える。それが終わると、杯に注いであった神酒を四方にまく。その後、依頼者に再びお辞儀を勧める。そして、祭壇に供えられていた供物を少しずつ切り取って皿に盛り、祭壇から一壇低いところに用意してある雑鬼・雑神のための祭壇に供え、依頼者に三度お辞儀を勧める。山神巨里では、本日、行われる巫儀が無事に終わるように見守ってくれることと、降臨する諸神霊が雑鬼・雑神に邪魔されないよう、道開きの助けを求め、願うのである。

そして、祖上巨里に入る。祖上神は巫儀の準備過程で請される。韓国シャーマニズムにおける祖上神は「儒教」のそれとは基本的に異なる。儒教の祭祀では子孫が祖先を祀る。つまり、下世代が上世代を祀ることである[15]。祭られる対象は、基本的に祭主の四代目の祖先までとされるが、韓国シャーマニズムにおける祖上の範疇は、世代の上下に関係なく、広範囲の意味を持つ。場合によっては、天神、地神、山神などの自然神と始祖神及び英雄神、外来神なども祖上神として崇拝されている。そして仏教や道教から受け入れられた諸神霊も祖上神として祀られる事もある[16]。

祖上巨里の場所は、玉皇上帝のために設けられた、室内の祭壇に移される。祭壇は、北方に向かって設けられ、その下には井華水が用意され、白

づけ最初に祀るという。崔 吉城1984『韓国のシャーマン』国文社、pp.145〜146.
13) 女性最高の敬意を表現するお辞儀で、額に両手の甲を重ねつけ、ゆっくりと両膝を曲げながら座って深く頭を下げる。
14) 山王経(サンワンキョン、San-wang-gyeong)を唱える。本書の資料編を参照。
15) 伊藤亜人1993『韓国—もっと知りたい—』弘文堂、p.165.
16) 超 興胤1991『巫와 民族文化』민족문화사、p.81.

い布で覆われている。そして、依頼者の実家と夫方、両家の祖上神に対する請が行われる。主巫は緩やかに銅鑼を叩きながら巫経[17]を一時間ほど唱え続ける。その間、依頼者には絶えずお辞儀を勧める。

　暫く休んで、主巫は、鈴、木鐸、銅鑼をかわるがわる打ちながら巫経[18]を唱えはじめ、依頼者を隣に座らせてお辞儀することを勧める。それが終わった依頼者に、合掌したまま「私の所願を聞いて下さい」と声を出して祈るように勧誘する。

　一時間ほど、祈り続けた後、井華水を覆っていた白布を取って、暫く休んだ後、依頼者に二回のお辞儀を勧め、祖上巨里が完全に終了する。白布を取って休んだのは、降臨した諸神霊に沐浴する時間を与えるためである。これで不浄巨里と諸神霊を請する各巨里が終わった。

　このように、諸神霊ごとに請し、清めたのは、各神霊の清めの範囲が異なるからである。山における不浄は黒山神に清めを求め、次に地位が高い祖上の神々の順に不浄の清めを求める。そして、祖上の諸神霊に所願を祈るのである。祖上神の中でも依頼者の直系先祖の神々が最低位に存在するとされる。

　こうした巫儀の順は、巫儀の種類と場所に関わりなく、変動しないのが原則であるが、海辺や川辺で行われる巫儀は、山神より、竜王神に不浄の清めを求めなければならない。

---

17) 祖上霊の生前の冥福を祈って、「願い」を捧げる蘇文経(ソムンキョン、So-mun-gyeong)を唱える。
　　本書の資料編を参照。
18) 先祖兄弟の霊魂を慰める万祖上解願経(マンチョサンヘウォンキョン、Man-jo sang hae-weon-gyeong)を唱える。本書の資料編を参照。

4.2.2 中心過程

　本過程は、巫儀において最も中心的な過程である。性格の異なる諸神霊を降臨させて、菩薩の能力を発揮し、諸神霊との直接交流によって対話を行うと共に、彼らの中心的な役割である空唱(コンス、Gong-su)[19]が行われる過程である。

　財数巫儀においても、空唱が行われるので以下に諸神霊・スニム・菩薩・依頼者による空唱の対話を記し、巫儀の構造を考察したい。

　主巫であるスニムは、巫服に着替えて両手には竹旗(テ、Dae)[20]を持って開いている巫儀堂のドアに近づく。助巫が、銅鑼と太鼓を打ち始めると主巫は身を屋外に乗り出して、竹旗を上下に楕円形を描くようにして強く振りながら神々に呼びかける。「今日、我々はここにて祖上様に、供養を捧げることになりました」といいながら振り続ける。しばらくすると、神の降臨が始まる。

神　霊：疲れた、どうしよう。私が誰か分かる？

　　　　苦しいよ、なぜ、私をさがしているの。わしが誰か分かるかい。お前たちが生きていくのを見るとわしは四六時中、心が痛いんだ。この気持ちをお前は分かるまい。

　　　　それでも、わしはどうすることもできないんだ。

　　　　お前に会いたくて仕方がなかったが、会うとまた溜息は出るし。

---

19) 空唱(コンス、Gong-su)とは、巫儀の途中、菩薩を媒介として伝えられる諸神霊の言葉、神託である。
　　李　能和1927「朝鮮巫俗考」『啓明』19号、啓明倶楽部、p.32. 超　興胤1991前掲書p.178.
20) 巫儀が行われる際に用いられる神木。一般的には竹(テ、Dae)と呼ばれる、五色(白、赤、青、黄、緑)五本の旗が用いられている。
　　崔　吉城1994『한국무속의 이해』예전사、p.96.

でも、お前の辛い気持ちはわかるよ。これまでの心配ごとは全部
忘れて、何があっても、生きて行こうとかたく決心して日本に来
たじゃないか。それに今日は、お前が致誠(チソン、Chi-seong)[21]
を尽くしているのを見ると嬉しいよ。今日は、よく来てくれた。お
前の願いは何だ全部言って見ろ。

依頼者：私がすべての罪を背負ってもいいので、亡くなった弟が良いとこ
　　　　ろに行くようにしてください。

神　　霊：お前はまだ、若いのに足が痛くて歩けなくなることもあるだろう。
　　　　それは、この私のせいだ。今日は痛めている腰も治してあげる。し
　　　　かし、お前はいつから菩薩になるのか？

依頼者：菩薩になるのは嫌です。

神　　霊：そうか。そう言われてもわしは何も言えない。とにかく今日はあり
　　　　がとう。これからも祖上を大事にしてくれ。

依頼者：はい、わかりました。
　　　降臨している神は、依頼者の実家の祖上神である。①

　　そして、再び激しく銅鑼が鳴ると主巫は二、三回竹旗を振る。

神　　霊：わしも来た。お前、今日はよく来てくれた。お前の苦しい気持
　　　　ち、わしは全部分かる。異国に来ている悩み・苦しみを誰にも打
　　　　ち明ける事もできない。その気持ちよく分かる。だから、このわし
　　　　がお前を助けるために来たじゃないか。しかし、お前の家庭が、ど
　　　　うしてこんな状態になってしまったのかわしにも分からない。何で
　　　　先祖の墓を勝手に移葬したのか。勝手に先祖の墓を移葬したせい
　　　　で、家族が三人も死んだじゃないか。それが誰か分かるか？

依頼者：父と夫、実家の兄が幼い時に死んだことは聞きました。

---

21) 神仏に真心をささげ、祈ること。

主　巫：移葬した先祖の墓をそのまま放置してはいけない。成長する子ど
　　　　もの将来のために供養しなければならない。

依頼者：はい、わかりました。

神　霊：お前を助けてあげるからあまり心配するな。なんと言っても我らの子
　　　　孫じゃないか。しかし、移葬した墓のことはしっかり守ってくれ。

依頼者：はい、わかりました。

　　　降臨した神は、黒山山神王である。②

　　　暫くして、主巫が竹旗を振ると助巫は銅鑼と太鼓を打つ。

神　霊：私たちは誰もが羨ましがるオシドリ夫婦だったのにどうしよう。今
　　　　日は、私のために供養してくれるのに私が知らないふりをしてはい
　　　　られない。
　　　　お前が今まで、我慢し続けてきたすべての恨み、悩みはこの私が
　　　　聞いてあげる。しかし、何回もお前の夢に現れて知らせたが、お
　　　　前はずっと俺のことを知らないふりをしたじゃないか。

主　巫：夫も客死したのか？

依頼者：はい、夫は事故で亡くなりました。

神　霊：だから、私の客死の恨も晴らしてくれ。何でお前はそんなに意地
　　　　張りなのか。
　　　　一緒に暮らす時もそうだったが、お前の意地張りな性格で本当に
　　　　苦労したよ。

主　巫：夫は投機に失敗したことがあるのか？

依頼者：はい、無口な性格のために、投機に失敗しても相談もせず一人で
　　　　悩んで、最後には精神異常になって事故に遭いました。

神　霊：お前と俺の子どもがいるから助けてあげないわけにはいかない。今
　　　　日はお前と一緒に「遊び」ながら、久しぶりに、お前が注ぐ酒を一

　　　杯飲みたい。お前と私が楽しく遊べばすべてが解決できる。私が
　　　祖上様に言ってあげるから心配するな。私は金銭欲があったが、
　　　それはお前と子どものためだった。お前と暮らしながら性格が合
　　　わなくて苦労もしたけれども、これで大丈夫だ。
　　降臨した神は、事故に遭って客死した依頼者の夫である。③

　　竹旗を振りながら巫儀堂を歩き回る。銅鑼と太鼓が鳴る。
神　　霊：わしも来たよ、お前の爺だ。今日はお前の悩み、恨みを全部聞い
　　　てあげるよ。
主　　巫：夫方の家も移葬を行ってしまったな。
依頼者：はい、夫の爺さんの墓を移しました。
　　降臨した神は、夫方のお爺である。④

　　銅鑼と太鼓が鳴る。
神　　霊：お前がわしを思っているのに、わしがここに来ないわけにはいかな
　　　い。ここに来てお前を見ると、お前の母が恨めしいよ。だけど、お
　　　前がわしを探してくれるだけで嬉しいよ。わしがお前を助けてあげ
　　　るよ。でも、今日は、わしの弟もよくもてなしてくれ。
　　降臨した神は依頼者の父である。⑤

　　銅鑼と太鼓が鳴る。
主　　巫：お前の弟がここに来ているが、何もしゃべらないよ。こいつ、しょ
　　　うがないな。お前に会いに来ていることだけは知っておくれ。
依頼者：弟は生前も無口でありました。
　　降臨した神は依頼者の弟である。⑥

暫く銅鑼と太鼓がなる。

主　巫：お前の兄が童子神(トンジャシン、Dong-ja-sin)[22]として現れてい
　　　　る。あの世で修行もし、学識もあって物知りだけど何かを恨んで
　　　　いる。この子を祀ればお前にたくさんの財数を与えてくれるよ。
　　　　この子は欲張りだが、いつもお腹を空かせて恨みも多く持ってい
　　　　る。今、服も着てないよ。
　　　　こいつは、お前のお母さんが死なせたね。
依頼者：母はいつも、病気の看護が足りなかったせいで兄を死なせたと
　　　　言っていました。
　　　子供の服も買って来ましたので供えて置きます。
主　巫：この子にお願いすれば金を儲けさせてくれるよ。お前が買い物に
　　　　行って必要でもないものをたくさん買うのはこの子が憑いているか
　　　　らだ。
依頼者：はい、私はいつも買い物で要らない服も手当たり次第何でも買っ
　　　　てしまいます。
　　　　幼くして病気で亡くなった依頼者の兄が童子神になって降臨し
　　　　た。⑦

　　　主巫は、しばらく竹旗を振りながら依頼者の回りを旋回する。
主　巫：お前には、死んだ兄弟がもう一人いるけど、誰か分からないか？
依頼者：(しばらく黙って)はい、はい、母から私の兄がもう一人死んだこと
　　　　を聞きました。
主　巫：そうだよね。だって、ここに来ているんだもの。⑧

---

22) 男児が死後、神霊として現れると童子神といい、幸運と財数をもたらすとされ
　　ている。

　そして、お前の外祖母も来ているよ。外祖母が、お前の守護神になって来たよ。⑨

　本来、お前の母が菩薩になるべきだったのにできなかったからお前に神霊が降りているのだ。どうしよう、お前はもう、菩薩にならなければならないんだ。

　助巫が銅鑼と太鼓を鳴らす間、主巫は、持っていた竹旗を依頼者に差し出して一つ選ばせる。依頼者が赤の竹旗23)を選ぶことでの空唱24)は終わる。それは、降臨した諸神霊が今後、依頼者に財数を与えることを約束し、赤の竹旗を「選ばせた」と考えられ、諸神霊の意志として受け止めている。仮に、依頼者が、赤以外の竹旗を選んだときは、以上の過程を繰り返し、赤が選ばれるまで続くのである。

　以上のように、主巫の仲介によって降臨した神々25)の空唱が行われた。しかし、空唱の際、依頼者に神気があると判断された場合、依頼者自身の降臨を試み、神気の強弱を量る。つまり、依頼者が、諸神霊と直接接触・交流し、神意を確認するのである。

　神気は、降臨を受けた依頼者の「遊び方」すなわち、神がかりの状態で行われる跳び舞などの踊り方、空唱の行い方などを主巫が観察して、依頼者の神気と憑依している神霊を確認するのである。また、依頼者が直接諸神霊と遊ぶことによって、より多くの財数が期待されるのである。

　こうした目的で、依頼者・主巫・助巫と諸神霊との遊びがはじまる。

---

23) 赤旗は財数と幸運を意味する神霊の意志である。
24) 菩薩が巫儀の途中、神として語る神の言葉。空唱の内容は巫儀の形態によって異なるが、大概の場合は神自身の性格、行われた巫儀の評価、財数を与えることの是非を語る。
25) 降臨した神霊は、山神以外は依頼者の祖先神が主として降臨し、全部で九つの諸神霊がある。
　　実家神＜右手＞：①⑤⑥⑦⑧⑨、夫方神＜左手＞：③④山神：②

　まず、主巫が鈴と木鐸を打ちながら巫経26)を唱える。その後、祭壇の前で木鐸を打ちながら、巫儀の年月日、そして、依頼者と息子の生年月日及び現住所を読み上げ、巫経をとなえる。その間、依頼者は祭壇に向かって、お辞儀を続け、願い事を繰り返して言う。主巫のお経は、神将(シンジャン、Sin-jang)に捧げるもので、諸神霊が招かれる際、他の雑鬼・雑神が一緒に付いてくることを防ぐと共に、降臨する祖上神が生前に犯した罪などを許してもらうためである。巫経が終わると、暫く休む。それは、諸神霊が祭壇の下に用意された井華水で沐浴をする時間を与えるためである。

　その後、助巫が太鼓と銅鑼を激しく打ち鳴らすと主巫は、依頼者を祭壇の前に座らせ、竹旗を巫儀堂の屋外に出して何度も振りつづける。そして、依頼者を覆うようにして竹旗を撫で下ろす事を数回繰り返した後、依頼者の両手にそれを分けて持たせる。左手の竹旗は、夫方の祖上神が降臨する神木を象徴し、右手は実家の祖上神を象徴する。つまり、神霊が降臨する際、どちらの手が震えるかによって、どの神が降臨されたかが判断出来るのである。

　銅鑼と太鼓が激しく鳴っている間、依頼者は両手を高くあげて、竹旗を持ったままじっとしている。数分が過ぎるや否や少しずつ右手が震えると、突然立ち上がって巫儀堂を飛び回る。そして、外へ飛び出して暗闇の中を走り回り、三滝の下では幾度もお辞儀する。そして、助巫を抱いて「ありがとう、ありがとう」と繰り返しお礼を言って踊りつづける。

　このように始まった神がかりは五つの神々27)と直接接触・交流してそれぞれの神意を確認する。そのたびに見られる喜怒哀楽による神々との遊びは数時間に及んだのである。

　以上のように、財数巫儀では、諸神霊を降臨させてもてなし、供養しな

---

26) 今後も、神霊が無事降臨することを願う神明祝願経(シンミョンチュッウォンキョン、Sin-myeong chug-won-gyeong)を唱える。本書の資料編を参照。
27) ⑦⑤③⑥⑨の順に降臨し、直接交流・接触する。

がら菩薩・依頼者・見物人と一緒に遊ぶのである。これは韓国シャーマニ
ズム構造の特徴である「皆が一つになって遊ぶ均衡」の構造と言える。それ
は決して一面、一部分に偏らずに全てのものに対する限ない網羅と参加を
促すものである。

　人間が抱いている問題は、人間生活と万物、そして神霊界を含んだ世の
中から常に生じる均衡の消失からだと言える。こうした不均衡の要素を多
くもっている、滞日韓国人は、日常から様々な問題に悩まされている。そ
して、不均衡から生じる諸問題の解決を滞日菩薩に求めると、巫儀を通し
てそれらを再生、回復させるのである。また、巫儀は壊されるかもしれない均
衡のバランスや深化する不均衡を防ぐための積極的な宗教儀礼でもある。

4.2.3 結び過程

　結びの過程は、普通、後賤巨里(フチョンコリ、Hu-cheon geo-ri)また
は、ティチョン巨里(뒷전거리、Dwis-jeon geo-ri)とも呼ばれる。巫儀の準
備過程や中心過程では雑鬼・雑神が招かれてもてなされる余地がなかった
が、ディチョン巨里ではそれぞれの神の性格にしたがって、巫踊と巫経、音
楽と対談そして飲食で接待され、見送られる。

　巫儀の締めくくりは、降臨した神々を見送る事と雑鬼・雑神をもてなし
て退散させることである。この過程はまず、諸神霊のために用意された衣服
や装飾の花と神札などを丁寧に折り畳んで、集めることから始まる。諸神
霊のために用意された服は、依頼者の身を撫で降ろすようにして一度触れ
てから畳みあげる。

　そして、供え物や装飾の花などのすべてを燃やすことでこれらを諸神霊に
送るとみなされる。供物などが燃える間、依頼者は合掌して祈りながら二
度のお辞儀をする。

しかし、依頼者に財数をもたらすとされた、童子神の服や装飾は持ち帰らなければならない。そうすることで降臨した童子神を依頼者が連れて帰ることになる。

助巫は、祭壇に供えられた供物(果物、肉類、魚類、穀物、菓子類、お酒)などを少しずつ盛って屋外に小さい祭壇を設ける[28]。後賎巨里の準備である。

後賎巨里は、屋外に設けられた祭壇の前で主巫が巫経[29]を唱えることで始まる。依頼者は、何度もお辞儀をしながら諸神霊と一緒に降臨した雑鬼・雑神を最後にもてなして見送る。これですべての財数巫儀は終わる。

このように巫儀を行うことによって、依頼者が抱いている不均衡の要素と不安を取り除き、異国における日常生活の再生と回復をはかるのである。

滞日韓国人社会には、菩薩と呼ばれる宗教者が存在し、異国生活の独特な悩みをもつ信者・依頼者の要望に応じている。その悩みは、法的に安定した生活を送る人も、不法滞在のまま不安定な要素をもって生活している人も持っている。そして、在留資格の有無や滞在期間の長短に関わらず、滞日韓国人の生活が不安定な要素を多く含んでいることは明らかである。

こうした不安定要素は、精神的・肉体的な健康を損ねた時に表面化し、自分の力ではどうにもならないことが生じると「この世」を越えた宗教的職能者、すなわち、菩薩・スニムによる「救済」を求めるのである。

現在、滞日韓国人社会において、巫儀は様々な要因によって行われている。

これらの巫儀でみられる諸現象の中には、韓国シャーマニズムが古代の文化史から始まった歴史的宗教現象でありながらも、外来宗教文化との混

---

28) 雑鬼、雑神のために設けられる祭壇である。
29) すべての客神をもてなして送るティヨンサンプリ(뒤영산푸리、Dwi-yeong-san pu-ri)を唱える。
　本書の資料編を参照。

合現象が多く見られるように滞日韓国シャーマニズムにおいても、韓国内のそれと同様に信仰対象となる神の混合が見られる。特に、自然神系統の混合は各巫儀ごとに現れている。

そして、菩薩の個人神堂には、日本の自然神を奉安している場合もある。中には、富士山山神を補助神として祀っている菩薩もいる。

すなわち、韓国民衆の宗教文化の底辺に流れているシャーマニズムが異国の地においても受け入れられ、変化をし続けている。これは、滞日韓国シャーマニズムが韓国シャーマニズムの本質を把握できる良い機会を与えていることを示している。

一方、諸神霊の混合にも関わらず、各巫儀の基本構造に変わりがないことから滞日韓国シャーマニズムは外来宗教文化を取り入れてより豊富な宗教的表現を積極的に表しているともいえよう。

4.3 滞日シャーマニズムの機能

韓国シャーマニズムは、古代の国家形成期から存在していた民間信仰として巫俗信仰または土俗信仰とも言われて来た。そして、シャーマニズムの歴史は、韓国民族の歴史と共に現在の生活においても固有の宗教として機能している。

シャーマニズムの中心人物であるシャーマンの機能は、呪医(medicine man)・妖術師(sorcer)・呪術師(magician)以上に霊魂の導き手(psychopomp)であり、司祭者(priest)、神秘家(mystic)、詩人(poet)でもある[30]とし、エ

---

30) M.Eliade,Shamanism－Archaic Technique of Ecstasy－(Bollingen Foundation,New York,1964)p.4.
　　堀　一郎訳1974『シャーマニズム―古代的エクスタシー技術』冬樹社、pp.5~6.
　　文　相熙訳1977「샤마니즘」『世界思想全集46』三省出版社、pp.56.

クスタシーの状況において祈願・祈祷・卜占などが行われている。

　以上のようなシャーマンの機能に対して、韓国シャーマニズムの機能は以下のようなものがある[31]。

　　① 予言の機能
　　② 救病の機能
　　③ 祓除の機能
　　④ 遊戯の機能

　つまり、韓国シャーマニズムは古代より、司祭、予言、医療の面において重要な機能を果たしてきた。すなわち、巫堂は民衆と神の霊媒的役割とともに司祭の機能や疾病退治の機能などを主とする「積極的機能」を有するとともに、民衆の未来を占う卜占、予言の機能などの「消極的機能」[32]をもって社会的な存在が認められた。そして、李朝の排仏崇儒の国家理念においても、彼らの機能は衰えず、民衆の遊戯的欲求を満たす新しい機能まで生まれたのである。

　そして、近年に入ってからは、日本で新たに誕生した滞日韓国シャーマニズムがある。彼らは、信者・依頼者の欲求への応じ方は、託宣、予言、卜占、祭儀、治療などの様々であり、同一人がこれらのすべての役割を果たすこともあれば、数人によって分業されることもある。しかし、異文化の中におかれている滞日菩薩は、こうした役割を社会・宗教的な裏面による間接的活躍を余儀なくされる一方、異文化の中に存在する自文化と自国民衆においては、表面の直接的活動を積極的に行っている。

　このように、今世紀の初頭から存在している滞日シャーマニズムが果た

---

31) 朴 桂弘1989「近世巫覡의 社会的機能에 대하여」『民俗信仰』教文社、p.35.
32) 秋葉隆は、占者・予言者・祭司・巫医などの機能を有し、巫儀においても招霊を主とする行為を「積極的儀礼」、祈祷・供養を「消極的儀礼」と定義している。
　　赤松智城・秋葉隆1938『朝鮮巫俗の研究・下巻』大阪屋号書店、p.314.

している機能を以下において考察したい。

4.3.1 予言・卜占の機能

　滞日韓国人社会には複数の菩薩が存在し、滞日韓国人に対する宗教的役割を果たしている。彼らは、独立自存の人物で、その優れた霊感と高い力量を備えた媒介者であることと、神の言葉を繰り返したり、述べたりすることを確認している。こうした菩薩の役割の中で最も重要とされるのは神霊と人間との仲介の役割を果たし、神託を語り、卜占を行うことである[33]。即ち、神霊の意を予知して人間に啓示すると共に、人間の所願を神霊に告げ、招福祓除するのが菩薩の重要な使命である。こうした機能は、呪術によって行われることから呪術者として社会に認められている。呪術は、個人の招福祓除を目的として行う呪術と共同集団の招福祓除のために呪術を行うことである。前者を私的呪術者とし、個々の未来を予知したり、治病を行うのが主な役割である。そして、後者を公的呪術者とし、集団の大規模な祭儀などを司る役割をしている[34]。

　韓国シャーマニズムは機能的に見れば二つに分かれている。祭司者(プリースト)的役割が強いタンゴルは、村落を中心とする集団の宗教的問題の解決に努める。そして、予言者(シャーマン)的役割を果たしている巫堂は、個人の宗教的問題に不可欠な存在である事から二重の信仰形態を持っていると言えよう。

これは、日本においても「氏神型」と「人神型」の二重の信仰型の基本構造がある[35]。

---

33) 柳 東植1976『朝鮮のシャーマニズム』学生社、pp.116〜117.
34) 朴 桂弘1989前掲書p.36.
35) 堀 一郎1971『日本のシャーマニズム』講談社、pp.114〜116.

1)氏神型 ⇒ ① 特定地域集団の政治的自立性を前提として、維持と統合のシンボル的役割を果たす。

② 信仰にも閉鎖性が強く、神の性格もそれを反映し、排他性が強く見られる。

③ 神は機能神ではなく、局地集団や特定氏族に対して全知神的性格が持たれる。

④ 氏神は特定の氏族、同族、局地集団の成員と、系譜的関係と契約的意識によって結ばれる。

⑤ 信者・奉仕者は特定氏人か集団内に出生したものに限る

⑥ 神の権威や権力は神を奉ずる氏人・氏子の社会的政治的経済的文化的地位や特色を直接反映する。

2)人神型 ⇒ ① 特定地域集団を前提せず、超氏族的、超局地的な広域信仰圏を樹立し、氏神型信仰の現状維持的、総合的シンボルとしてではなく、原初的にこれらを分裂に導き、より高次の信仰統一へと吸収する役割を演ずる。

② 氏神の閉鎖性と排他性に対して解放性と包摂性を特色する。

③ 神は強い個性を有し、機能神的、人格神的性格をおびる。

④ 神と人間の関係は系譜や地域の特殊性と先天的契約ではなく、個人の選択的信仰によって結ばれ、信ずるものに庇護と恩恵を、信ぜざる者には崇咎や報復をもたらす。

⑤ 信者・奉仕者となるためには個人の出生は条件にならない。ただし、神が特定の人、特定の家系を神と人との仲介者として選ぶのが通例である。

⑥ 神の権力、性格はそのメディエーターの呪術宗教的能力、接神技術、または組織力、政治・経済・文化的能力また社会的階層、信者の質、世論などに左右される。

つまり、氏神型はタンゴルに類似し、プリースト的であり、人神型は巫堂と共にシャーマン的であるといえる。

　しかし、滞日社会では韓国内のようにタンゴルが存在しないので、シャーマン的な性格を持っている菩薩たちが私的呪術者として個人の運命、未来の吉凶を予知する予言的機能を主として行っている。

　彼らは、万事において吉凶禍福の運が存在して、それらは神霊によって左右されると信じている。そして、日常生活の危機と依頼者の直接的な福利に関係し、個人の相談に応じて、家族や個人の不幸の原因を突き止め、解決するのである。

　滞日菩薩は、巫儀において幾度も占いを行う。太鼓と銅鑼の音楽に合わせて歌舞を行いながら神霊を招いて直接交流し、神意を解釈して占うのである。占いの結果は信者・依頼者の未来を詳細に予言したり、祈願を促したりすることなどである。

4.3.2　治病の機能

　韓国シャーマンの重要な役割として次にあげられるのは治病の機能である。古代朝鮮の高句麗琉璃王が病気[36]の際、巫堂に依頼して即治したとすることから治病は古くから巫堂の役割であった事がわかる。そして、高麗を経て朝鮮時代になって東西活人院の官署[37]を設けて、巫堂は民間人の伝染病の治療を担当し、多くの人々が完治したとする。

　このように巫堂の治病機能が認定され、古代以来王権者をはじめ、民衆に至るまで巫堂の治病活動の例は多い。

　彼らの治病にはいくつかの類型があって、朴　桂弘は以下のように述べている。

---

36)『三国史記』巻13高句麗本紀第一琉璃王19年9月条「王疾病,巫曰,託利・斯卑為祟,王使謝乙,即愈.」李　丙燾訳『三国史記・上巻』乙酉文化社、p.256.
37) 李　能和1927「朝鮮巫俗考」『啓明』第19号、啓明倶楽部、pp.15～19.

① 予防装置として発病の原因と信じられている悪鬼を防止するための呪術行為として安宅巫儀がある。これらは病魔が接近できなくする事前の予防呪術である。
② 雑鬼・雑神の侵入によって患者が出た場合、これらを追い払って治病する呪術行為としてプリ(풀이、Pu ri)があるとされる。
③ 病気の治癒程度に関わりなく、病鬼が患者から離れたと仮定して行う呪術行為として小規模の巫儀(プダッコリ、Pu-dag geo-ri)がある[38]。

　以上のように、儀礼行為で悪霊・悪鬼の侵入を予防・退除するのが韓国内の主な治病機能である。

　通常、シャーマンは何の理由もない自然発生的な病気や死の存在は、一切信じない[39]。ある種の夢を見ることによって、また、タブーを破ったり義務を怠ったために、神々や精霊から復讐を受けることによって病気になるとされる。滞日菩薩は、すべての病気が超自然的な存在によって生じるとはしないものの、多くの病気が超自然的原因によるものと解釈している。例えば、お腹が痛いとか、頭が痛いなどの身体的な病気は、二通りの原因がある[40]と考えられている。

　一つは、神霊と死霊によるものである。通常においては神霊と死霊によって病気は生じないが、巫儀や供養の際に丁寧に祀らなかったりすると病気を与えるのである。こうした病気の治療法は、神霊に対して犯した罪を詫び、歌舞、供養を行って神霊を招き、謝罪し、盛大に祀って神意を宥和させる消極的治療法が用いられる。

　そしてもう一つは、死霊の中でも、この世に恨みを持っている霊や子孫達に祀られることのない霊と悪鬼が侵入して苦痛を与える場合があるとさ

---

38) 朴 桂弘1989前掲書p.38〜39.
39) アンドルー・ワイル著・上野圭一訳1993『人はなぜ治るのか』日本教文社、p.210.
40) 玄 溶駿1975「済州島のシンバン」『えとのす』新日本教育図書、p.76.

れる。これらの治療は、諸悪霊を敵対化し、追い払う積極的な治療法で対応することが多い。例えば、患者を座らせて、銅鑼などを激しく打ちながら巫経を唱えて悪鬼を追い払う。また、場合によっては罵りながら脅迫することもある。そして、第三の位の高い神霊に頼んで、患者に憑いている悪霊を追い払ってもらうこともある。こうして悪鬼の退治が終わると多くの場合は、符籍をもって悪鬼の再侵入を予防する。このように、神霊・死霊の性格を判断して宥和と駆逐または第三の神霊の力を借りて治病に当たるのである。つまり、超自然的存在が原因で発病した時は、超自然的方法をもって治病する。しかし、韓国国内の巫堂は、薬の処方や鍼灸をもって治療することは決してないとする[41]が、滞日菩薩の中には、針灸やマッサージをもって治病することもある。都内の日暮里で活動している李菩薩は、薬師如来菩薩の霊力をもって、訪れる信者・依頼者の治病に鍼灸とマッサージを利用して治療にあたっている。降神を受ける以前の李は、学校教育は受けたことがなく、特別に漢方の知識があって治療ができるわけでもない。守護神の薬師如来の「指示」に従って患部をマッサージし、患部に鍼灸を打って治療する。

　こうした滞日菩薩の機能は、非科学的で正常ではないとする見方が支配的であるが、少なくとも滞日韓国人社会においては、韓国の伝統宗教の治療法として宗教的、社会的機能を果たしていると言えよう。

4.3.3 祓除の機能

　滞日韓国シャーマニズムの基本は、現世利益であると考え、日常生活において安心立命するためには、悪霊の接近を防いで善神・善霊を迎え入れなければならない。もし、悪霊が侵入したとされる場合は、悪霊を敵対化

41）玄　溶駿1975前掲書p.77.

し、攻撃・駆逐する積極的な方法で対処することもある。また、悪霊の威力に屈して、悪霊を招き入れ、もてなす儀礼を行い、悪霊自らが退くように消極的・妥協的方法を用いることもある。しかし、これらの機能は儀礼を中心として行われるもの、あるいは鍼灸・マッサージなどの治療法で信者・依頼者の要望に応じることが多い。一方、滞日菩薩は悪鬼・悪霊の祟りを防ぎ退けるために符籍を用いることが多々ある。

　道教から受容された[42]とされる符籍は、病気原因、財産の運、男女の縁、家庭不和、受験の合否などが悪鬼・悪霊によるものと考え、これらの侵入を防ぎ、また退治する目的で呪文を唱え、文字や絵図の呪符を描き、それを患部に張ったり、身に付けたり、また、家の中の指定された場所に張ることで病気が治り、財数が入って、男女の縁が結ばれ、家庭円満になると考えられている。

　符籍は、呪力的な威力を含むもので、これらをもって悪鬼・悪霊に対抗すれば、悪鬼はその威力に恐怖を感じ、退去すると信じられている[43]。滞日菩薩は、霊力が澄んでいるとされる深夜に符籍を描く。呪符の大きさは様々であるが、黄色の紙に朱砂(ジュサ、Ju-sa)をもって描くのが効果的とされる。朱をもって符を書くのは、朱そのものの価値よりも「朱色」即ち、赤い色が悪鬼・悪霊に恐怖をしめす威力を持っている[44]とされるからだ。符籍に関しては本論文の第6章においてさらに考察を試みた。

　滞日菩薩は、信者・依頼者の病因や苦悩の原因が悪霊・悪鬼によるものと判断された場合は符籍法をもって、これらの祓除を行い、招福を祈祷し、彼らの生活に安寧と幸福をもたらすのである。外国生活という特殊な環境・文化の中で菩薩は滞日韓国人の精神的・肉体的な苦痛と悩みの解決を以上の機能と役割をもって果たしている。

---

42) 金 仁会 1987『韓国巫俗思想研究』集文堂、pp.217〜218.
43) 村山智順1929『朝鮮の鬼神』朝鮮総督府、p.377.
44) 村山智順1929前掲書p.378.

第 5 章
滞日シャーマニズムの神霊観と祖先崇拝

5.1 神霊観

韓国シャーマニズムにおける神の種類は多種多様である。韓国全土に共通に祀られる神もいれば、各地方によってまた、各々の菩薩が独自に信じている神霊も多くある。つまり、神霊の存在は、特定地域や人物による信仰を中心に展開されるのである。

神霊の名称も多様である。同一の性格を持つ神霊の名称が地方や菩薩個人によって異なったり、同じ名称であっても違った性格の神霊として祀られることも多くある。例えば、韓国シャーマニズムの神統で重要な位置を占めている山神がそうである。

韓国の建国始祖である檀君は古朝鮮を建国した後、山神になったとされる[1]。そして、李朝の開国祖である李成桂と戦って死んだ高麗朝の悲劇の武将である崔瑩将軍も山神化されている[2]。一方、本土に多かった虎も山神として信仰されている。しかし、済州島におけるシャーマニズムでは山神は存在しない[3]。つまり、山そのものの神と檀君と崔瑩将軍と虎の四位が韓国シャーマニズムにおける山神である。

このように神霊の種類や名称が地域と菩薩個々によって異なった存在と

---

1) 柳 東植1976『朝鮮のシャーマニズム』学生社、p.23.
2) 柳 東植1975『韓国巫教의 歴史와 構造』延世大学校出版部、p.253.
3) 張 籌根1973『韓国の民間信仰―論考篇―』金花舎、p.359.
　　泉 靖一1971「朝鮮のシャーマニズム」『朝鮮学報』第58輯4号、p.3.

して多くあるのは、韓国シャーマニズムの他宗教と異なる宗教的特異性による[4]ものといえよう。

　従って、これまで神霊観に対する明確な定義が述べられていないのもこうした理由であり、今後も明確に規定することは困難であろう。

　しかし、シャーマニズムにおいて信仰の対象になる諸神霊は、それぞれの神霊観によって祀られる。そのため、如何なる神霊をどのように信仰するかの問題はシャーマニズムの本質的な問題である[5]と言える。そして、太古から現在に至るまで韓国民衆の間に脈々と続いている宗教現象の観点から見て、シャーマニズムの神霊観念は韓国及び滞日韓国人の宗教観がどのようなものか、また母国の伝統宗教が如何に意識されているのかが検討できると思われる。

　そのため、本章では、現在の滞日シャーマニズムではどのような神々が祀られ、信仰されているかを分類・把握した上で、諸神霊と菩薩との関係をも考察したい。

5.1.1　神霊の分類

　滞日シャーマニズムにおける神概念が、信仰されている神霊観によるものだとしたら、その分類は、以下のように韓国系と日本系の神霊に分けられる。

　　　1）韓国系神霊　　① 巫儀の際に祀られる神霊。
　　　　　　　　　　　　② 菩薩の個人神堂に祭られる神霊
　　　　　　　　　　　　　ⅰ. 神図として現れる神。
　　　　　　　　　　　　　ⅱ. 神像として現れる神。

---

4) 金 仁会1994『韓国人의 価値観―巫俗과 教育哲学―』文音社、p.84.
5) 金 泰坤1995「韓国巫俗の神観」桜井 徳太郎編『シャーマニズムの世界』春秋社、p.155.

```
                    ③ 巫儀堂に祀られる神霊。
  2) 日本系神霊      ① 巫儀の際に祀られる神霊。
                    ② 菩薩の個人神堂に祭られる神霊。
```

　上述の韓国系神霊の①は、人間生活において経験できる自然・現象・状態の事物全体に神霊が宿っていると考えられている。そして、神霊の存在理由と存在の是非を論理的に追及するのではなく無条件に受け入れている部分が多い。②は、日常生活において直接の関わりが希薄と思われる神霊の霊力を菩薩が利用できるとされて祀られることが多い6)。例えば、英雄神、怨恨を抱いた死霊、祖先霊などである。③は、外来宗教で祀られる諸神(釈迦如来菩薩、玉皇上帝神)などである。

　また、滞日菩薩の神霊観にもっとも特異の神霊は日本系神霊である。①は、日常生活と最も密接な関わりを持っている自然神の山神、水神などが巫儀の際に必ず祀られている。そして②は、日本神話上の祖神つまり、神道神である天照大神を補助霊として祀る菩薩がいるが、それに対する当事者の神霊観は、外来宗教の神霊としてではなく、日本に滞在するがために、韓国の祖神である檀君神と同等の日本の祖神7)として祀っている。

　このように分類した二国の神霊をさらに詳細に分けて考えることが可能である。筆者が調査した資料によれば合計50以上に及ぶ、両国の神霊が信仰されている。

　神霊を系統別に分類すると次のように分けられる。

　1) 自然神系
　　　① 天　神8) ── 天上神、天王神、帝釈神9)、日月星神、七星神。

---

6) 金 仁会1994前掲書p.85.
7) 東京都大久保に滞在する鄭菩薩は補助神として天皇の祖先神と富士山神を神堂に祀っている。
8) 韓国の天神信仰の基本は、降臨神話である檀君神話に起源がある。天から降臨

  ② 土地神 ── 地神、土主神。

  ③ 山　神 ── 山王大神、山神童子、山神、名山神、堂山神。

  ④ 水　神 ── 水神、海神、川神

  ⑤ 火　神 ── 火士大神、竈王神

  ⑥ 竜王神 ── 竜王神、四海竜王、青竜神、黄竜神

  ⑦ 方位神 ── 五方大神、五方神将

  ⑧ 大将神 ── 天下大将神、地下大将神、白馬大将神、青馬大将神

 2) 人物系

  ① 王族神 ─ 檀君(大王)神、太祖大王神、大王神、公主神

  ② 将軍神 ─ 将軍大神、金庾信将軍神、崔栄将軍神[10]、南怡将軍
        神、郭再祐将軍神、

  ③ 大監神 ─ 別相大監神、成造大監[11]、글문(Geul-mun)大監

  ④ 祖上神

  ⑤ 童子神

  ⑥ 明心神

 3) 仏教系

  釈迦如来菩薩、観世音菩薩、薬師如来菩薩、元暁大師

 4) 道教系

  玉皇上帝神、七仙女神、関羽将

 5) 雑神系

  雑神・雑鬼として乞立神、不浄神。

した檀君は古朝鮮を建国・統治した後、太伯山神になったとされる。

　柳　東植1975前掲書、pp.30〜31.

9)　在来の天神が仏教伝来後に仏教的用語に変わり、「帝釈」と呼ぶようになったも
　　のと考えられる。

　金　泰坤1967「天神と帝釈神」3月22日、慶熙大学学報。

10)　高麗末の重臣で貧困民衆のために様々な政策をとって民衆に尊敬されていた
　　が、李　成桂の反逆によって殺された名将軍。韓国シャーマニズムにおいて最も
　　崇拝される英雄神である。

11)　子孫の授かり、育児の神、子孫の健康を司る神とされる。

　丹羽泉1993「巫俗儀礼にあらわれる잡신について─動態論的視角から─」『朝鮮
　　学報』第149輯p.48.

　以上が滞日菩薩に信仰されている諸神霊である。しかし、韓国に存在する神霊の種類[12]に比べると限られた種類の神霊が信仰されていることが分かる。それは、滞日社会では存在しえない諸神霊の信仰性が衰退し、省かれていると考えられる。例えば、分類上で自然神系の土地神[13]に含まれるべき洞神、堂山土地の神などが、滞日社会では存在していないのである。洞神、堂山土地の神は、地縁・血縁を中心に形成された特定地域共同体の守護神であり、神木・石・堂が存在するが、滞日韓国人社会では地縁・血縁による共同体が存在しないことと、密集居留地域は存在するものの、それが地域共同体としての役割を果たしていないため、上述の神霊が受け入れられていないと考えられる。

　しかし、名称上に現れた性格によって神霊を分類、比較して神観または神の性質が完全に把握できるとは疑問の余地がある。例えば、同一名称の神霊が複数の系統に属している場合もあって、名称上に現れた神霊が必ずしも、一つの性格や機能を表しているとは限らない。また、ある系統に属している神霊の種類が多いといって、その神霊が重要視される訳でもない。それは、巫儀の種類、形態によって、また菩薩個人によって神観が違うからである。

　しかし、こうした分類によって滞日シャーマニズムにおける信仰の対象となる神霊が漠然とした推定から、一応の限界が画せられ、どのような神々が信仰されているかを具体的に把握できたことには相違ない。

　滞日シャーマニズムの神霊は以上の自然系、人物系、仏教系、道教系、雑神系からなっている。自然系は、自然現象の秩序を表す神々が信仰さ

---

12) 金　泰坤氏の調査報告によれば、韓国に存在する諸神霊は、4つの部門に33系統とその他に分類し、神霊の名称上から273種に及ぶ諸神霊が信仰されているとする。
　　金　泰坤1995「韓国巫俗の神観」桜井　徳太郎編『シャーマニズムの世界』春秋社、pp.156～161.
13) 金　泰坤　1995前掲書p.157.

れ、人間生活において最も密接な自然存在である天、地、山、水、火の順
になって、天神は、極楽世界に存在する最高の神霊として崇拝されてい
る14)。そして、人物系の神霊は、開国の始祖、歴史上の英雄または怨恨を
もって亡くなった英雄や家族の祖先神などが信仰されている。

　外来宗教から融合されたと見られる諸神霊の機能的役割と意味は、
シャーマニズムの立場から解釈した神観によって信仰されているので、道教
系の玉皇上帝、仏教系の釈迦如来菩薩と観世音菩薩を同位として信仰
し、巫儀においては延命を司ると信じられることより必ず祀られる。

　こうした諸神霊は、生きている人間とまったく同様の人格を持つものと
信じられ、巫儀においても生きている人間と同様の人格的待遇を受け、神
託においても人間同士としての会話の姿勢が見られる。またその形態は、
人体と同じ模様の影像を持つものであるが、夢、または幻想の中だけで見
ることができ、平常時には影像すら見られない無形の空気や呼吸のような
形態で現れる。また、神霊は空中を自由に往来し、時間や空間の制約を一
切受けない不滅のもので、全知全能の存在として信仰されている15)。

　滞日社会に存在する諸神霊の信仰形式は、韓国のそれより徹底的に人
間中心の現世利益的・功利的信仰であると思われる。また、信者・依頼
者自身の繁栄と家族の安寧を願う家族主義が根強い。こうした意味では、
個人主義の傾向が強く、実利を追求しているように見受けられる。

5.1.2　神霊の形成

　滞日シャーマニズムの神霊観では、多神論的自然神観という立場から、

---

14) 金　泰坤　1994「韓国シャーマニズムにおける神観念と祭儀の象徴的原義」宮家
　　準・鈴木正崇編『東アジアのシャーマニズムと民俗』勁草書房、p.20.
15) 金　泰坤1981「韓国巫俗の他界観」元興寺文化財研究所編『東アジアにおける民
　　俗と宗教』吉川弘文館、p.414.

信仰の対象になる神々が大きく自然神と人間神の二系統に分けられる。こ
れらの神々は大体において人格を備えて人格的に顕現するが、時として自
然神の場合は、Animism段階の思考が作用する事もある。そして、これら
の神霊は自然現象と人間生活において無限な能力の創始者[16]として信仰
されている。

　しかし、神霊の多くは人間にある理性的な啓示を通して、その能力を引
導・行使するよりは、恐ろしい苦痛を与えることによって、神の意志を伝
達するがために、人間を守護する善神とは言っても、常に恐怖の対象に
なっている。

　本項では、このような神霊がシャーマニズムと呼ばれる一連の宗教現象
の中で、とりわけ、滞日菩薩において普遍的に信仰されている諸神霊の概
念と機能を考察したい。

1）自然神系

　韓国古代信仰における自然神系の特徴は、建国神話の檀君神話に始ま
る天神信仰である。檀君は、天から降臨した天帝の子で古朝鮮を開いてこ
れを治め、やがて山神になったのである。このように韓国の天神・山神はア
ニミズムの自然神というよりは、神聖なる山に降臨した天神つまり、天帝
の子を意味している。そして、高麗時代には子孫繁栄を願って山神が祀ら
れた[17]。一般に宗教史上の山神は、ある山岳自体を神聖視することから起
こり、その山岳を人格的な神霊として信仰するのである。そして、山地や
山麓一帯と平野を支配する神となることが多い[18]。このようにして、韓国
の山神は民衆の身近な信仰対象となり、自然神系の代表的な神霊となっ
た。そして、各地方ごとに存在する聖なる山の神として信仰されるようにな

16）趙　興胤1997『巫―한국무의 역사와 현상―』민족사、p.181.
17）柳　東植1975『韓國巫教의 歷史와 構造』延世大学校出版部、p.270.
18）赤松智城・秋葉隆1938『朝鮮巫俗の研究・下巻』大阪屋号書店、p.87.

り、シャーマンの多くが修行や山神の霊力を求めて山に行くのである。

　民衆の信仰対象となった山神は、滞日韓国人社会で行われる諸巫儀においても山神巨里が存在し、必ず供養されるのである。

　そして、滞日シャーマニズムにおいて信仰される山神は、日本の名山とされる富士山、男体山、女体山、黒山などの山神である。また、巫儀が行われる際は、祭場となる山の神が祀られるのは勿論、韓国の名山である太伯山、智異山、鶏竜山などの諸神霊が日本の山神と一緒に祀られていることが特徴的である。

2）人物神系

　人物神系は、王族、将軍、大監、祖上の順になって、神話上の人物と英雄・偉人が多く信仰されていることが分かる。しかし、歴史的人物の英雄性だけが韓国シャーマニズムの英雄神として信仰されるとは限らない。上述の英雄神以外にも国の存亡危機に命を捧げて忠誠を誓って、国を守った英雄は多くいる。

　例えば、文禄・慶長の役（壬辰倭乱）の際、亀甲船を発明・建造して日本軍を撃破した李舜臣将軍は韓国民の誰もが知っている歴史上の英雄であるが、韓国シャーマニズムにおいて英雄神として信仰されることはなかった。後に、将軍の英雄的忠誠と救国の行為は祀堂に祭られてはいるが、英雄神としては信仰されることはなかった。一方、壬辰の乱の際に援兵として朝鮮に派遣された、明国の軍人によって道教の戦争神として祭られた関羽将の信仰が定着し、今日に至っても崇拝されている[19]。

　つまり、英雄的人物であっても忠誠と救国はもとより、その行為における民衆の共感、民衆の理解と愛着に英雄信仰の基盤があると考えられよ

19）超　興胤1991「朝鮮前期의　民間信仰과　道教的性向」『한국사상대계』한국정신문화연구원、p.138.

う。こうした英雄神の多くは、怨恨死者の霊を慰めると共に雑鬼・雑神を
追い払う力があるとされる[20]。

　そして、祖上神は菩薩個人の直系祖上が大半を占めているため、各々の
菩薩が崇拝する祖上神は異なる。巫儀の際に現れる祖先神は、子孫の繁栄
と安寧のために重要な役割をするとされる。特に、神託を用いて登場する
ことが多い。

3）他宗教神系

　他宗教の神々で韓国シャーマニズムで崇拝信仰されているのは、上記の
名称から確認したように仏教系と道教系の神霊が多く受け入れられた。関
羽将は、中国の道教の一神であることは言うまでもない。そして、仏教系
においても多数の神霊が受容されているが、韓国の歴史上の古僧なども同
様に信仰されている点は、韓国シャーマニズムの深層まで他宗教が浸透、
融合していることを表している。

　そして、その他として区分している雑神系は、雑神・雑鬼として乞立
神、不浄神などが滞日シャーマニズムで主に信仰されている。

　このように神霊観の形態から見ると、韓国シャーマニズムは多霊崇拝
(Poly－demonism)[21]であり、神観念は多神的自然神観であるといえ
る[22]。

　以上の分類から、滞日菩薩に信仰されている神霊は、各地位別に異なる
機能をもっていると信じられている。それらを集約すると、

　　　① 最高位の神霊として天神、釈迦如来菩薩、観世音菩薩、そして玉皇

---

20) 丹羽　泉1993「巫俗儀礼にあらわれる잡신について—動態論的な視角から—」『朝
　　鮮学報』第149輯p.50.
21) 文　相熙1975「韓国의 샤마니즘」『宗教란 무엇인가』분도出版社、p.161.
22) 金　泰坤1994前掲書p.20.

　　　上帝神を崇拝している。

② 高位神としては山神、水神が信仰される。しかし、祭儀の場所に応
　　じて、これらの神々が優先的に祀られることもある。例えば、山神供
　　養や竜王供養などが行われる際である。

③ 中位神は、主に英雄などの人物が神格化された神霊である。菩薩
　　個々の祖上神もこれに属する。祖先神は、多くの巫儀において最も
　　丁寧に供養される。それは、菩薩または子孫に祟りをもたらす恐怖
　　の対象としても信じられている。

④ 下位神は、雑鬼・雑神系の諸神霊である。雑鬼・雑神は、この世に
　　未練・恨みを持ったまま死んだ者、即ち祀ってくれる子孫や親族が
　　ないとされる死者である。そのため、他人の巫儀においても現れるこ
　　とが多いので最後の後賎巨里では簡単な供物で祀られる。そして、
　　その存在は人間に対して病や不幸などをもたらす[23)]とされる。しか
　　し、滞日菩薩は、必ずしも雑鬼・雑神が人に害を与えるマイナス的
　　な存在であるとは考えていない。確かに、恨みが強い雑鬼・雑神が
　　人に憑きやすく、恐れられている面もあるが、子孫や親族もなく供養さ
　　れない神という同情の面から倫理的善悪に関係なく、祀られている。

　　このような四つの位の諸神霊が一定の聖なる空間に凝集し[24)]、菩薩の願
いに応じてその役割を果たしている。しかし、分類の名称からも確認できる
ように滞日菩薩の神霊観は、個人的な差も大きく、神霊の名称が重複し、
相互に入り混じっている例も少なくない。しかし、こうしたことが、韓国
シャーマニズムと他宗教の融合・複合を生み、歴史上においても高等宗教
の下部構造として存在しながらも生き続き、滞日社会の特殊文化において
も祖国の伝統宗教文化として、存在様式の基本構造になっているのではな
いかと思われる。

---

23) 丹羽 泉1993前掲書p.56.
24) 佐々木宏幹1980『シャーマニズムの世界―エクスタシーと憑霊の文化―』中公新
　　書、p.96.

5.1.3 神霊の性格

　これらの巫神はそれぞれ独立した分野を支配しており、人間との関係において無限の能力を発揮する存在として信仰されている。しかし、こうした諸神霊がある特定人物に現れる祭は、何らかの理性的な啓示を通してその能力を引き出し、行使するというよりは、精神的・肉体的・経済的苦痛を与えながら神の意志を伝えることが多い。そして、神意を受け入れた結果としては、特定人物を守護する善神と言える反面、常に恐怖の対象ともいえる。このような、関係からシャーマニズムの神々に対して、それを信仰・崇拝して従うというよりは、神意を拒否したら恐ろしい苦痛を受けるという恐怖感が先行しているといえよう。

　つまり、神霊は二重的性格をもって、善と悪の対立的関係をもたらす善霊と悪霊の二つにあらわれている25)。前者は、神霊と人間相互間にある種の倫理性が作用し、人間が霊魂を安住させる義務がある反面、神霊は人間を守護してくれる義務関係が成立するものであり、後者は、神霊が人間に一方的な犠牲を強要することで、人間は受動的に随従せざるを得ない場合である。祖先神や菩薩の守護神が人間を保護してくれる善神の系統であり、人間を病気で苦しめたり、災厄を及ぼし、人間に犠牲を強いる王神・モンダル鬼神26)などが悪霊の系統である。

　このように韓国シャーマニズムにおける神霊観、とりわけ人物系神霊は、現世で一生を裕福で悩みもなく、長寿を全うして死んだ人は、死後においてもその霊魂が善となるが、不満足な人生を送って死んだ霊魂、特に異常死した霊魂はその怨恨から死後においても悪霊的性格をおびるというのが支配的な観念である。しかし、このような特別な場合を除けば、善霊

---

25) 金　泰坤1981前掲書pp.414〜415.
26) 婚前に死んだ男の鬼神。婚前に死んだ処女の霊を「王神」といい、一番恐ろしい　神とされる。金　泰坤1981前掲書p.447.

と悪霊の区分が明確に出来るのではなく、菩薩の守護神であっても悪霊的
な性格を帯びる場合がある。それは、日常あるいは諸儀礼において人間の
不注意や不十分な待遇を受けた時に、菩薩あるいは人間に苦痛を与えるこ
とによって自覚させる形式であらわれる。こういった状況に差し掛かった場
合を、祖先・神霊が怒ったなどという表現を用い、改めて供養を行ったり
するのである。

　こうした神霊観に基づいて滞日韓国人菩薩は、人間の生と死、招福と財
数、疾病と健康などの多くの場合を諸神霊の意思によって左右されるもの
と考えている。それによって、菩薩は日常生活の問題を原初的な神の力に
依存して解決しようとする。しかし、こうした信仰は菩薩あるいは信者・依
頼者の人間自身のための人間本意主義、利己主義の立場が強く見られる。

5.2 滞日シャーマニズムと諸宗教

　韓国のシャーマニズムは、古代の信仰・祭儀から現在のシャーマニズム
に至るまで一貫して流れている歴史的宗教現象である27)と共に、外来諸宗
教と融合し、各時代文化に影響されつつ、その形態においてもいろいろな
変化と発展を遂げた。現在に見られる韓国シャーマニズムと滞日韓国
シャーマニズムがその結果であり、そこには仏教・道教・儒教的要素が多
く含まれている。

　このように韓国の宗教文化は他宗教共存の特性を持っている。特に、三
国時代から中国より伝わってきた儒教・仏教・道教などの外来宗教を受け
入れ28)、韓国の基層文化であるシャーマニズム29)と共存するようになっ

---

27)　柳　東植1976前掲書p.202.
28)　趙　興胤1990『巫와 민족문화』민족문화사、p.13.
29)　外来文化を表層文化として、在来文化を基層文化とする立場で、韓国の基層

た。こうした過程において韓国シャーマニズムは習合と変容を繰り返し、今日においても、信仰対象の諸神霊や儀礼などで他宗教の要素が多く見られる。その反面、韓国に定着している諸宗教の大半においてもシャーマニズムとの複合関係をもち、多様な影響を受けているのも事実である。

　外来諸宗教とシャーマニズムが接触した場合、どのような宗教変容がひき起こされ、それによって、宗教の相互構造がどのように生成されたかを論じるのは容易ではない。それは、宗教相互の接触状況やその歴史的、社会的、政治・経済的な性格によって大きく異なるからである[30]。例えば、朝鮮半島の「皇国臣民化」を目的としていた日本が半島に神社を建てた植民地政策下の状況と、古代の外来宗教と韓国シャーマニズムの融合、そして、近年の世界宗教の布教などはまったく異なる状況といえる。

　以上の状況を考慮した上で、韓国シャーマニズムの宗教文化史を一般的なモデルから考えると外来宗教=Aと民俗宗教=Bの間には三つの領域での融合関係が成立できる。

① AがBを全面的に否定、また、BがAを全面的に否定する場合は、両者の接触が最小限にとどめられ、それぞれの独自性が保たれる。
<単純型融合＞
② AがBを吸収または、BがAを吸収する場合である。これは、AとBの重層的、二重構造的な関係が生じ得る。＜混合型融合＞
③ AとBが交じり合った結果、新たにCという独自の宗教形態が生まれる場合である。＜転換型融合＞

文化は、民間の文化・民俗の領域であり、シャーマニズムが中心である。
　金　泰坤1989「巫俗研究半世紀의　方法論的　反省」民俗学会編『巫俗信仰』教文社、p.151.
　文　相熙1975「韓国의　샤머니즘」『宗教란 무엇인가』분도出版社、pp.125〜126.
30)　寺田勇文1994「世界宗教と民俗宗教」佐々木宏幹・武村精一編『宗教人類学』新曜社、p.210.

　単純型融合の場合は、外来宗教によって、その用語や概念などに多少の影響は受けているが、本来の原型を崩さずに伝わっている形である。具体的には、韓国シャーマニズム信仰の一部を形成している天神信仰は古代シャーマニズムの原型を受け継いでいる。そして、滞日社会でシャーマンの呼称として用いられる菩薩・スニムなどは明らかに仏教の影響によって生じた名称であろう。

　混合型融合の場合は、仏教が支配的であった時代には仏教の形式を取り入れたシャーマニズムの儀礼などを行った。また、仏教においてもシャーマニズム的要素を周辺存在として取り入れ、信者獲得を試みたのである。韓国の寺刹に見られる七星閣などがその例である。そして、儒教が支配的である時代にも相互融合が行われ、祭壇の設け方などに現れている。こうした現象は現在においてもシャーマニズムが既成宗教の周辺に度々見られるのである。

　そして、転換型融合の場合は、外来宗教を媒介にしてシャーマニズムが新たな形を持つ宗教として展開するものである。新羅時代の花郎道や朝鮮末期の東学などがその典型的な例といえよう[31]。六世紀頃形成された花郎道は風流道とも呼ばれるもので儒・仏・仙(道)の三教[32]を媒介にして展開された新しい宗教的思想運動である。そしてその基となるものは古来のシャーマニズム思想である。こうした転換融合型は、韓国の宗教文化史の中に見られる新興宗教の一モデルでもあった。

　このように、韓国シャーマニズムは五世紀以来、常に外来宗教との融合・交渉の下に展開してきた。とりわけ、長い間韓国の文化を支配してきた仏教(5～14世紀)と儒教(15～19世紀)がある。従って、歴史的にはシャー

---

31) 柳 東植1984「韓国のシャーマニズム―仏教・儒教・道教との交渉をふまえて―」
　　加藤九祚編『日本のシャーマニズムとその周辺』日本放送出版協会、pp.171～172.
32)『三国史記』新羅本紀第4巻真興王条37年.
　　李 丙燾 訳1983『三国史記』乙酉文化社、p.74.

マニズムと仏教及び儒教との融合関係を考察しなければならない。そして、仏教と共に流れ込んできた道教も少なからず韓国シャーマニズムに影響を及ぼしている。

そこで、本項では、韓国シャーマニズムと外来宗教の仏教・儒教・道教との融合・交渉関係を検討してみることにしたい。そして、諸宗教とシャーマニズムの相互関係を重視しながら、その中においても保たれている韓国シャーマニズムの本質が何かを捉えると共に、滞日韓国シャーマニズムと他宗教との融合関係をも考察したい。

5.2.1 仏教的要素

韓国に伝来された外来宗教の中でも仏教は最も長い歴史を持っている。そのため、仏教とシャーマニズムの融合関係においても相互間に及ぼした影響は大きいといえる。

韓国シャーマニズムが仏教との融合が始まったのは、新羅時代の仏教が指導階級に伝播されたと考えられる6世紀頃である。その例が花郎道である。しかし、民衆における仏教とシャーマニズムの融合は、仏教が民衆にまで浸透した8世頃からである[33]。その例として李 能和は、新羅中葉の法祐和尚[34]の巫祖神話伝説があるとした。その内容は、巫女が神の降臨を促す際、両手には金鈴と扇子をもって、呪文を唱え、踊りながら阿弥陀仏を称名する。そして、古厳川寺の僧法祐和尚が智異山神である自称聖母天王と夫婦となって八女を産んで、彼女らに巫業を教えて全国を回らせた。氏の報告から察知できることは、智異山神はシャーマニズムの神であることから、上述の伝説は単なる巫祖神話ではなく、シャーマニズムと仏教の融合

---

33) 柳 東植1984前掲書p.174.
34) 李 能和1927「朝鮮巫俗考」『啓明』19号、啓明倶楽部、p.44.

の始まりを意味している。そして、柳 東植は、韓国にシャーマニズムが盛んだった12世紀の様子を『東国李相国集』の「老巫篇」を引用して説いている[35]。その内容において、巫儀の形態が現在と殆ど同じく、屋内に神壇を設けて多くの巫神図を掲げ、巫堂は飲酒歌舞による儀礼を行いながら神託を伝える。巫儀の目的は、生死禍福にかかわる問題の解決である。しかし、巫堂に降臨した神は帝釈天であるとし、従来の天神とともに仏教の天神である帝釈を祀っていた。その後、帝釈神は韓国シャーマニズムの三大家神(帝釈神・成主神・大監神)の一つとして祀られるようになった。

　このように始まったと考えられる仏教との融合は現在においてもシャーマニズム全体に影響を及ぼしている。シャーマニズムに受容されている仏教的要素は以下のように集約できる。

　　　① 信仰対象となる諸神霊及び神霊観
　　　② 巫儀の過程に現れるシャーマンの衣装と巫具
　　　③ シャーマンに対する名称
　　　④ 巫儀に用いる巫経
　　　⑤ 信者・依頼者の宗教的態度

などが挙げられる。

　滞日シャーマニズムで信仰されている諸神霊は、自然系神と人物系神に分けられる。さらに自然神として天神・地土神・山神・水神・火神などが信仰されている。そして、人間系神として王族神・将軍神・祖上神など50以上の神々が信仰されている。

　その中には、仏教系である釈迦如来菩薩・観世音菩薩・薬師如来と元暁大師のような僧侶も信仰対象としている。こうした仏教的神格は仏像や神図をもって神壇に奉安されている[36]。これは、仏教がシャーマニズムの神

---

35) 柳 東植1984前掲書p.174〜175.

観に及ぼした影響であろう。特に、滞日菩薩たちにおいて釈迦如来菩薩や
観世音菩薩は天神系と同様に最高位の神として信仰されている。そして、
巫儀の際に身に付ける袈裟と巫具として用いる木鐸は言うまでもなく、滞
日シャーマンの名称においても仏教用語の菩薩・スニムを用いている。

　さらに、巫儀の祖上巨里では菩薩が数珠を手にして唱える巫歌「万祖上
解願経」では、「…왕생극락 들어가서 인도환생 하옵소서 나무아비타불…
極楽往生して引導還生願います南無阿弥陀仏」のように巫歌とお経が混合
している。

　そして、信者・依頼者の宗教的態度では、シャーマニズムの天神や山神
と同様の神格として釈迦・帝釈・菩薩なども人間に幸福をもたらすと信仰
し、シャーマニズムの諸巫儀とともに寺刹での供養も行う場合がある。つま
り、菩薩、信者・依頼者は、シャーマニズムの神霊と仏教の神格[37]に対す
る区別がなく、相互の神格を「伝統的な諸神霊」として信仰している。

5.2.2　道教的要素

　韓国における道教の伝来は、記録上では7世紀の高句麗の栄留王七年[38]
に唐高祖が道士を派遣し、天尊像を送って「道徳経」を講論させ、王と国人
がそれを聞いたとすることを道教の正式な伝来としている。このように道教
は、仏教と儒教に比べて非常に遅れて伝来した。伝来当時に信仰された諸
神は、元始天尊の最高神をはじめとして太上老君は老子、玄天上帝は北極
星、北斗神君は北斗星、文昌帝君は文昌星を神格化し、その他、城隍

---

36)　金　泰坤1989「巫俗과 仏教의 習合」民俗学会編『巫俗信仰』教文社、pp.142～143.
37)　ここでは、仏教の菩薩、明王、天という仏を一般には「神」とみなす傾向がある
　　ので「神格」という言葉を用いた。
38)　『三国遺事』第三巻宝蔵奉老 普徳移庵条.
　　李　民樹訳1983『三国遺事』乙酉文化社、p.207.

神・土地神・三官・財神・門神・王霊官・娘娘・竜王・八仙・呂祖など中国道教の諸神が信仰されていた[39]。

　その後、統一新羅と高麗時代そして朝鮮時代にかけてシャーマニズムの諸神と融合が行われた結果、玉皇天尊神・星神・七星神・日月星君神・文昌帝君神・竜宮七星神などの玉皇神系と星神系などがシャーマニズムの諸神として信仰されると共に仙女神・城隍神・神将神・五方神・五方神将神・竃王神などをも信仰されるようになった[40]。このように韓国シャーマニズムにおいて道教の玉皇神系が受け入れられたのは従来の天神信仰がその基盤となり、七星などの星系神も従来の日月星辰を祀った天上存在の信仰があったからであろう。

　このように、道教とシャーマニズムの関係は仏教とシャーマニズムの関係と類似しながらも異なる点がある。つまり、伝来された道教の諸神が古来シャーマニズム信仰の神霊観の基で融合されたことによって韓国シャーマニズム独特の道教色の強い諸神が生まれたのである。例えば、山神・山川神・竜神・四海竜王神・水神・土地神・城隍神などがある[41]。

　そして、竜神・土地神・冥府十王などの神は中国と韓国に共通する諸神であるが、同一の道教神ではなく、それぞれの地域にあるシャーマニズム信仰と融合して生じた神であると考えられる。

　韓国シャーマニズムにおける道教的要素は、上述のように複雑な神霊形態をもっている。特に、玉皇上帝神・七星神・仙女神などは最高神として仏教の釈迦牟尼と観世音菩薩とともに崇拝され、巫儀においても必ず祀られる。そして、道教系の神霊として最も信仰されるのが城隍神・七星神・竃王神である。しかし、滞日韓国シャーマニズムでは七星神と竃王神が主

39) 車　柱環1978『韓国道教思想』서울대학교 출판부、pp.28～29.
40) 金　泰坤1992「民間信仰과　道教的傾向」『韓国思想大系』5輯、韓国精神文化研究院、p.136.
41) 金　仁会 1987『韓国巫俗思想研究』集文堂、pp.217～218.

として信仰されている。

　城隍神が韓国のシャーマニズムで信仰されるようになったのは高麗の文宗(1046〜1083)と考えられている[42]。中国の民間信仰の神として存在していた城隍神が中国の道教と習合した後、道教と共に伝来された。韓国における城隍神は地域の守護神として信仰されているが、滞日社会では村落などの地域集団が存在しないため信仰が衰退したと考えられる。

　そして竈王信仰は、韓国古来の火神がシャーマニズムに融合し、台所の神として信仰されている。滞日菩薩は台所に必ず竈王の祭壇を設けて信仰し、巫儀においても竈王巨里で祀られるのである。

　一方、七星神は長寿を司る神として延命祈願と子孫繁栄の目的で信仰されている[43]。こうした現象は、道教の北斗七星が人間の寿命と富貴・生死・禍福を司る神と信じることが民間に七星信仰として拡散した[44]とする見解であるが、古来の日月星辰の基に道教の七星信仰が融合されたと考えられる。

　そして七星信仰は、韓国仏教の中にもその影響は多く見られる。韓国の仏教寺院を構成している三大建物は大雄殿と冥府殿と七星閣である。仏と菩薩を奉安した大雄殿を持たない寺院はない。これとともに、現世利益を祈る七星閣が並存している。その名称は三聖閣、山神閣などと多様であるが、奉安している神は、七星神、山神である[45]。その反面、死者儀礼が主として行われる冥府殿をもった寺院は半数に過ぎない。これは、信徒の宗教的関心の所在を表すものとして、来世の冥福より現世の利益を重視していると言える。

　さらに、七星信仰は、歴史的に見ても信仰性が見られる。

---

42) 李　能和1927前掲書p.47.
43) 柳　東植1975前掲書P.268.
44) 李　能和1959『朝鮮道教史』東国文化社、pp.290〜293.
45) 金　仁会　1987前掲書p.217.

　例えば、新羅の金　庾信の誕生に関して一然は、「稟精七曜．故背有七星文．又多神異」[46)]つまり、七曜の精気をもって生まれたので背中に七星の模様があって、神異なことが多くあったとする。こうしたことからも、古くから寿命と誕生の神として七星が信仰されたことが分かる。

　韓国仏教に道教が本格的に習合したのは高麗朝である[47)]。高麗仏教では、帝釈天を道教の最高神である玉皇上帝と同一化し、寺院内に七星閣を建てて祈祷を行った。つまり、帝釈天は仏教の天界の帝王であり、玉皇上帝は道教の天帝であることから同じく天神としたのである。

　韓国シャーマニズムでは太古から天神が中心的に生死禍福を司ると信じられてきた。その後、仏教と共に漢字が導入され、天神を桓因天王と表記した[48)]。そして、仏教の導入によって帝釈天即ち、玉皇上帝と信じ、玉皇とともに七星神が信仰され、寿命・誕生を司る天神として存在するのである。そして、帝釈天、玉皇上帝、七星神は同じ天神として位置付けられたのである。

　このように、帝釈天、玉皇上帝、七星神は、韓国シャーマニズムと仏教・道教の融合を象徴している。特に、三聖閣・七星閣は、仏教本来的なものではない事実と、寿命と誕生を司る神として韓国シャーマニズムには必須的な存在である。その後、儒教が国家思想として、廃仏の政策を強いられた朝鮮時代には、さらに相互融合が行われたとみられる。

　滞日菩薩においてもこうした背景から、七星神と帝釈、玉皇上帝を天神として信仰している。しかし、神霊観がはっきりしているとは言い難く、神霊の重複している部分も多く、天神といっても、どの神を指すのか分かり難い部分がある。

---

46)『三国遺事』巻一．金　庾信条．
　　李　民樹訳1983『三国遺事』乙酉文化社、p.94.
47) 高橋　亨1929『李朝仏教』大阪宝文館、pp.1054〜1055.
48) 柳　東植1975前掲書p.269.

　このように韓国シャーマニズムは仏教と道教の両方の融合をもって新た
な宗教的文化現象を生み出したのである。

5.2.3 儒教的要素

　儒教は、韓国の思想、制度、儀礼、生活様式などのあらゆる分野におい
て影響力をもった伝統文化である[49]。

　そして、儒教文化は李氏朝鮮時代において、崇儒抑仏の政策にその特徴
が見られるが、実際は仏教と共にシャーマニズムにおいても蔑視や弾圧を与
えたのである。さらに、儒学者たちのシャーマニズムに対する先入観と偏見
が巫儀を淫祀、巫儀堂を淫祠そして、すべての神霊を鬼神[50]とし、いかが
わしいものとした。そして、『朝鮮王朝実録』などの記録に見るように弾圧
を受けることも多かった[51]。李朝は治国理念である儒教精神のもとで、両
班社会における儒教祭祀が行われたが、儒教的なモラルによって、男女が
同席することはなかった。そして、両班階層と男性中心の儒教文化と常民
階層と婦女子を中心に仏教と民間信仰という文化の二重組織[52]が出来た
のである。これによって、朝鮮王朝は社会的秩序と心理的均衡が保たれた
と思われる。一方、形式的で、理性的である儒教は、両班と儒学者に対す
る本能の抑圧を強要することで、社会と国家体制を保護してきたが、そう
した体制の底辺にいる常民と女性は、心理的葛藤と抑圧に対する緊張を
シャーマニズムや仏教に頼って解消した結果、朝鮮社会全体の心理的均衡
と秩序が維持されたと思われる。つまり、儒教文化の表面的な機能と
シャーマニズムや仏教の裏面的な機能が融合して、朝鮮文化の同質性が守

---

49)　금 장태 1986「조상숭배의 유교적 근거와 의미」『韓国文化人類学』第18輯p.73.
50)　趙 興胤1992「巫教思想史」『韓国宗教思想史』延世大学校出版部、p.227.
51)　李 能和1927「朝鮮巫俗考」『啓明』19号、啓明倶楽部、pp.9〜32.
52)　秋 葉隆1938前掲書p.193.

られたのである。

　こうしたことから朝鮮王朝のシャーマニズムに対する弾圧は、抹殺を目的としているのではなく、体制の擁護と政治的な力の均衡を維持するための適切な共存を反映したのである53)。

　さて、滞日シャーマニズムにおける儒教的影響は、祭壇の設け方にある。祭壇の設け方は、菩薩個人や巫儀の種類また、供物の種類によって多少は異なるものの、供物を並べる位置や範囲が基本的には決まっている。

　祭壇は、向かって右を東、左を西と考えて設けるのが基本である。最前列には果物を並べる。果物の種類は、季節ものが中心で紅東白西、つまり、東には赤い果物を、西には白果物の順で並べる。二列目は、左脯右醢にしたがって肉類と野菜を並べる。左(西)には肉類と乾し魚を東頭西尾にしたがって並べ、右(東)には山菜や野菜の和え物を並べる54)。三列目は、揚げ物と餅類そして菓子を中心に並べる。四列目には酒類を並べ、五列目には御飯またはお米を並べる。

　こうした並べ方は儒教祭祀と概ね同じであるが、巫儀の場合は、祭壇の左下に諸神霊のために用意した衣服を備えるのが特徴である。そして、蝋燭を立てる位置も巫儀は祭壇の前列であるのに対して祭祀では最後列に立てている。

　このように韓国シャーマニズムと諸宗教との関係をみると、儒教からは祭壇の設け方などの部分的な吸収、特に、儒教の規範的、形式的なものが多く取り入れられている。

　そして、仏教からは神霊観などのような思想的な部分が多く影響されたと言える。また、巫服・巫具・巫楽器などにも仏教的要素が多く見られるので仏教の影響がより強いことが分かる。このように韓国シャーマニズムは仏教・道教と儒教を取り入れて新たな宗教形態として存在している。

53) 金 仁会 1987前掲書p.215.
54) 임 돈희1990『조상제례』대원사、pp.96～99.

　以上のように韓国シャーマニズムの中に現れる諸宗教の要素を区分しているが、長い歴史の中で融合、展開している韓国シャーマニズムの全体像から見ると混合型融合が目立っているといえよう。つまり、外来宗教の諸要素を取り入れてシャーマニズムの内質を豊富にしながらも、構造と外形には殆ど影響されずに伝えられている。仏教・道教の諸神霊の名称やその他の用語、巫歌に混合しているお経などの借用が代表的である。

5.3 滞日シャーマニズムと祖先崇拝

5.3.1 祖先とは

　韓国における祖先崇拝は、儒教祭礼を中心としていることは誰もが認識している。また、これは朝鮮時代の五百年間の国家思想として「孝」と共に祖先崇拝が中心を成してきたことも事実である。では、祖先崇拝とはいったいどのような現象なのか。「祖先」と言えるのはどのような立場であるのか。祖先は、自分との血のつながりがある先行世代であり、その死者に対して行う儀礼が祖先祭祀である。そして、韓国の祖先崇拝は祖先祭祀を中心に行われてきた。まず、儒教祭礼を見ると、上層男性中心の父系血縁祭祀であることが分かる。名節55)には四代の祖父母までに対する祭礼が八寸56)以内の男性子孫が集まって行われる。そして、この四代の祖父母はそれぞれの死亡日毎に祭祀が行われ、五代以上の祖先は十月に墓祭を行い、子孫も参加する。しかし、女性たちは祭物を準備して、客を迎える事は

---

55) 名節は、主に正月(설、Seol)、端午(단오、Dan-o)、盆(추석、Chu-seog)、冬至(동지、Dong-ji)のことを言い、月日は今日においても陰暦を用いることが多い。儒教祭礼は、正月と盆に主に行われる。

56) またいとこ。

あっても祭礼や祭祀に参加することは一般的に認められない[57]。

このように行われる祖先崇拝であっても、我々はすべての先代の人びとを「祖先」として認めるには至らない。一般的に、死者が先祖になるには、子孫とのしかるべき系譜関係のほかに、次の条件を満たさなければならない[58]。

① 異常な死に方をしなかったこと。自殺、水難事故、火災などによる不慮の死、ハンセン病などによる死は、正常死とみなさなかった。
② 死亡時に一定年齢に達していること。多くの社会で幼児期の死者は祖先にはなれないとする。
③ 生存する後継者を持ち、葬儀やその他の儀礼を死者のために行ってくれること。
　いずれの場合においても祖先とは、子孫あってはじめて存在可能なのである。

そして、柳田国男は、祖先という言葉が人によって違った意味として用いられ、理解されているとして二通りに分けて解釈している。第一は、家の始祖一人が祖先である。または、大変古い時代に生きていた人物が祖先であると考えるもの。第二は、自分たちの家で祀るべき霊、つまり自分たちの家で祀るのでなければ、他では祀る者のない霊、すなわち先祖は必ず各々の家に伴うもの[59]と考えている。

韓国の祖先の特徴は、祖先の資格を得るために、死は必要条件にはなるが、十分条件にはならないことと、血縁関係が明らかでなければならないことである。つまり、祖先になるためには、社会的に認定された親子関係が

---

57) 張 籌根1974「韓国의 巫俗」全 信鎔編『韓国의 民俗文化』第4輯、国際文化財団出版、p.224.
58) 田中真砂子1994「祖先祭司と家・家族」佐々木宏幹・村武精一編『宗教人類学』新曜社、pp.58～67.
59) 柳田国男1962「先祖の話」『定本柳田国男集』第10巻、筑摩書房、p.10.

前提となる。人は死によって誰でも祖先になるわけではなく、一定の儀礼を経て、死者として祭祀の義務がある人の家や神壇に戻って来なければならない。

そして、死に方も重要な意味を持っている。未婚の死者や水死した人たちは祖先にはなれない。そのような死は不浄死であり、祖先たちが認定する死ではないためである[60]。

このように、儒教における祖先の概念に対して、シャーマニズムの祖先のカテゴリーは、上述のような条件もなく、不透明である部分が多いといえる。しかし、逆説で言えば、死者全体を祖先とみなし、崇拝対象は儒教のそれより、より広範囲であるといえる。

本章では、シャーマニズムの祖先崇拝と儒教祭祀との相違点を探りつつ、滞日女性に支えられている滞日シャーマニズムの祖先崇拝を考察したい。

5.3.2 祖先崇拝

韓国シャーマニズムの祖先崇拝は、チノギクッ(Ji-no-gwi-gut)、オグクッ(O-go-gut)などのように死霊祭の役割が大きく、信仰性、崇拝性を持つ死者儀礼である儒教の祖先祭礼と相互補完性を持っている[61]。

韓国シャーマニズムにおける祖先崇拝の基本は、人間は死後、神霊になることが出来るという事である。つまり、死者の霊魂が生きている人間についたり、祀られたりする信仰構造をもっている。また、そのような死者と生者との関係において、必ずしも一定の血縁関係に基づいていないことは儒教の祭祀と大きく異なる点である。

---

60) 崔 吉城1992『韓国の祖先崇拝』お茶の水書房、pp.15〜17.
61) 崔 吉城1982「韓国祖先崇拝観念構造」民俗学会編『韓国民俗学論叢2』教文社、pp.281〜295.

　滞日スニムの話によれば、祖先巫儀(ゾサンクッ、Jo-sang-gut)の際に降臨する祖先神は必ずしも「信者・依頼者との血縁関係にある死者ばかりではなく、我々が祀っている諸神霊や先代の年長者および幼児期に亡くなった死者霊も祖霊として祀る」のである。つまり、儒教における祖先概念である四代奉祀に限られず、信者・依頼者の始祖をはじめ、幼児霊などの年下者であっても祖先の死霊として崇拝されるのである。そして、巫儀の過程において降臨する幼児霊は、男児霊は童子(トンジャ、Dong-ja)、女児霊は明心(ミョンシム、Myeong-sim)という愛称をもって崇拝されることも多い。

　これまで、韓国社会における祖先崇拝は表面的には儒教祭祀だけが存在しているように思われてきた。それは、シャーマニズムを研究した諸学者の神霊観からも見られる。

　例えば、李 能和は、家宅神には城主神、土主神、帝釈神、業王神、守門神及び竈王神がいる[62]としながらも祖先神には言及してない。また、秋葉 隆も同様に家宅神には、成造王神、仏事帝釈、大監、地神、竈王神などに対する儀礼があるとしながらも祖先神に関しては論じていない[63]。このように、シャーマニズムにおいて祖先神は存在するものの、多神中の一神であって中心的な神ではないと考えられてきた。

　一方、滞日韓国社会では巫儀が行われる際、必ず祖上巨里(ゾサンコリ、Jo-sang-geo-ri)が行われ、諸祖霊を供養する過程がある。そして、独立した巫儀としても祖上巫儀が存在することから、滞日シャーマニズムでは祖先霊の概念を広く捉え、その中心的な存在として崇拝・信仰しているといえよう。こうした祖先信仰の背後には祖先から子孫に一貫した太い生命の潮流が想定されており、人々は異国生活で不安定になりがちな自己の存在の根拠をこの生命の潮流の中に位置付けることによって、自己と世界

---

62) 李 能和1927「朝鮮巫俗考」『啓明』19号、啓明倶楽部、pp.54〜60.
63) 赤松智城・秋葉隆1938『朝鮮巫俗の研究・下巻』大阪屋号書店、pp.82〜84.

との結びつきの回復64)が得られるのである。

　さらに、滞日韓国シャーマニズムでは、大小の祖先巫儀が盛んに行われている。それは、儒教祭祀のように特定の祭祀日が決まって、毎年行われるものではないにしても、夢に現れたお爺さんを供養する依頼者や飲食店の開店を目前に祖先供養を行った後、開店に臨む依頼者も多くいる。

　このように、狭義の儒教的祖先崇拝に対して、シャーマニズムの祖先崇拝は広義をもって行われる。こうしたシャーマニズムの祖先崇拝は歴史的な資料からも見受けられる。

　朝鮮初期の祖先崇拝に関して、『世宗実録』の許稠の啓には以下のように記されている。

　許稠啓 今士大夫家以其祖考之神 委巫覡家 号為衛護 或給奴婢 至四五口云 若不給則 父母之神病後嗣 幽明雖殊 理則一也 安父母之神 而病其子孫哉 甚為非義 請令憲府病禁 上曰 安知為衛護 奴婢而禁之乎(以下省略)65)

　今日、士大夫達の家では、その神考の神を巫覡家に委ねて「衛護」と称し、奴婢を四五名給する事があるという。もし、そうしなければ父母の神が子孫に病を及ぼす。幽明は異なるにしても理は一つである。父母の神がどうして子孫を病に至らせるのか。誠に義にそぐわないことである。

　このように、シャーマニズムの祖先神は、子孫より致誠(チソン、Chi-seong)66)を捧げられ、祀られることによって、「祟り」を及ぼさないとされる。換言すれば、生者は、祭祀・供養を行うことが子孫としての祖先霊に対する義務であると考えられ、それを行わないことによって起こりうる祖先の祟りに対する「恐怖感」を持っていると言えよう。

　つまり、シャーマニズムでは、儒教の祖先の範囲から抜けた不幸な死に

---

64) 池上良正 未公開「救済論としての日本の祖先信仰」p.3.
65) 『世宗実録』巻53世宗13年7月条.
66) 願いを叶えようとして、神仏に真心を捧げること。

方をとげた死者や事故死などによる死者、また、幼児期に亡くなった者も祖先として祀るのである。こうした概念は、異常死を遂げた者は、後に死霊として現れ、子孫たちに祟りを及ぼすと信じられているからだ。儒教は、正常死者のみを崇拝の対象としていることに対して、シャーマニズムでは異常死者も崇拝の対象としている。

儒教は、子が父を中心とする父系の祖先に限って、長男中心に行なわれる儀礼であるが、シャーマニズムにおいては上述の如く、祖先崇拝の概念が、儒教のそれを超えた広範囲にわたって儀礼が行われ、男女の性別に関係なく、儀礼が行えるのが最大の特徴である。

5.3.3 祖先霊

「祖霊」の概念内容を示す異字同義語として「先祖」の言葉を用いるのが、これは民俗学の領域で支持されている見解である。そして、祖霊・先祖・祖先の語は、その使用する人の文化的・社会的背景を反映して、それぞれ微妙なニュアンスの差をもって用いられているのが実状であるが、概念的には、必ずしも明確に区別されていない[67]。韓国の祖霊の概念においても、祖霊・先祖霊・祖上神など様々な言説が用いられているが、明確に区分されているわけではなく、同義語として用いられている。

そして、祖先の概念は、ある特定の一人に限定するのではなく、家の世代を遡って連なる家系上の先代をすべて「祖」と呼ぶ広義があり、これらは後裔をすべて「孫」と呼ぶことに対応関係がある[68]。しかし、特定の祖を区別して、父の父を「祖父」、その先代を「曾祖」さらにその先代を「高祖」と呼び、また、家を興した人物を「始祖」として名付ける狭義がある。しかし、

---

67) 藤井正雄1993『祖先祭祀の儀礼構造と民俗』弘文堂、p.400.
68) 금 장태1986「조상숭배의 유교적 근거와 의미」『韓国文化人類学』第18輯p.75.

一般的に、儒教では高祖までが祖先神として存続していると考えて祭祀を
行うのである。

　祖先は原則的に祖孫関係を基本にして存在する[69]。つまり、祖先は親子
関係に優先する祖先関係として祖の存在のためには必ず孫が必要条件にな
る。結婚して息子が生まれることで、はじめて祖先になれるのである。しか
し、その息子が未婚のままで死んだり、結婚したとしても、子供がいない場
合はその父は一時的な祖先にしかなれない不安定な祖先である。この概念
は父子関係に優先されたもので、誰でも祖先になれるわけではない[70]。寿
命に達し、大勢の子孫に囲まれて臨終を迎えた死者は先祖になれるが、事
故死、自殺、未婚の男女など、つまり、まだこの世に未練を残した状態、
怨恨を持った状態の死者の霊魂は怨霊になって、この世をさまようと信じ
られる。こうして、儒教祭祀の祖先霊になれなかった死霊が、シャーマニズ
ムにおいてはすべて祖先霊として祀られるのである。

　一方、シャーマニズムの祖先霊になるためには、死者儀礼であるチノギ
クッ(Ji-no-gwi-gut)[71]を行わなければならない。異常死や早死者であって
も、チノギクッを行うことによって祖霊になれるので、儒教の祖先になる条
件より融通性がある。そして、チノギクッの依頼者は必ずしも直系の子孫
でなくても可能である。場合によっては、親が子供のために行うこともあ

---

69) 崔　吉城1984『韓国のシャーマニズム』弘文堂、p.333.
70) 金　泰坤1973「ムーダンとダンコルの世界」『えとのす』3月号、新日本教育図書、
　　p.38.
71) 死後の一定期間内に行う死者儀礼として巫堂が中心になって行う。韓国の南部
　　地方では、オグクッ(오구굿、O-gu-gut)というが、中部地方ではチンオギクッ
　　(진오기굿、Jin-o-gi-gut)、全羅地方ではシッキムクッ(싯김굿、Sis-gim-gut)
　　という。さらに、オグクッまたシッキムクッはマルンオグクッ(마른오구굿、Ma-
　　reun-o-gu-gut)・チンオグクッ(진오구굿、Jin-O-gu-gut)そしてマルンシッキム
　　クッ(마른싯김굿、Ma-reun-sis-gim-gut)・チンシッキムクッ(진싯김굿、Jin-sit
　　gim-gut)と区別される。前者は、死後まもなく行われる巫儀で、後者は死後一
　　年以上が経過してから行う巫儀である。
　　崔　吉城1994『한국무속의 이해』예전사、pp.26～28.

る。儒教のおける祖先祭祀は子孫の義務であるが、シャーマニズムにおける祖上巫儀はそうとは限らない[72]。

このように巫儀では、息子や娘の霊魂が崇拝されることもあれば、早死者や異常死をとげた霊魂も祀られる。つまり、シャーマニズムは儒教と異なって、儀礼を通して死霊から祖先に代わることが可能である。そして、「愛情」と「孝」が同時に現れるシャーマニズムの祖先崇拝は女性優位の儀礼であるのに対して「孝」の義務的な意味に支持される儒教祭祀の祖先崇拝は男性優位の儀礼であるといえよう。

5.3.4 祖先霊と怨恨

韓国国内と同じく滞日社会においても祖先崇拝は重要な伝統文化として考えられている。それは、在日一世が自他意を問わず来日した当初から母国の伝統または各々の家系の慣わしであると考え、現在においても生き続けている。したがって、在日社会の祖先崇拝は韓国の伝統文化であるといっても間違いない。

そして、滞日韓国シャーマニズムにおいても祖上神は非常に重要な信仰対象として位置付けられている。特に、「怨恨を抱いている祖上神をいかに祀るかによって個人の財福が左右される」と信じられている。つまり、韓国人は一定した生と死、そして死後の存在様相などに関する死生観を持っている。生まれてから成人になって結婚し、子孫を設けた後に死するのが一定の形式としての通過儀礼であるいえよう。そして、死者は子孫から祀られて祖上になるのが典型的、理想的な形態だとされる。

しかし、こうした通過儀礼を終えることなく、早く死ぬ早死者や未婚のまま死ぬ未婚死の場合は「怨恨」が強い祖上神になって、度々シャーマンの

---

72) 崔 吉城1984前掲書p.313.

守護神として現れることがあると信じられている。

　韓国人において怨恨には「怨と恨」の二つの違った概念がある[73]。

　「怨」は、他人に対してまたは自分の外部の何かについての感情である反面、「恨」は、自分の内部に沈澱して積もる情のかたまりである。人は望み事がなくても、他人から被害を受けただけで怨みを持つようになるが、それは恨にはならない。恨は、別に他人から被害を被らなくても沸いてくる心情である。自分自身の願いと能力に対する挫折感が恨になる。恨は、挫折感の中に切々たる望みと消えない夢を保つことによって、恨の心が持続される。恨が多い人は、それだけ望みと夢が多かったといえる。そして、怨は炎のように燃え上がる心情であるが、復讐によって消され、晴れるのである。

　このような怨恨を多く持っている祖上神は、未婚死・早死などの死霊であるとされ、子孫から怨恨を晴らしてもらえることを望む。しかし、それがかなわなければ子孫に祟りを及ぼすとされるのがシャーマニズムの祖先崇拝の概念である。

　こうした祖先崇拝は、滞日韓国人女性にも多く見られ、先祖の怨恨を晴らすための供養が盛んに行われている。

　東京都小岩で飲食店を経営している李氏もその一人である。

　李氏は、1997年に来日してから飲食店をはじめた。当初は繁盛していた店が今年に入ってからは、客足が減って経営に苦しむ日々が多くなった。さらに、夢にお爺さんがよく現れるので都内の菩薩を訪ねて聞くと、生前親しかったお爺さんを供養してないので竜王大神としてあらわれたとされ、九十九里浜辺において供養が行われた。

　供養の際に、降臨した祖上神は依頼者との対話(神託)によって怨恨が語られ、依頼者は祖上神の言葉にしたがって供養を続けた。そして、祖上神の中には、幼児期に死んだ妹が現れて、祭壇に供えられた飴をねだった

---

73) 李　御寧著・裵　康煥　訳1983『韓国人の心—恨の文化論』学生社、pp.267～272.

り、また父が降りて黄泉の国へ帰る旅費を娘に要求することもあった。その度に、依頼者はそれに応じながら祖上神と会話をし、家族や自分に財福を与えてくれることを願って深くお辞儀をするのであった。　[2000. 5. 27]

　このように滞日韓国人の大半を占めている女性労働者の多くは、様々な形で祖先崇拝を行っている。彼女らは韓国内の儒教祭祀では殆ど経験していない祖先を菩薩・スニムを通して、儀礼という明確な形で祖先を意識し、場合によっては、菩薩の呪術的な職能に頼って厄払いなどを依頼し、それまでの不安要素を遠ざけ、解決することで異国生活の心身の安定が保証されるのである。すなわち、巫儀あるいは祖先供養の結果として彼女らは慰められ、異文化の社会生活の中に円滑に入っていくことを奨励するシャーマニズムの側面を見ることができる。

　このように祖先供養を行う事によって、祖先の怨恨は晴れ、子孫に繁栄をもたらすとされる。これは巫儀においても同様で祖上巨里をもって祖先を供養し、財数を与えてくれることを祈る。

　以上のことから、在日・滞日韓国社会における先祖崇拝は、二分して考えることができる。一つは、儒教における祖先崇拝である。儒教は、祖先の概念においても限定された意味を持ち、祖先の祭祀を行う祭礼がその中心を占めている。そして、他の神格に対しての崇拝は原則として行っていない。男性優位である韓国社会で祖先とは男性に限定され、祭祀の行為においても男性中心的である。無論、父系に属する女性に対しても祭祀行為は許されることはある。しかし、男性であってもすべての男性が死後、祭祀の対象になるわけではなく、一定の条件が満たされた男性に限って祭祀が行われる。つまり、男児を設けて、一定期間の生涯を生きた人に限るのである。事故などによって早死した人、または幼児期に亡くなった者の霊魂は祖先の対象にはなれず、儒教において祭られることはないことからも儒教

の祖先の概念が狭義的であるといえる。もう一つはシャーマニズムにおける祖先崇拝である。シャーマニズムでは、幼児の霊魂や事故死、客死など不浄とされる死に方などに関わらず祖先として祭られる。そして、男女の区別はなく、すべての死者が祖先巫儀の対象になる。

　特に、シャーマニズムの祖先巫儀では儒教では祭られることのない息子、娘の霊魂が崇拝されることもしばしばある。これは、儒教が「孝」の基で義務化されている祭祀儀礼が中心であるのに対して、シャーマニズムには「愛」と「恐怖」を共にした信仰概念がうかがえる。

5.3.5 滞日女性とシャーマニズム

　韓国社会は強い垂直血縁原理によって支えられる親族構造の中にあって、女性は常に自らの存在の不安にさらされている状態にある。しかし、シャーマニズムでは女性が信仰的司祭権をもち、女性としての地位が明確に反映されることも多くある[74]。孝を基に支持される儒教的祖先崇拝が男性優位であるのに対して、愛情と孝を基に行われるシャーマニズムの祖先崇拝は女性優位の宗教であるといえよう。多かれ少なかれ、韓国の多くの女性は、家長と子供のために念願し、致誠の祈祷を行ってきた。その祈願の対象は、家宅神である竈王神には家内の清潔無事故、産神には子孫の無事成長を祈るのである[75]。

　このようにシャーマニズムの特徴は、他の宗教形態と異なって、すべての儀礼が女性中心に営まれることである。しかし、これはシャーマニズム本来の特徴というよりは、韓国的な特徴であると言える。シャーマニズムは世界各地に広く分布している宗教形態であるが、すべてが女性中心に発展して

---

74) 崔　吉城1994前掲書p.159.
75) 張　寿根1974前掲書p.225.

いるわけではない。シンガポールやマレーシアなどの華人社会において憑霊状態になり、神霊・精霊の化身として役割を果たす呪術・宗教的職能者であるTang-kiは男性が圧倒的に多い[76]ことが分かる。

　韓国のシャーマニズムは民衆における女性信仰とも言われる[77]が、他宗教においても女性信者が多く占めている。仏教においても女性の地位は低くなく、キリスト教においても同様である。韓国キリスト教会の信者の三分の二程度が女性信者であり、日常的の教会は女性の手によって担われている。また、教会だけではなく、シャーマニズム的な性格を多く孕んでいる祈祷院というキリスト教系施設で祈祷したり、集会を行ったり、病気治しをする際においても女性が圧倒的に多く集まる[78]。このように韓国の宗教文化は女性の地位及び役割によって支えられていると言っても過言ではない。

　エリアーデは、韓国シャーマニズムに女性が優勢なのは、伝統的シャーマニズムの衰退、あるいは南方からの影響を受けた[79]からだとしている。しかし、韓国シャーマニズムにおいて性別は問わない。韓国の歴史において巫あるいは巫堂と呼ばれるシャーマンは降神巫、世襲巫を問わず、いずれも女性が多いため「巫女」と呼ぶのが一般的であるが、降神を受けた男巫も存在し、彼らの機能は女巫と変わらないが、巫儀を行う際、しばしば女装をすることはある。これはシベリアのシャーマニズムにも見られる傾向であり、奄美大島においても、男性のユタが儀礼の際、女装化する傾向が非常に強く、口紅を塗ったり、赤い腰巻をしたり、座り方が女性的になってくる[80]。世襲巫も性別は問わずになれるが、巫儀全般は女巫によって行わ

76) 佐々木宏幹1992『シャーマニズムの世界』講談社、p.183.
77) 崔　吉城1994「韓国のシャーマニズムにおける女性」宮塚準・鈴木正崇編『東アジアのシャーマニズムと民族』勁草書房、p.182.
78) 秀村研二1992「教会と女性」『明星大学研究紀要』3月号、p.13.
79) M・エリアーデ著、堀一郎訳『シャーマニズム―古代的エクスタシー技術―』冬樹社、p.577.
80) 山下欣一1983「討論―シャーマンとセックス―」関西外国語大学国際文化研究

れ、男巫は巫楽器の伴奏者としての役割を分担している81)。

　このように韓国シャーマニズムは、女性中心的に伝授、維持されていることは否定できないが、その理由は、女性が男性より先天的に巫的性格を持っているから82)とか、また、女性には目に見えない精霊の力がある83)からではなく、シャーマニズムに対する観念の差によって生じる宗教的・社会的機能などが背景にあると思われる。つまり、女性が圧倒的に多いシャーマニズム信仰は、男性信仰ともいえる儒教84)とは対照的に、韓国女性の宗教的・社会的な力が表現できるので多くの女性に肯定的な概念が持たれると思われる。

　そして、韓国のシャーマニズムが女性信仰であると言われるもう一つの理由は、シャーマニズムを信仰し、参加する人が主に女性であるからだ。韓国の主婦の多くは、家族の病気や災難があった場合には巫堂を尋ねて、占ってもらい、結果によっては巫儀を依頼することもある。巫儀の特徴は、祖先崇拝とは対照的に死霊の怨恨の恨による怨霊信仰が支配的である。

　このように女性は男性の祖先崇拝に対して、家の中の宗教的役割を担っている。過去の知識人や儒教色の強い韓国の男性達は、韓国内におけるシャーマニズムの信仰者が女性に集中していることの理由を、女性の教育水準が男性より低いため85)とし、それだけ迷信であるシャーマニズムに対する依存度が高くなると考えてきた。したがって女性でもしかるべき教育さえ受けるならば、迷信から脱皮してシャーマニズム信仰を捨てるに違いないと

　　　所編『シャーマニズムとは何か』春秋社、P.208.
81)　崔 吉城1994前掲書p.183.
82)　孫 晋泰1948『朝鮮民族文化의 研究』乙酉文化社、pp.298〜300.
83)　柳田国男1990「妹の力」『柳田国男全集11巻』筑摩書房、p.23.
84)　秋葉隆は、女性家族のシャーマニズム信仰と男性家族の儒教祭祀が「家祭の二重構造」を組織しているとしている。
　　　赤松智城・秋葉隆1938『朝鮮巫俗の研究』大阪屋号書店、p.193.
85)　崔 吉城1988 「한국 전통적 여성상과 한(恨)」『先清語文』16・17집, 서울대 국어국문학회, p.678.

の考えが支配的であった[86]。しかし、滞日菩薩は大卒、高卒などの高学歴者が大半で、かかる信者・依頼者も同様である。つまり、前述のような原因によって女性たちがシャーマニズムに依存するということは否定される。女性にシャーマニズム信仰の多い理由は文明や知識の未普及というよりは信仰上の肯定的な概念による依存度が高いからであろう。

　そして、韓国の女性の歴史的は、不幸な地位に置かれて、服従だけをむねとしながら一生を終えた服従と屈辱の歴史である[87]。それは、儒教の「三従之義」「七去之悪」[88]の戒律でもわかることである。韓国の社会は強力な父系社会であるため、女性の地位や権利が弱いと考える場合が多い[89]。したがって、韓国の女性は「恨と涙」で暮らさなければならない。そして、韓国の宗教文化においては、こうした家族制度が根本的に韓国のシャーマニズム文化に大きく影響して、女性の家族主義は宗教に発展したと思われる。

　一方の滞日女性に信仰されるシャーマニズムは韓国内のシャーマニズムと儒教祭祀が家族主義的であるのに対して個人主義の意味合いが強く見受けられる。そして、飲食店などの商業に携わっている女性にシャーマニズム信仰が強いことが分かる。

　確かに商売は、他の職業に比べて現実に敏感であり、打算的であると言えよう。彼らの欲求充足は精神的な部分を含む物質的な方向に求めようとする際にその不満度が露わになる。そして、不満を満足させるために、現世利益を中心としてシャーマニズム信仰に頼っている部分が多いと思われる。

　しかし、韓国内の女性に比較すると家族・社会制度に制約・束縛され

---

86) 崔 吉城著・真鍋祐子訳1994『の人類学』平河出版社、p.76.
87) 李 御寧著・裴 康煥 訳1982前掲書pp.172〜177.
88) 三従之義：儒教思想において女性が守るべきとされる三つの道。幼い時は父に
　　従い・嫁いでは夫に従い・夫の亡き後は長男に従うべきとする。
　　七去之悪：妻と離縁できる七つの悪。不順舅古・無子・淫行・嫉妬・悪疾・
　　口舌・盗窃
89) 崔 吉城1994『한국무속의 이해』예전사、pp.159〜167.

る部分は少ないにもかかわらず、シャーマニズム信仰が女性に支持されているのは、韓国内の女性が家族制度または社会的な制約から経験する恨と涙に対して、滞日韓国人女性は異国社会における社会的制約と不安が背景にあると思われる。つまり、外国という特殊環境下において日常生活の不安定と未来に対する不安、そして母国への郷愁などによって彼女らは恨と涙の生活をせざるを得ない。しかし、これらの事情は、他宗教では解決し尽くせない部分があるとともに、現世の幸福を見出す手段としては不十分であるため、シャーマニズム信仰にそれらの欠けている点の充足を求めているのではないだろうか。

　このように滞日韓国人の大半を占めている女性労働者の多くは、原因は何であれ、シャーマニズム信仰の中で様々な形を通して祖先崇拝を行っている。

第6章
滞日菩薩と救済

　滞日韓国社会における菩薩と信者・依頼者の相互関係を理解するために、信者・依頼者は如何なる依頼内容と悩みを持って菩薩をたずねるのか、またそれに対する菩薩の対応はどのようなものであるのかを考察したい。

　在日菩薩は韓日合併前後から存在し、近年に入っては衰退しているかに見えたが、今日においては新たに滞日菩薩がそれらを引き継いでいる。関東地方で活躍している滞日菩薩は女性菩薩を中心として50人程度が存在している。彼らは、故国の各地方から労働、勉学が目的で来日して巫病を経験し、菩薩になった場合が多い。彼らの存在と役割は、構造・機能的に見て在日・滞日韓国人社会の宗教体系の基礎部分を構成していると考えられるので、滞日韓国シャーマニズムは滞日韓国人社会の民俗宗教として捉えられる。そして、彼らの活動においては、出身地の伝統や習慣を継承しているとともに、滞日社会の新たな民族宗教文化を展開している。

　これまで在日・滞日社会における宗教実態は、一般的に仏教とキリスト(プロテスタント)の教会などのいわゆる高等宗教が在日・滞日韓国人の宗教的欲求を満たし、応じていると考えられている。換言すれば、菩薩の存在が表面に現れることなく、在日・滞日社会においても裏面の存在であったため、研究対象とされなかったと思われる。というより、彼らの存在自体が考えられなかったかもしれない。

　このように裏面の存在感が強い滞日菩薩は、反社会的な迷信をまきちらす呪術師でもなければ、韓国歴史の中で批判を受けてきたような、非倫理

的で怪しげな祈祷師でもない。異文化の中での自民族宗教として滞日韓国
人社会の中で生き続けている民族宗教者である。そして、彼らは様々な形
で超人間的な苦難と葛藤の経験を経て菩薩となったが、自称「菩薩」である
といっても認められず、集まる信者・依頼者の日常における悩みや苦悩を
解決できることで、はじめて一人前の宗教者として宗教的・社会的に認め
られる存在になるのである。

　こうした日常の悩みや苦悩などの異変を菩薩に持ち込む信者・依頼者の
大半は滞日韓国人女性たちである。

　彼らは菩薩に「救い」を求めるとともに、現世利益を目的として世俗の欲
望を実現するため、祖先儀礼を行う場合が多い。そのため、菩薩が行う儀
礼自体が近代の合理主義の観点から見れば、信じられない迷信のようなも
のもある。しかし、滞日シャーマニズムの非合理的な観点よりも、滞日韓
国人女性たちに共有されている世界観や価値観には、母国の民族文化が根
底に根を下ろしている事を考えなければならない。

　そして、菩薩の救いの活動を理解するためには、滞日韓国人社会におけ
る母国文化を見る目の柔軟性と感受性が必要である。

　本章では、滞日韓国人社会における菩薩と信者・依頼者の相互関係を
理解するために、信者・依頼者は如何なる依頼内容と悩みを持って菩薩を
訪ね、救いを求めているのか、またそれに対する菩薩の対応はどのようなも
のであるのかを考察したい。

6.1 依頼内容

　滞日韓国人の日常生活は様々な欲求と願望で満ちている。それが経済的
なものであれ、社会的なものであれ、そして、依頼者個人または、家族のも

のであるにしても常に欲求と願望をもって生きているに違いない。これは、滞日韓国人だけの問題ではなく、人類全体が求める欲求であり、願望であろう。しかし、如何なる内容のものであれ、それらを満足させるとは限らない。むしろ、満足されないことが多くあることを経験するのが日常茶飯事である。

そして、人間の能力では如何ともし難い局面に遭遇した場合は、超自然的な存在に頼って、その力によって欲求や願望の充足をはかろうとする。

ある意味で、すべての宗教は少なからずそうした欲求・願望の充足をはかるための文化装置として、人類の歴史の上で機能してきたといえる[1]。

これは、滞日韓国シャーマニズムにおいても例外ではない。特に、シャーマニズムが滞日韓国人に果たしている役割は、経済的な面などの現世利益に対する欲求を満たすことである。

従って、災厄を退治することも菩薩の重要な役割であるが、積極的に財数を招き入れる事も重要な役割である[2]。事業の繁盛などの福をもたらすとされる財数巫儀が頻繁に行われていることは、金銭的な運を強調している。換言すれば、滞日韓国人がシャーマニズムに飛び込む最大の契機はこの現世利益にあり、宗教と民衆を結びつける強いきずなとして現世利益はその役割を果たしている。こうした現世利益的な傾向はとりわけ基礎レベルの信仰や新宗教の中に色濃く表現されているとされる[3]ものの、滞日韓国シャーマニズムの特徴の一つとしても捉えられる。

滞日菩薩には男女が存在するが、女性が圧倒的に多い。その特徴としては個々の差はあるもののトランス状態になって守護霊や祖霊を自らに憑依させて人間との仲介役を果たすことにある[4]。そして、滞日菩薩は、心身異

---

1) 山崎隆晃1989「仏教と現世利益—現世利益再考—」駒沢大学『文化』第12号、p.121.
2) 任 東権1969『朝鮮の民俗』民俗民芸双書、岩崎美術社、p.48.
3) 山崎隆晃1989前掲書p.122.

常を経験し、神霊や精霊の幻覚や夢などによる巫病を経験し、先輩菩薩が
これらのことが神意による神の選択だと判断することで降神巫儀を行い、
菩薩の道に入るようになる降神巫が最も多い。かつて菩薩とシャーマニズ
ム信仰の信者は、出身階層が低く、学歴も低い[5]とされたが、滞日韓国
シャーマニズムの現状においては高学歴者の菩薩は勿論、信者・依頼者に
おいても大半を高学歴者が占めている。

　こうした滞日菩薩を訪ねる信者・依頼者は様々な悩みと相談事を持っ
て、各地から訪れる。信者層は、20歳前後の若年者から60代の老年層まで
の滞日韓国人の女性労働者であり、彼らの依頼内容は個々によって異なる
ものの、異国生活という特殊な事情が依頼内容に多く反映していると思わ
れる。滞日菩薩が依頼される主な内容は、以下のようなものである。

　　　① 超自然的な要素による精神的・肉体的な苦痛。
　　　② 不法滞在の不安と帰国時期の吉日の選択。
　　　③ 職場移動の方角と吉日の選択。
　　　④ 恋愛・結婚に関する相談。
　　　⑤ 留学生の受験の合否。
　　　⑥ 経済的な貧困の解決などがある。

　中でも経済的な問題から救いを求める依頼が大部分を占めている。そし
て、超自然的要素による精神的・肉体的な健康に関する心配事、また、不
法滞在の不安や日常生活の悩み、そして、職場における口舌[6]と職場の移
動、引越しの方向と時期などの依頼が多く見受けられる。さらに、恋愛や

4) 佐々木宏幹1978「シンガポールにおけるTang　Kiの依頼者と依頼内容について」
　駒沢大学『文化』4号pp.5〜6.
5) 崔 吉城著・真鍋祐子訳1994『恨の人類学』平河出版社、p.76.
6) 口舌数(クソルス、Gu-seol-su)ともいう。他人から非難される噂や言葉に対す
　る運。

結婚に関する相談と留学生の場合は受験の合否などに関して占ってもらったり、祈祷してもらい、決断を依頼する事もある。これらの依頼内容は、母国内において経験した諸事情よりはるかに深刻な問題として受け止めている。

　このように滞日韓国人における「救い」が多様な展開を示しているのは、彼らの生活の場が外国と言う特殊な環境におかれているためにほかならない。日常生活における心身異常からの「救い」と「救われる」は、如何なる時に必要とされ、如何なる事態から救われるのを実現とするのか、また如何なる方法で救いを求めるのかの判断基準は彼らの特殊な生活環境で形成されると思われる。

6.2 救いの類型

　こうして形成された判断基準によって、依頼者と菩薩の救済の関わり方は予言、祈祷、決断、処方などに進行される。予言は、菩薩が媒介となって、俗人には特定できない過去の出来事と将来の予測を引き出すことである。

　依頼者が訪れると、菩薩は依頼者の名前と生年月日を聞いてから依頼者本人と家族に関する過去の出来事を言い当てる。そして、先祖や死者に関しても、異常死と早死の場合は「何時、何処で、何が原因で亡くなった」などに関する神託を行い、依頼者の悩みと因果関係を判断し、祀るべき祖先と死者供養などの予言を行い、なすべきことを決断するのである。

　このような決断は、依頼者の悩みに回答する占いの結果として現れ、依頼者の様々な相談事を受け止め、整理し、意味を与えるのである。宗教とは、多様な悩みや苦しみの単なる解消を目指すものではなく、そこに究極

的な意味を与えるのである。依頼者の求めが完全に世俗的なレベルにとどまる場合にはその決断の内容も世俗的[7]になされることが多い。

　例えば、依頼者の引越しの時期と方角や職場の移動に関する是非などの悩み相談であれば、菩薩の神託において、「今年の○○月に東の方に引越しをすればいい」のように超自然的要素による判断は薄いと言える。しかし、原因不明の病気や事業の失敗などの場合は、その災いの原因が超自然的なものによるとされることが多い。こうした儀礼は、菩薩が神霊を直接憑依させて神の言葉、意思を語り聞かせる方法で行われ、扇子と鈴や木鐸の巫具を用いて語ることが多い。そして祈祷は、依頼者の願いを神に伝え、その実現をはかる事で、健康祈願、合格祈願、安全祈願などを行うのである。処方は、菩薩の神霊観と守護神によっても異なるが、依頼内容によっても異なる。例えば、恋愛・結婚や受験などに関する処方として最も多く用いられるのは符籍による処方である。

　呪符は、依頼の場で書かれる事はなく、菩薩の霊力が澄んだとされる深夜に書かれる。そして、頭痛や原因不明の肉体的な病気の処方としては鍼灸やマッサージを持って処方する菩薩もいれば、病気の原因が神霊によるものの場合は巫儀を行うこともある。しかし、肉体的な苦痛の解決を依頼する人の殆どは、一旦病院の診察を受け、治療を行ったが治らなかったので最終的に菩薩を訪ねて救いを求めるのである。

　そして、滞日菩薩に最も多く依頼されるのは、商売繁盛や景気直しのような経済的な貧窮に対する財数巫儀の依頼である。滞日韓国人が菩薩・スニムに救済を求めるのは次のような事例から見られる。

　　① 小岩に在住している朴(32歳、女性)さんは1990年に来日して以来、
　　　都内の飲食店で働いている。今年に入ってから不幸なことが数ヶ月
　　　の間も立て続けに起こった。例えば、友人に貸した金が踏み倒され

---

7) 池上良正1992『民俗宗教と救い―津軽・沖縄の民間巫者―』淡交社、p.74.

るとか、職場の中で口舌が多く職場を移動せざるを得ない状況で悩んでいた。そして、友人の紹介によって小岩で巫業を行っている朴菩薩と秋スニム夫妻を訪ねて解決策を伺った。占いを行った結果、朴菩薩は、亡くなった祖父母に対する供養と朴家の祖先供養を行えば財数が入って、踏み倒された金より多くの金(財数)が入ると共に職場での口舌も無くなるとして祖先供養を促し、行った。その後の朴さんは元の職場に戻って仕事を続けている。[1996. 12. 19]

② 田端に在住している金(33歳、女性)さんは、母[62才]が韓国で菩薩職に就いているのを嫌って1990年に来日し、1995年から荒川区でクラブを経営している。96年から店の経営が苦しくなると共に異常死を遂げた7人の伯父・叔父が夢に現れたりするので悩んだ末、夫には内緒にして同じアパートに住む崔スニムを訪ねて原因を伺った。すると、金には童子神が来ているにもかかわらず、それを無視しているから財数が入らないとして、祖先供養を薦めた。そして、祖先供養を行い、童子神を自宅にて祀ることによって伯父・叔父の夢も見ないようになり、店は繁盛するようになったという。[1996. 12. 26]

③ 船橋に在住している呉(31歳、女性)さんは1989年に来日して、飲食店で働きながら貯めた資本金を基に、1995年から飲食店を経営している。開店から一年ほどは繁盛していたが、その後は客もあまり入らず、従業員の給料に足りない売上の日々が続いた。数ヶ月の赤字に悩んでいた呉は友人の紹介で船橋を中心に巫業を行っている崔菩薩を訪ねると、祖先供養を店で行えば、以前のように客が入って繁盛するようになると言われ、30万円をかけて祖先供養を行った。すると、その日から以前のように客が入って店が繁盛するようになった。その後の呉は、店の悩みは勿論、頭が痛い時や肩こりがあっても崔菩薩を訪ねて治療を求めるようになった。[1998. 12. 05]

④ 品川に在住している沈(39歳、女性)さんは1990年に来日して赤坂でクラブを経営していた。今年の初め頃から店の経営が思うままになら

ず、何処となく身体の苦痛が始まった。その後の半年ほど経営難と身体の苦痛、そして睡眠不足などに悩まされる日々が続いた。そして、今月に入って崔スニムを訪ねて原因を聞いて見ると沈には五代目の祖父母の霊が降りていると判断された。まず、体の病気を治療するためには、降臨した祖先霊を受け入れて菩薩にならなければならないとし、降神巫儀を勧めるが、沈は社会的に蔑視される巫堂職を拒んだ。そうした相互意見の食い違いがあって、臨時の解決策として、五代目の祖父母を供養した。その供養において沈の病気治療と、菩薩職を拒否する意志を神霊に伝えた。供養後の沈は、病気は完治したものの、いずれは菩薩職に努めざるを得ないと崔スニムは決断した。しかし、神意を拒みつづけた沈は、数ヵ月後、経営していたクラブが閉店に追い込まれるとともに身体の病気が再発した。仕方なく、降神巫儀を行って品川の自宅に諸神霊を祀るようになって、病気は完治し、現在はスニムの下で修行を行っている。[1999. 9. 20]

⑤ 新小岩に在住している李(34歳、女性)さんは、以前、日本留学を経験し、経営学を専攻して帰国後、貿易会社に就職した。その後、2年ほど韓国で生活した李は1998年に再来日して現在は飲食店で働いている。一ヶ月ほど前から悪夢に悩まされ、解夢本を見ながら原因を探ろうとしても究明できず、雑誌の広告を見て日暮里で巫業を行っている朴菩薩を訪ね、原因を伺うと祖先供養をしてないのが原因で供養を促すための夢だと判断された。しかし、これまで菩薩に頼ったことのない李は、躊躇しながらも供養を行った。すると、夢は見なくなり、仕事も順調で、財数も入ったのである。[2000. 5. 13]

⑥ 四ツ谷に在住している李(35歳、女性)は1992年に留学目的で来日し、専門学校でビジネス経営を専攻し、現在は赤坂でクラブを経営している。四ヶ月ほど前から店の経営に苦しみ、崔スニムを訪ねて「何時になったら財数が入るのか」を占ってもらった。占いの結果、祖先供養を行えば、必ず財数が入るとして供養を促した、供養後、店は繁盛するようになった。その後も李は、心理的な不安や店で客とのトラブルや嫌なことがある時は、時間に構わず崔スニム宅を訪ねて

　　　解決策を依頼するようになった。そして、月一回程度は吉日とされ
　　　る日に祖先供養を行っている。　[2000. 8. 17]

　以上のように滞日韓国人女性の多くは、それぞれの悩みをもって、菩
薩・スニムを訪ね、解決策を要求するのである。では、これらの悩みはいか
にして解決できるのか、その構造に関して以下に考察したい。

6.3　救いの構造

　宗教現象において「救済」は根本概念の一つであるが、その内容は極めて
主観的ないし主体的な意味合いが濃い概念である[8]。例えば、滞日韓国女
性が神霊・精霊による肉体的・精神的な苦痛から助かる方法として降神巫
儀を行い「神によって救われた」としても、社会的な宗教観からみる第三者
は、果たして救われたと認めるだろうか。また、ある悩みを持った人間が、
外部から見ると悩みの悪化にしか見えない状態でも「神によって救われた」
と語ることもあり得るだろう。このように「救い」「救われる」は各地域の文化
及び宗教観と個人の判断基準に添った自己納得などによって複雑・多様
な展開を示している。
　そして、何をもって救いといい、如何なる結果で救われたと言えるかにお
いても社会・文化・個人によって異なるだろう。しかし、種々多様な位相
を示す文化現象においても、救いの一定の理論や基軸が見出せる[9]と思わ
れる。つまり、救いは、病気・災厄・苦痛・不安などの望ましくない状態
や位置などの不幸な状態から脱却・転移・超出を意味している。また、そ

------

8)　池上良正　未公開「救済論としての日本の祖先信仰」p.1.
9)　佐々木宏幹1979『人間と宗教のあいだ―宗教人類学覚え書―』耕土社、pp.121～
　　122.

のような危機感に直面した際、人間はそれらを自分の力では脱却できない
と知って、超人間的な力に頼って、苦なる状態から肉体的・精神的安定を
図ろうとする関係から救いは生じる。

　この場合においても客観性の前提になるものはそれらを信仰する者の立
場である。信じる者の主観性や主体性に強く傾斜する「救い・救われる」
は、何よりも当人はそれを悩み・苦しみとして自覚することが前提である。
そして、それらの苦悩の克服を願い、最終的にその願望を成就したと実感
が得られる。つまり、救済は信仰を離れては存在しないのである。換言すれ
ば、「救済」とは、信仰するものの「信じる」という行為を介しなければ、実
現できない事態である[10]。では、何が救いを可能にさせるのかを上記の事
例を中心に考察してみる。

　前項で取り上げた事例の①②③④⑤⑥は、いずれも滞日女性の日常に
おいて「救い」を求め、菩薩やスニムを訪ねる典型的なものである。

　以上の六つの例から滞日韓国人社会に存在するシャーマニズム信仰は意
識的に求められた現世利益的色彩の濃い家族主義的または個人主義的な
救済であると言えよう。

　しかし、祖先供養などの儀礼を行うことによって、祖先霊に「救われた」
とする気持ちに少なからず通じる内容を示している。滞日韓国シャーマニ
ズムにおける救済は、祀るべき祖先・死者を祀っていないために生じた祖
先の恨みの現れだと判断されることが多くあり、祖先に対する祈祷や供養
などの儀礼が頻繁に行われるのである。

　依頼者たちが「救われた」という事実を祖先霊やその他の超自然的存在や
その力の干渉または影響によるものと見るか、あるいは単なる偶然事と認
識するかによって「救い」が宗教的意味を持つか否かが異なってくるのであ
る[11]が、上述の例は特定状況における人間の救済意識の告白であると言え

---

10)　池上良正　未公開「救済論としての日本の祖先信仰」p.2.
11)　佐々木宏幹1979前掲書p.115.

よう。このように滞日韓国人の実生活の中にあらわれる宗教現象は、常に「呪術・宗教的」であり、呪術的位相と宗教的位相がせめぎ合うダイナミクスがそれらを動かす原動力なのである。

　民俗宗教は現世利益的で呪術的な迷信にすぎず、仏教・キリスト教・イスラム教のような世界宗教のみが真の「宗教的」とする二分法は、教義・経典に書かれた文字や聖人・聖者の事績や思想のみを宗教と考えたがる人たちの大きな偏見に基づいている[12]のである。

　そして、事例④は、滞日シャーマニズムの宗教現象を考える上で見られる「病気治し」に関連する例である。店の経営難で精神的な苦悩が重なって、肉体的な苦痛が生じ、眠れない日々が続いた後に、シャーマンを訪ね、巫儀を行うことによって病気は治った。依頼者は、日常的・科学的な手段に訴えて解決しようとして医者に診てもらっても、薬を服用しても病気は治らず、超自然的な力に依存する降神儀礼によって完治した。それは、いわば「非科学的」治療の典型である[13]。しかし、滞日社会では儀礼による治療が時としてあなどりがたい効果を発揮している。こうした病気は神霊からの「知らせ」であると解釈され[14]、巫儀によって依頼者は神霊の存在と意思を確認し、シャーマニズムを信仰するようになる代表的な例である。そして、こうした神的存在からの「知らせ」あるいは「召命」の体験は菩薩個人の成巫過程の問題にとどまるものではない。むしろ、菩薩とそれをとりまく信者・依頼者によって共有される世界観や救済観の特性と密接な関わりをもっている。つまり、滞日菩薩本人が巫病において経験した経済的な貧困、家庭不和、肉体的・精神的な病気などから救われ、人生のマイナス状態からプラス状態への移行を経験した宗教的体験は、その後の信者・依頼者に対して実現される「救い」にも様々なかたちで反映されるのである[15]。

---

12) 池上良正1992前掲書p.68.
13) 武井秀夫1994「医療と宗教」佐々木宏幹・村武精一編『宗教人類学—宗教文化を解読する—』新曜社、p.223.
14) 武井秀夫1994前掲書pp.215～216.

6.4 救いと夢

　韓国のシャーマニズム研究は、今世紀初頭から始まって、今日に至るまで多くの先学者によって多岐に研究され、現在では膨大な研究論文と著書が出されている。しかし、シャーマニズム研究の視点から先夢(ソンモン、Seon-mong)に関する問題を取り上げているのは皆無である。それは、菩薩や信者・依頼者における夢に関する情報や資料の入手がそれほど困難であったと推測される。

　そして、シャーマニズムにおける夢をどのように位置づけたらよいのか、また、信者・依頼者における夢の意味や菩薩自身における夢の社会・宗教的な意味とはどのようなものかを体系的に論じるのは容易なものではないと思われる。

　本稿ではシャーマニズムにおける夢に関する先駆的な研究を行っている佐々木宏幹氏の論文16)などを参考にしながら滞日菩薩および信者・依頼者にみる夢の意味を若干考察し、今後の研究に繋ぎたい。

　さて、シャーマンの定義を神霊・精霊と異常心理状態において意のままに直接的、間接的交流・接触しながら呪術・宗教的役割を果たす人物であるとするならば、この種の人物は現に滞日韓国人社会、とりわけ、関東地域において多く存在している。

　彼らは、普通の人も経験できるトランス(trance)状態とは異なるシャーマニスティックな憑霊を経験するのである。こうした経験は、シャーマニズムに伴う神霊観や他界観の行動体系に根ざし、規定されている点で普通一般の異常心理状態と異なるのである。

---

15) 池上良正1992前掲書p.66.
16) 佐々木宏幹1976「シャーマンと夢」『季刊現代宗教』第一巻一号エヌエス出版会。
　　同　1983『憑霊とシャーマン―宗教人類学ノート―』東京大学出版会。
　　同　1992『シャーマニズムの世界』講談社学術文庫に収録されている。

　通常、シャーマニズム文化・伝統を有する社会ではどのような経験や行動がシャーマニックであるか、どのような心理と態度がシャーマニックでないかを判断する一定の確固たる基準・尺度が用意されていることが多い[17]。これは菩薩候補者に対する判断基準であって、先輩菩薩を訪ねて判明される。

　滞日韓国シャーマニズムにおける夢の意味は二通りがあると考えられる。

　まず一つは、菩薩が巫病過程やその後においてみる夢である。大概の菩薩は巫病中に幻覚、幻聴、そして夢の連続を伴った心身異常が続くのである。第4章の事例でみたように、崔菩薩は、軍隊から休暇を得て帰宅途中に二度にわたって事故を遭う夢を見たが、事実は夢のとおりに運ばれた。そして、李菩薩は、夢で黒山に行って祈祷を行うことを促され、夢の指示に従って祈祷を行うと病気が回復した。さらに、任菩薩も、開店まもなくして、乾いた土から澄んだ水が湧き出る夢を見て商売の繁盛があったと語っている。そして、金菩薩も、竜に連れて行かれる夢や解読不能な漢文の解読を強制される夢を見ている。こうした事例からも分かるように、夢は神霊の人間に対する直接的な影響力であり、人間にとっては神霊との直接交流・接触の機会でもある[18]。

　また、彼らは、夢に対して後に、あの時点から「私には神気があった」と異口同音にして振り返っている。そして、先輩菩薩から、夢は「神霊による選択」であるので「神の弟子＝菩薩」にならざるを得ないと聞かされ、その選択から人間としては決して逃れることも出来ないことを知って菩薩になるのである。

---

17) 滞日韓国人社会におけるシャーマニスティックな経験(幻覚、幻聴、幻視、夢など)は、神霊や祖霊などの出現と共に身体的な苦痛も伴い「神気」と呼ばれ、一般の幻覚、幻聴を伴う精神異常と明確に区別されている。神気は、ある人物に対する「神霊の選択」によって起こる病気とされている。

18) 佐々木宏幹1983『憑霊とシャーマン―宗教人類学ノート―』東京大学出版会、p.7.

　もう一つの意味は、夢が信者・依頼者の精神的な悩みとして現れるものである。この種の夢は、信者・依頼者が菩薩を訪ねて解決を求めるが、その解答は多様である。菩薩はまず、夢に現れる悩みの原因を明らかにした上、いろいろな対処方法の中で最も効果的と思われるものをすすめる。信者・依頼者に現れる夢の原因となるものを整理すると次のようになる。

　　①　多くの場合は、信者・依頼者がこれまで死霊や祖霊の供養をしてないか、したとしても不足しているので、死霊・祖霊の存在が供養してもらうための意思を知らせる目的で夢に現れるとする。上記事例の②⑤がその典型的な例である。
　　　　この場合は、供養不足の対象と供養の仕方がはっきりしていることが多く、一定の供養を行うことによって比較的に容易に悩みの解決が出来るため、信者・依頼者は菩薩の指示に従って供物を用意し、供養を行うのである。

　　②　先祖の墓の移葬が原因で信者・依頼者または家族に不幸が生じているとする。主に巫儀の中心過程で行われた空唱でそれらは明らかになる。こうした場合は移葬した墓を正すのが最も良い方法であるが、多くの滞日依頼者は供養することで解決している。

　これらの対処は、超自然的な存在の願望を満たし、誤りを正せば、その当人は日常生活に復帰できる[19]ことを意味している。そして、彼らにとって夢は、現に積極的な意味をもち、生活の重要な部分を構成していることが知られる。
　以上の事から分かるように滞日韓国シャーマニズムにおける夢の意味は、①神託・啓示的な意味がある。神霊・精霊が夢を通じて特定人物をシャーマンとして選択するが神意に反した場合、夢をもって精神的・肉体的な苦痛が加えられることが多い。②社会・文化的な意味がある。夢を通し

---

19)　佐々木宏幹1983前掲書p.5.

て、神霊・精霊の種類と示現の仕方、そして役割などが把握可能である。

　このように、菩薩における夢の重要性は、それが個人の内質を変換させ、俗なる人間を聖なる領域に所属させるためのイニシェーションであると共に菩薩としての能力の基盤を構成するのである。さらに、彼らは夢の中で神霊・精霊との交流を通して信者・依頼者が抱いている諸問題を解決できる能力が得られることに最も大きな意味を持っているのである。

6.5 符籍法と救い

　滞日菩薩におけるもう一つの救済法が符籍(ブジョク、Bu-jeog)法である。符籍は、符作とも言うが、主に仏教や道教を信仰する個人や家庭が雑鬼・悪鬼を追い払って、災厄を退治する目的で用いる呪符[20]である。

　符籍は、朱砂で描いた文字や絵を所持、或いは特定場所に貼ってその効果を望むのである。しかし、これまで、符籍が歴史的に、体系的に研究されたことはなく、村山智順の著書、『朝鮮の鬼神』の中で禳鬼法の一つとして呪符法を取り上げている。禳鬼とは、鬼神を盲目に逐鬼するのではなく祈りを捧げ、災いを阻止するのが目的である[21]。そして、禳鬼の類型として村山は、殴打法・驚圧法・火気法・刺傷法・封縛法・供物法・恭順法・呪符法などがあるとしている。

　中でも、供物法・恭順法は、防鬼・退鬼の方法として鬼神を敵対視し対決するのではなく、服従し帰依して鬼神の怒りを緩め、その赦しを求める。または、その心を慰め、喜ばすことによって災禍を免れようとする方法である[22]が、他は、侵入した悪鬼・雑神を強行的に退治し、侵入を防ぐ方

---

20) 国立国語研究院1999『標準国語大辞典』斗山東亜出版.
21) 金 宗大1987「符籍의機能論 序説」『韓国民俗学』8月号、p.63.
22) 村山 智順1929『朝鮮の鬼神』朝鮮総督符、p.304.

法である。滞日韓国菩薩は、符籍法をもって悪鬼の侵入を防ぎ、病魔の退散、そして財数の減少や男女の縁結びなどの依頼に対処している。

　本来の符籍の機能は、病気符の機能が多かった[23]。つまり、病気の原因が悪鬼・雑鬼であると考え、それらを退治することで病気は治るとしたのである。しかし、滞日菩薩は、除厄と吉祥の機能を持つ符籍を最も多く用いる。病符や雑鬼・雑神の不侵入符が少ないのは、それらの効果に信頼性が欠けていると思うからであろう。

　一方の除厄や吉祥符は未来指向として不安要素の解決と共に心理的な安定をもたらすからであろう。除厄符は、三災(サムゼ、Sam-jae：風、水、火)による災難として、風病、水腫、心火に代表され、悪運が入る年から出る年までの三年間を符籍の力で除厄するのである。そして、吉祥符は、強制的に悪鬼を退治する部分もあるが、善神からの守護を祈願し、自己保護の目的である。善神の帰依を求め、日常生活で惹起され得る不幸を防止、保護の効果を図るのである。従って、吉祥符は、対立よりは、守護を求め、悪鬼の侵入を阻止し、自己の心理的不安と葛藤の解決を願うのである。

　符籍は、呪文や符籍そのものに呪術的威力が含まれ、雑鬼・雑神がその威力に恐怖を感じ、退去すると信じられている。符籍の作成は、菩薩個々によって、形式も、サイズも異なるが、朱砂を用いて霊力が澄んでいる深夜に呪文を唱えた後、描くのである。

　しかし、呪文を唱える以外の神霊と人間を仲介する行為は行われない。つまり、符籍自体が諸神霊と直接対立、保護を求める形式であるため、菩薩が人間と神霊の仲介者としての役割は必要ではないのである。

　巫儀において、招く諸神霊は信者・依頼者より上位の立場で降臨するのが中心的で、巫儀の過程で降臨した雑鬼・雑神であっても後には、供物と

---

23) 村山　智順の報告では、明確な形式をもっている病符は66種に及んでいる。
　　村山　智順1929前掲書pp.331～353.

歌舞をもって供養し、見送るのである。その反面、符籍は、神霊の解釈の差によって排他的な態度で臨むことが多いといえる。従って、符籍を所持したり、特定場所に貼る行為は神霊との断絶を具体化するものである[24]。特に、雑鬼・雑神を敵対化することで符籍の機能が発揮されるのである。

　このように、巫儀において降臨する諸神霊と符籍のそれとは相反する概念を持っているといえよう。一方、吉祥符は善神を中心として成立している符であるが、ここにおいても雑神・雑鬼は排他的存在として捉えられている。

　以下においては、滞日菩薩が用いる四種(病符、三災符、財数符、因縁符)の10の符籍がもつそれぞれの機能を提示しておきたい。

6.5.1 符籍の種類

1. 病　符

[1] 病気の際、西側に貼ると病魔が退治される。
　　サイズ：9.5×14cm

---

24) 金　宗大1987前掲書p.75.

2. 三災符

[1] 雑鬼・雑神を退治、侵入を防ぎ、一
　　年間の災難を防ぐ符籍。
　　サイズ：9×14.5cm

[2] 雑鬼・雑神を防ぎ、一年間の万事泰
　　平を図る符籍。
　　サイズ：9.5×14.5cm

[3] 雑鬼・雑神を退治し、病
　　気と災難を防ぐ符籍。
　　サイズ：8.5×25cm

[4] 四方八方から侵入する煞を防
  ぐ符籍。
  サイズ：15×14.5cm

[5] 三災の年に玄関に貼ると雑
  鬼・雑神の侵入を防ぐ符籍。
  サイズ：14×22cm

3. 財数符

[1] 金銭の損害があった際に、室内の
柱に貼ると損失を防ぐ符籍。
サイズ：9.5×14cm

[2] 財産・寿命・幸福が増加する符
籍。
サイズ：14×14cm

[2] 玄関に貼っておくと不浄を防ぎ、財
数を守る符籍。
サイズ：9.5×14cm

4. 因縁符

[1] 恋愛や婚姻の運を結ぶ符籍。
サイズ：9.5×14.5cm

終　章
滞日シャーマニズムの新展開

1. 韓国の巫堂と滞日の菩薩

　李氏朝鮮が儒教思想の基で建国されて以来の五百年を支えていた儒教文化を中心文化とするならば、抑圧された韓国のシャーマニズム文化は周辺文化と言えよう。これまで、韓国シャーマニズムの用語として巫俗・巫教・薩満教などが主に用いられた。そして、巫俗が学問的な用語として定着したのが李　能和による1920年代頃である。しかし、こうした用語は、高麗末以来の儒学者が「巫」を「俗なる」[1]ものとして用いた餞称である。

　このような儒教は、大儀名分の上に理性と秩序そして自制を礼とし、限界性を求め、過不足を慎み、善良な倫理の中で理想を求めていたと要約できる。その政策は、合理主義、形式性、男性本位としてシャーマニズムを無条件に迷信視し、多くの韓国人の先入観に影響を及ぼした[2]。そして、李朝の五百年も、日本統治者も、韓国人基督教信者たちも、近代化を指向する官庁も、近代化を推進するに従ってシャーマニズムを迷信とし、打破運動を展開して破壊・消滅を図った[3]。

　その反面、韓国シャーマニズムの象徴的な意味は、迫力と情熱、生産と恍惚そして自由などに要約できよう。歌舞に始まるエクスタシーの中で自

---

1) 조흥윤1990「무(巫)문화의 이해」『아시아문화』한림대 아시아문화연구소、p.226.
2) 張 籌根1974「韓国의巫俗」全 信鎔編『韓国의 民俗文化』第 4 輯、国際文化財団出版部、p.226.
3) 崔 吉城1974「迷信打破에 対한 一考察」『韓国民俗学』12月号、한국민속학회、p.39.

我を忘れて入巫するのであり、諸神霊と直接交流し、「我々」が日常で抱え
ている諸問題の原因の除去を目的に、諸神霊を招き、供物と歌舞でもてな
し、問題解決を祈願するのである。その際、菩薩は人間と神霊の仲介者と
しての役割を果すのである。その中で人間と自然と神霊が融合する神秘体
験をするのである。このようにシャーマニズムは秩序と自制よりは創造的自
由と均衡が求められるのである。

　李氏朝鮮以来、常に周縁的な地位を与えられてきたシャーマニズムは仏
教・道教と融合しながら一般民衆に支持されて存続してきた。このように
韓国の代表的な民衆宗教と言えるシャーマニズムは近代的な教理を持たな
い宗教として韓国内や在日・滞日韓国人社会においても息吹いている。そ
して、信仰的な地平の他にも韓国の民俗文化・芸術の基本的なパターンを
成していることも否定できない。

　一方、その中心的な人物である巫堂は、巫儀を務める際は神聖視され、
尊敬に値すると思われても、一旦その場を離れると宗教・社会的に蔑視さ
れる存在になるのがこれまでの現状である。

　現在の韓国では、朝鮮時代の差別民であった八賎4)の存在はなくなっ
て、日常生活では差別の意識さえ持たない。しかし、その名残が唯一残っ
ているのが巫堂に対する差別意識だと思われる。韓国社会における巫堂
は、聖と俗の二通りの存在性を持っている。彼らは、神によって「選択」さ
れ、長年にわたる巫病を経験し、巫堂になると、宗教者としてそれまで支
えていた日常的な人間関係とは本質的には異なった間柄になる。そして、
本論文の事例からも分かるように、多くの人が巫堂・菩薩になると社会
的な差別から逃れる方法として他都市に移住して巫業を行うことが多々
ある。

---

4) 朝鮮時代において奴婢或いは身分は良民であるが賎役に従事した八つの賎民。
　私奴婢、僧侶、白丁、広大、喪輿夫、妓生、工匠、巫堂である。

　昔に比べれば複雑な社会構造と多様な産業発展のため、日常においては彼らの巫職は表面に現れにくい[5]事であろう。このように菩薩が宗教体験によって、自分が依拠していた世界から周縁へ隠退することは、常に彼らにとって様々の重要な意味を孕んだ創造的行為でもある[6]。社会的には、それまで築き上げた諸々の役割、地位、権威、そして、それらにまつわるプレステイジを一つ一つ放棄していく。そこには、旧い構造における自己を脱皮するように脱ぎ捨てる新たな人間があるからだ。

　宗教には変化する面もあればそうでない部分もある。一つの宗教の基本構造は、その宗教が属した歴史の変動においても変化しがたい。しかし、宗教の表象形態は、文化環境に関わって展開する。例えば、キリスト教においては、西方のカトリック教会と東方の正教会とプロテスタント教会がそれぞれ異なった形態をとって展開している。しかし、これらが一貫してキリスト教、あるいはシャーマニズムと呼ばれるのは一定した基本構造を内包しているからである。

　韓国のシャーマニズムは、各時代の文化的変遷によって表象形態を展開してきた。しかし、一貫した基本構造は維持されるため、多様に展開したシャーマニズムの宗教現象を「韓国シャーマニズム」と総称することができる。つまり、歴史の変化によって、宗教の表象形態は新しく展開していくのである。しかし、展開は、構造の創造ではなく、宗教の成長と発展であると言える。

　韓国シャーマニズムの歴史的展開は、以下の三方向に分けて考えることができる[7]。

　　① 古代祭儀の単純伝承による展開 ——— 古代の祭儀は、その強い祖

5) 崔 吉城1994『한국 무속의 이해』예전사、p.290.
6) 荒木美智雄1987『宗教の創造』法藏館、pp.24〜25.
7) 柳 東植1976『朝鮮のシャーマニズム』学生社、pp.52〜53.

　　型性のために歴史的変遷の変化にもかかわらず、自己の形態を変え
　　ることなく、全体あるいは部分的に伝承されていく傾向がある。その
　　特徴は、外来文化や宗教に影響されていないことにある。例えば、
　　各時代を通して見られる山川祭、祈雨祭、祖霊祭などがある。

② 外来文化、宗教との習合による複合的展開 ——— 単純伝承とは
　　別に、歴史的文化の変遷にしたがって、特に外来文化的要素との習
　　合を通して展開されていくことがある。例えば、新羅時代における花
　　郎道、高麗時代の八関会と燃灯会、朝鮮時代のなどである。つま
　　り、外来宗教文化との習合を通して複合的に展開されていく現象で
　　ある。

③ シャーマニズム自体の特殊的変容による展開などである ——— 変
　　動する文化環境に刺激されて、シャーマニズムの部分的な要素が変
　　容されて発展していく形態である。例えば、仏教文化の影響と儒教
　　文化の影響による部分的な変容と東海岸(日本海)から侵入してくる
　　海賊に刺激されて、東海地方の護国竜神信仰が発達したことなどが
　　ある。また、新羅末期からは、仏教による個人の自覚と、乱世にお
　　ける安心立命を求めて個人的な巫俗信仰が芽生え始めた。

　そこで、本章においては、滞日韓国シャーマニズムの変容を以上の展開
類型から考察したい。特に、現在の滞日韓国人社会におけるシャーマニズ
ムの新しい展開として韓国内の巫堂が宗教・社会的に周辺の存在として位
置づけられていることに対して、滞日菩薩は母国の伝統文化を担う存在と
して中心的な役割を果たしているといえる。
　以下においては、韓国の巫堂と滞日菩薩の相違点を考察したい。

　1. シャーマンの類型
　　本国では、少ない人数であるが、世襲巫が存在している。世襲巫は
　　文化的な価値が認められて、いわゆる「人間文化財」に指名されるこ
　　とも多々ある。

しかし滞日シャーマニズムでは、世襲巫の存在は認められず、降神巫が主として存在している。そして、入巫地域による分類として、本国型、在日型、滞日型に分けられる。本国型菩薩は、韓国内において巫堂として活躍していたものが来日し、巫業を行っている菩薩である。彼らの巫業内容は、巫儀は勿論、卜占などを行い、符籍を用いる処方も行う。そして、活動における使用言語は、韓国語のみを用いる。

そして、在日型菩薩は戦前・戦後まもなく来日して日本国内で降神巫儀を行い、菩薩になった人である。彼らは、入巫後、一定期間の学習と修行を行ったので本国型と同様に巫儀と卜占などをもって信者・依頼者に対応している。彼らの活動でおける使用言語は、日本語と韓国語を併用し、主に在日韓国・朝鮮人の宗教的欲求に応じている。そして、滞日型菩薩である。1980年代に労働目的で来日し、日本在住中に巫病を経験して一時帰国または、韓国の巫堂を招いて降神巫儀を行って菩薩になった場合である。しかし、彼らは短い滞在期間で菩薩になったため、諸巫儀に関する学習と修行を実現しない状態で、再来日して巫業を行っている。そのため、彼らの巫業内容は、降神巫でありながら巫儀が行えず、もっぱら卜占と符籍をもって対応することが多い。活動では、韓国語を主として用い、訪れる信者・依頼者は本国型菩薩と同様に滞日韓国人が中心である。

2. シャーマンの入巫後の修行

通常、シャーマンの候補者が降神巫儀を行うと、主巫を務めたシャーマンと師弟(神母、神娘)関係になって修行を行うのである。この際、新米の菩薩は神母から巫儀の行い方はもちろん、祭壇の並べ方、巫具の使い方、飾り花の作り方、巫歌と各種のお経などを学習し、一人前の菩薩に認められて独立するのであるが、滞日菩薩の場合は、時間的な余裕がないので諸巫儀に関する学習を行ってない菩薩が多い。

しかし、入巫後の個人修行は滞日菩薩にとって基本的な宗教行為として盛んに行われている。霊力は神霊から授かるが、それを維持する

のは菩薩の修行であると言われている。滞日菩薩の主な修行は、江戸川やお台場そして九十九里浜などの海で行う通称「竜宮修行」と富士山、男体山、女体山、筑波山、黒山などで行う「山神修行」がある。こうした修行は、菩薩個人の霊力を強化する目的と澄んだ霊力を維持し、信者・依頼者の獲得をその目的とする。修行行為は、短時間の祈祷修行と徹夜に及ぶ供養・瞑想修行がある。

3. 巫儀の場所

巫儀が行われる場所は、信者・依頼者宅或いは菩薩の神堂や巫儀堂という特定の場所で行われるのが韓国国内での一般的な傾向である。

それに対して、滞日社会では信者・依頼者宅で巫儀が行われるのは不可能である。それは、巫儀が行われる際に伴う様々な巫楽の音が日本社会では受け入れられず、単なる騒音に過ぎない。そのため、関東地域の菩薩たちは埼玉の越生にある三滝巫儀堂において巫儀を行っている。黒山の山中に位置している巫儀堂では昼夜を問わず、巫儀が行われるが、多くの場合は登山者や通行人がいなくなる夜に諸儀礼が行われる。

4. 信者獲得

韓国国内において巫堂を尋ねる信者・依頼者の大半は、巫堂宅に掲げられている「○○哲学院」などの看板また、知人の紹介などをきっかけに尋ねて諸事情を依頼するのが一般的である。これに対して、滞日菩薩は自ら広告[8]を出して菩薩各自が積極的にアピールしている。そこには、韓国内で見られるような差別は存在しない。

つまり、韓国内の巫堂は信者・依頼者が非日常的な場面においては積極的に接近しているシャーマニズムであっても、日常的には巫堂を見下ろす傾向が強いのである。従って、韓国内の巫堂は、社会的に周辺の存在として考えられる。一方の滞日菩薩は、日常生活におい

---

8) 僑民雑誌などに広告を出す。現在関東地域では、十社が僑民雑誌を無料で発行している。

　　ても、母国の伝統宗教文化を担う者として社会・宗教的な面からも
　　中心的存在として位置づけられている。

　以上のように滞日菩薩は、韓国国内の巫堂と異なる文化・社会環境の
中で新しい存在感を形成しながら活躍している。
　現在、東京周辺の各地には、多くの滞日韓国人が居住しているが、滞日
シャーマニズムが彼らの生活においてどのような役割と影響を及ぼし、如何
なる結果を生んでいるのかなど、滞日社会におけるシャーマニズムの機能的
地平の問題は、異国という特殊な社会生活を営んでいることから社会的機
能が果たす面と異文化の中に存在する自国の宗教文化の面から宗教的機
能の両次元の機能が存在していると思われる。
　宗教の機能を問題にするにあたって、宗教の役割を果たす典型的なもの
は宗教の場である[9]。如何なる機会に人間は俗に対する聖の領域に足を踏
み入れるのかと言うことである。これによって宗教に期待される機能の見通
しが得られると思われる。しかし、滞日シャーマニズムの持つ機能には宗教
的機能と社会的な機能があるといえる。つまり、菩薩宅に集まる信者・依
頼者は、異国生活における日常生活で経験する不安などの同じ境遇をもつ
者同士のコミュニケーションの場として仕事場の斡旋や情報交換の場とし
ても提供され、より円滑に日本社会へ溶け込むことを奨励する側面をも
持っている。
　こうした社会的機能は韓国国内の巫堂においては見受けられないもので
あろう。

9）脇本平也1983『宗教を語る─入門宗教学─』日新出版、pp.380～381.

2. 滞日シャーマニズムの文化論

　滞日シャーマニズムは、菩薩を中心とする世界観や儀礼及び信者・依頼者などからなる宗教形態であるといえよう。シャーマニズムは霊的存在への信仰(アニミズム)や非人格的力(マナ)への畏怖を基盤としてそれを儀礼化ないし行為化したとも見られ10)、従来は科学的知識や思考が広まれば必然的に消滅すると考えられてきた。しかし、いわゆる先進国と呼ばれる国々においては科学の発展と経済成長の結果、物質的な豊富さと教育の普及によって知的水準の向上そして医学の進歩に伴って長寿が実現できた一方で、環境破壊、エゴイズムの蔓延、犯罪、人情の枯渇などによる不安増大の危機が生じている。その反面、シャーマニズムといえば、多くの人は未開民族の原始宗教の一形態、或いは古代宗教の一部分、さらに現代にあっては文明の中心からかけ離れた僻遠の地に辛うじて存続する残存宗教文化11)と考えがちであった。そのため、多くの研究者は、シャーマニズム研究の場を都市と離れた地方を中心的としてきた。特に、韓国シャーマニズム研究者においては、異国の首都である東京に韓国のシャーマニズムが存在するとは思いも寄らないことであろう。こうしたことは上述のような先入観と偏見によるものと言わざるを得ない。

　滞日韓国シャーマニズムは形態を変えて甦りを果たしてきている。様々な儀礼を通して滞日韓国人の精神を再構築する癒しの技法として、そして菩薩は、山・川・海などへの修行を通してその力を源泉とする意味世界の復権により人間のあり方を考え直させるのである。自他を融合させて主体性を獲得するというシャーマニズムの特色は、社会的・階層的に弱者の立場にある滞日韓国人の異議申し立ての場でもある。

---

10) 宮塚準・鈴木正崇編1994『東アジアのシャーマニズムと民俗』p.1.
11) 佐々木宏幹1996『聖と呪力の人類学』講談社、p.141.

　そして、時としてはナショナリズムの精神的基盤を形成し、韓国民族の文化的アイデンティティの中心になるなど、滞日韓国シャーマニズムは多様な役割を果たしている。それは同時に、異国における自国民俗や伝統と呼ばれる豊饒な基層文化を支えていることでもある。

　滞日韓国シャーマニズムは、かつての存在から消滅した宗教でもなければ、衰退している原始宗教でもない。在日韓国・朝鮮人の存在以来、在日の民衆に与える韓国宗教文化の一つとして生き続き、現在においても滞日韓国人の行動様式を決定する価値体系や世界観に少なからず影響を及ぼしている。

　韓国人の心情は重層構造をしていると言われる[12]。最下層には、この世に存在する万物に霊魂が宿って、相互交感すると考えていたアニミズムの精霊信仰層があって、その上に、超自然的な存在が特定人物に憑依し、超自然的能力が発揮できるとされるシャーマニズム層が、その上に仏教・儒教文化層、さらにその上には、論理的・合理的な科学思想層が積み上げられている。しかし、その構造にある外的な刺激を受けるとシャーマニズム層が活性化するのである。そのため、歴史的に政治的に抑圧を受けながらも行き続けているのが韓国シャーマニズムである。

　このように滞日韓国シャーマニズムを信仰する信者・依頼者は異国文化の中で滞在しながら受ける刺激に対して、母国伝統の中から韓国的エネルギーの復活を試み、潜在している文化的な原動力を求めているかもしれない。つまり、滞日韓国人は、現代の文化様式の中で己の文化的底力を活用し、異国生活の局面を開拓、創造しようとしている。その中で、滞日韓国シャーマニズムは新文化の芽生えとも言えよう。

　韓国シャーマニズムは歴史的・構造的にも融和の宗教形態であることから滞日韓国シャーマニズムでは新文化の可能性が期待できる。そして、異

---

12) 李 圭泰著・尹 淑姫 岡田聡訳1995『韓国人の情緒構造』新潮社、p.85.

国の日常生活において不安要素をもって暮らしている滞日韓国人のアイデンティティという個別性を母国の伝統宗教の普遍性と関連づけながら個々の主体性を模索しているのではないだろうか。つまり、滞日シャーマニズムは、伝統的な限界を超えて他文化との融合によって新世界の創造を試みているといえよう。

第 2 章
資料編

1. 巫病録

　本資料は、本論文の第3章の事例4に紹介した任菩薩の夫朴氏が韓国語・日本語交じりで作成した「神寿録」の原文に基づいたものである。原文に記された韓国語は、夫妻の許可を得て筆者が翻訳などを加え、整理したものである。神寿録は、任菩薩の巫病過程における変化を身近で観察し、そして、降神巫儀後の修行に関する諸状況を詳細に記したものである。本資料は今後、滞日韓国シャーマニズムに関心を寄せる研究者及び学生の研究資料としても価値あるものと判断されるので本論文の資料として提示する。

　なお、原文に書かれている人名・地名などの諸名称は、原文のまま引用することにした。

【神寿録】

1992.6.29(月)陰暦5.29　am2：00
　金町の店で祈祷、少々身体に変化あり、軽い震えが出る。

1992.6.30(火)陰暦6.1　pm9：00～10：00
　和仙[ファソン、Wha-seon](任の名前)、金町の店に行きたいからと言って、一緒に出掛け、店に入るやいなや身体に変化がある。震えはじめる。母親(夫方)と外祖母(実家)が和仙の身体に降臨する。

1992.7.1.(水)陰暦6.2　am4：00

　綾瀬にいる菩薩の家を訪ねる。このとき、明日、外祖母が火土大神となって降臨することを知らされる。

　三河島の李菩薩宅に訪れる。李菩薩と韓国からきていたスニムに会うが、最初は、鬼神ではないかと言っていたが、しばらくして、やっと火土大神が降臨したことを納得して降神巫儀の日取りを決める。7月3日とする。

1992.7.3(金)陰暦6.4

　朝10：40分到着。李菩薩と韓国から来た童子菩薩[1]とスニム二人。そして、和仙は私と従業員一人が見守る中、降神巫儀を始める。すべての儀式を終えたのが、夜10時頃であったが、李菩薩とスニムが完全な儀式をしなかったので火土大神外祖母が大変に怒る。しかし、童子菩薩は最初から儀式が十分でないことを見抜いていた。スニムの一人が和仙に数珠を送って、この日から「任菩薩」となる。但し、李菩薩は、私の家に火土大神外祖母を一緒にお連れして安置し、祈祷しなければならないのにその儀式はまったくしなかった。また、川辺で先祖の神々に着せた服を焚く時も出てこないで、他の人たちにさせたのである。火土大神祖母は大怒して李菩薩を嫌うようになる。

1992.7.6(月)陰暦6.7

　深夜12時から童子菩薩が来て祈祷をし、火土大神外祖母を家に安置してくれた。

　和仙は、童子菩薩に誠に感謝する。

---

1) 幼児期に亡くなった霊魂の名称で、男子霊は「童子」、女子霊は「明心童子」と称する。また、男子の幼児霊を守護神として祀っている菩薩を「童子菩薩」女子の幼児霊を守護神として祀っている菩薩を「明心菩薩」と称する。

1992.7.8(水)陰暦6.9　am5：40
　日光鬼怒川の男体山、二荒山神社の分神で祈祷を行う(夢で鬼怒川の山に行くように先祖が教えてくれていた)。山神大王が降りて来て言葉をくれた後、火土大神と任将軍、明神童子の言葉を受ける。
この時から任菩薩の言葉の扉が開いた。

1992.7.11(土)陰暦6.12　am4：00
　江戸川で竜王大臣に祈祷する。しかし、竜王大臣は「今までなぜ来なかった」と言い、相当の勢いで叱られたが許してくれた。その後、「助けてあげる」との言葉を頂戴する。この時、任氏3代目の祖父が将軍神であることが判明した。

1992.7.14(火)陰暦6.15　am4：00
　約束を守って竜王大臣に江戸川の同じ場所で祈祷する。この時、朴氏・任氏の両先祖が、竜王大臣が本当に許してくれて「気分が良い」と喜んでくれた。

1992.7.16(木)陰暦6.17
　明神童子が七色の虹に乗って降りてくるのを夢枕で見る。この日から、童子の言葉の門が開放される。

1992.7.28.(火)陰暦6.29　　am2：00
　店で祈祷する。この時、玄関入り口の大神が大怒して最初は許してくれなくて困惑したが、ウィスキー一本と3万円を入り口にお供えすることで許して下さる。この日、母親(夫方)が業大監様(オップデガム、Eob-dae-gam)として臨座している事を知り、誠にうれしくて心より祀りたい。

1992.8.1(土)陰暦7.3　am1：00

　鬼怒川、日光二荒山神社より男体山の山頂を目指して登る。道無き道を山頂に登る一念で歩む。道が無いため多くの時間がかかったが、7合目まで登った所に休憩場があり、雨も相当にひどかったので少し休むことにした。気温も5度程度で夏服の為、和仙が冷気で体温が下がり震え出す。小屋は子供だけの休憩場だが係員が和仙の様子を見て中に入れてくれる。以前に夢で、男体山の岩場を山神童子と一緒に登る姿を見せてくれたのでちょうどその通りの様子を現実に見た。7合目から山頂に行きたいが、道が細く一人しか歩くことが出来ないし、待機しても上に行く人はいなく、また、大雨のせいもあって多数の人たちが山を降り始めた。時計が日の出の時刻になり、山頂にも行くことが出来ないのであきらめて二人で話し合った。自分なりに努力した結果がここまでしか来れなかったので、せめて日の出の時刻を過ごしてから下山しようと話し合った。

　その直後、山神大王から「努力と誠意がうれしい」これ以上、上を目指す必要はなく「下山してもよろしい」という言葉があった。火士大神にも祝福の言葉を頂き、下山しようとしたが和仙の体調が急変したので、他人のテントの中に入れてもらった所、その場所が夢で見た神々が待ってある場所であった。山を降りて休んだ後、二荒山神社分柱で再び山王大神に祈祷をする。9：30分から白素ノ滝の山王神の前で朴氏3代祖父が神将神となって降臨したことを知らせてくれる。

1992.8.4(火)陰暦7.6

　竜王大臣に江戸川で祈祷する。韓国から和仙の三番目の兄が来る。

1992.8.5(水)陰暦7.7

　七夕(旧暦)のお祈りをする。酒、果物、御飯を御供えして和仙が祈る。三男夫婦と婦人の姉も一緒に参加して見守る。

1992.8.15(土)陰暦7.17　am2：30
　祈祷の途中、神将神が部屋を出て建壇中の前で、壇の中央に向かって挨拶するが直後に和仙の身体が震えて、すぐ観世音菩薩様が現れて言葉を賜う。その後、薬師菩薩様も現れて言葉を賜う。さらに、山王大神も現れて言葉があって非常に嬉しかった。韓国に行った際、注意するべきことを一々細かく教えて戴く。観世音菩薩様、薬師菩薩様、山王大神様を韓国から戴いて来ることを約束する。

1992.8.17(月)～8.25(火)陰暦7.19～27
　訪韓、ソウルの父母の家で8月12日まで滞在する。その間、仏壇の供物と飾り一式を準備する。そして、観世音菩薩様、薬師菩薩様、山王大神様を申し受ける。
　8月19日には和仙の母親の別意で大祈祷を行う。

1992.8.27(木)陰暦7.29
　田端、明日寺でスニム、Miss申ともう一人が仏壇に安置した観世音菩薩様、薬師菩薩様、山王大神様、祖先大神様にお経を唱え上げる。

1992.9.1(火)陰暦8.5　am5：00
　筑波山の山神に挨拶だけの祈祷をする。帰宅の後、門の大監様の怒りを受ける、今まで門扉の大監様に報告を忘れたことを怒られる。心より詫びて許して戴く。

1992.9.3(木)陰暦8.7　pm4：30
　金町の店で祈祷する。従業員のMiss美の件で両祖先様が今後、店で働かせることは駄目で今すぐ解雇しなければ、10月に大変な事件が起きるので悲しみを捨てて「やめさせる」ようにと指示があった。

1992.9.5(土)陰暦8.9　am5：00

　高尾山で初めて祈祷をする。蛇滝で山神にお祈りして山王より言葉があって滝に当たる。その後、山頂に登って高尾山神将を捜すが場所がわからない。

　一度、蛇滝に降りてくるが他の「菩薩」数人が、ある婦人の先祖の祈祷をしていたので儀礼を見物する。そこで琵琶滝に神将様が置かれていることを知る。

　そこで高尾山神に遅れたことを詫びて祈祷する。すると、琵琶滝で祈祷している時に朴氏の7代祖父が別上大監神で降臨されたと聞かれる。そして、天神神将神も降臨して四海竜王仙女神も降臨すると別上大監様が教えてくれる。

　任氏の5代祖先が文字大神として降臨するでだろうと云われた。3日目の高尾山神祈祷の報告を家で祈祷する時に文字大神が降臨されて言葉を戴く。2才の童子も前日に降臨して言葉を言った。

　これによって、朴氏、任氏両先祖様の大神が総て降臨されたことになる。

竜王大神(守護神)	8代	(朴氏)
別上大神	7代	(朴氏)
火士大神	不明	(朴氏)
文字大神	5代	(任氏)
神将大神	3代	(朴氏)
将軍大神	3代	(任氏)
山神童子	9才	(朴氏)
明心童子	7才	(任氏)
天神神将神	5才	(朴氏)
竜王七星神	4才	(任氏)
2才童子神		

これにて神霊様が壇に降臨する。

1992.9.中旬　陰暦8月中旬　am5：00
　中川で竜王大神に祈祷する。竜王大神から祝福を受ける。
　儀式の終わりに河にお供物を流す時に気付くが餅の中から陰毛が出て
きた。
　この供物は、Miss美が三河島で代わりに買ってきた供物であった。この
日より、店の客が誰も来なくなる。

1992.9.28(月)陰暦9.3　am8：30
　高尾山に祈祷に来るようにと火土祖母様より教えて戴いたので約束のこ
の日に行った。琵琶滝の高尾山神将に挨拶をすると山王大神、山神神将
から9月中旬(旧暦)より運を開いてあげると言葉を頂戴する。家に帰って、
仏壇に報告の祈りをした。その時、将軍神が「竜王大神が見えたから言葉
を聞きなさい」と知らせてくれる。竜王大神が降臨して言葉を下さるに、実
は「朴氏8代目のお爺様が守護神として降臨する」ことを直接に教えて戴い
た。私たちは今まで朴氏7代目のお爺様が守護神だと思っていたので一
瞬、これ以後も何かが次々と起こるのではないかと思ったが、竜王大神8代
目お爺様から「心配するな、これでこの家も安全になった。これからは、本
当にお前たちを助けてやろう」と言ってくださった。お爺様の口から「主神
は、私だ、私だ」と何度も教えてくれる。又、大神様が降臨したことで感謝
の気持ちで一杯である。
　仏壇にいらっしゃる先祖様は11となる。誠に嬉しい大所帯となる。

1992.10.4(日)陰暦9.9　am3：00
　進々、店の祈祷、韓国から和仙の三男夫婦急用で来る。一緒に祈祷し
て両親(夫方)から言葉を頂戴する。「10日になれば仕事が良い方向に向かっ
て、心配ごとが解消できる」と約束してくれた。

　上述のような入巫過程を経て、菩薩になった任は、すべては「お爺様が側にいてくれる」から出来ると言い、お爺様のお陰で、肉体的・精神的に余裕ある幸せな生活が出来る。

　これからは、お爺様の言葉を信じ、人のために役に立つ生き方をしたいと言う。

2. 巫経

　本資料は、滞日菩薩が諸巫儀の際に用いる巫経である。中でも、本書で事例として取り上げた滞日菩薩の入巫過程及び財数巫儀において用いられた巫経を中心に提示した。原文は、すべて韓国語で書かれたものであるが、今後、滞日韓国シャーマニズムに関心を寄せる研究者、学生のために日本語の翻訳を付け加えた。翻訳は、金菩薩と崔スニムの助言に基づいて行われたが、特殊な用語であると共に日常生活においては殆ど使われない単語が殆どである。そして、当事者の菩薩も巫経の全ての意味を正確に把握しないまま用いることもある。また、原文の韓国語表記においても誤字が見られるなど、巫経に現れる一語一語の意味把握は極めて困難であり、それらの単語に関しては辞書に頼って解読する他なく、意味不明な単語に関しては注釈をもって説明を添えた。

1. 不浄を取り除くために唱える巫経

1.1 불설부정경
仏説不浄経

천상부정	지상부정	원가부정	근가부정
天上不浄	地上不浄	遠家不浄	近家不浄
대문부정	중문부정	계견부정	우마부정
大門不浄	中門不浄	鶏犬不浄	午馬不浄

금석부정　수화부정　토목부정　인물부정
金石不浄　水火不浄　土木不浄　人物不浄
오방부정　사해부정　침구부정　칙거부정

五方不浄　四海不浄　寝具不浄　廁居[1]不浄
조정부정　방청부정　년월일시　사부정
調停不浄　傍聴不浄　年月日時　四不浄
천상지하　부정소멸　원근가내　대중소문　부정소멸
天上地下　不浄消滅　遠近家内　大中小門　不浄消滅
계견우마　금석수화토목　인물부정소멸　오방사해
鶏犬牛馬　金石水火土木　人物不浄消滅　五方四海
침구칙거조정　방청내외　부정소멸　년월일시사　부정소멸
寝具廁居調停　傍聴内外　不浄消滅　年月日時四　不浄消滅
정칠월인신　이팔월황천　삼구월천라　사시월지망
正七月人神　二八月黄泉　三九月天羅　四十月地望
오지월수중　육납월십왕부정　개실소멸　동서남북
五至月水中　六臘月十王不浄　皆失消滅　東西南北
사해팔방　이십사방부정　개실소멸　태세세발세파방
四海八方　二十四方不浄　皆失消滅　太歳[2]歳発歳破[3]防
부정개실소멸　종종부정　속거타방.
不浄皆失消滅　種々不浄　速去他方。
만리지외　급급여율령　사바하.
万里地外　急急如律令　娑婆下。

1.2 부정경
不浄経

천지청명하옵신데　천지건곤　음양부정　일월성신부정
天地清明なのに　天地乾坤　陰陽不浄　日月星辰不浄

---

1) トイレの神の意。
2) 該当年の干支。
3) 八方神の一つとして、水を治める神である。

상문백호　　상사부정　　춘하추동　　사시부정　　주야부정
喪門4)白虎5)　祥事6)不浄　春夏秋冬　四時不浄　昼夜不浄

산부정사부정　　인간남녀　　왕래부정　　삼살동토부정
産婦情事不浄　人間男女　往来不浄　三煞7)動土8)不浄

외색박색　　넉마부정　　죽은년　　신수부정　　오방오제부정
外色薄色　魂魔不浄　死んだ年　神水府9)不浄　五方五帝不浄

동네방내부정　　동방에청제부정　　남방에적제부정
洞内坊内不浄　東方に青帝不浄　南方に赤帝不浄

서방에백제부정　　북방에흑제부정　　중앙에황제부정
西方に白帝不浄　北方に黒帝不浄　中央に黄帝不浄

십이신장부정　　이십팔방부정　　사면팔방부정
十二神将不浄　二十八方不浄　四面八方不浄

북두칠성부정　　육갑신장부정　　청룡지신부정
北斗七星不浄　六甲神将不浄　清竜地神不浄

산신선왕부정　　인물왕래부정　　제형숙백귀신부정
山神先王不浄　人物往来不浄　弟兄伯叔鬼神不浄

사해용왕부정　　조왕화신부정　　방청부정
四海竜王不浄　竈王火神不浄　傍聴不浄

계견우마부정　　마구칙간부정　　정천부정
鶏犬牛馬不浄　馬厩厠間不浄　井泉不浄

태세세발세파부정　　년월일시살부정
太歳歳発歳破不浄　年月日時煞不浄

차　　가정일체　　원가부정　　객귀는
且　家庭一切　源家不浄　客鬼は

원문타방　　만리밖으로　　속거퇴주하라
遠門他方　万里の外に　速やかに退去しろ

---

4) 非常に不吉とされる方角。例えば、喪門煞は死者の方角から広がってくると言われる害気(煞)。
5) 墓の中の石壁や棺の右側に描かれた虎。
6) 三回忌。
7) 歳煞、劫煞、災煞の三つが重なった不吉な害気。
8) 地神の怒りにふれ災いが生じること。
9) 水神の宮殿。

옴　　급급여률령.
オム　急急如律令。

2. すべての霊と通じる際に唱える巫経

2.1 령통축원문
霊痛祝願文

상제강령　호풍태도술　천지조화　호령이신
上帝降霊　呼風太道術　天地調和　呼霊二身
일신속기　자력신　령통광명세대각　팔푼이
一身俗忌　自力信　霊通光明世大閣　間抜け
통도신력　상하통명만사치　사통개문통성신10)
通道信力　上下通明万事治　四通開門通星辰
좌불능견관천지　일관천지도통신　만물창생
座仏能見観天地　一観天地道通神　万物蒼生
일시화　만신장감응　속부오신영　오영결
一時化　万神将感応　速付五神霊　五霊結
일체신　룡화천지　해인조화　천지일월성진
一切神　竜華天地　海印調和　天地日月星辰
일체감응하소서.
一切感応願います。
천지일월성신　무궁무궁　조화정　상제강령
天地日月星辰　無窮無窮11)　調和定　上帝降霊
속개안이　통명양신　가사위신　호신호분

速開安易　通明良辰12)　家事委身　呼神呼奮

---

10) 星。
11) 無限、永遠の意。
12) 吉日。

신인신심　신단원사신　년액령하통신
神人信心　神壇願死神　年厄霊下痛神
토기장군　옴　　급급여율령　사바하
土気将軍　オム　急急如律令　娑婆下
천문지리　통운조화　육정육갑　　사령신.
天文地理　通運調和　六情13)六甲　死霊神。

3. 山神巨里に唱えられる経、願いが叶えるとされる巫経

3.1　산왕경
山王経

대산소산산왕대신　대악소악산왕대신
大山小山山王大神　大嶽少嶽山王大神
대각소각산왕대신　대축소축산왕대신
大覚少覚山王大神　大畜小畜14)山王大神
미산재처산왕대신　이십육정산왕대신
弥山諸処山王大神　二十六頂山王大神
외악명산산왕대신　사해피발산왕대신
外嶽明山山王大神　四海披髪15)山王大神
명당토신산왕대신　금귀대덕산왕대신
明堂土神山王大神　金貴大徳山王大神
청용백호산왕대신　주작현무산왕대신
青竜白虎山王大神　朱雀玄武山王大神
동서남북산왕대신　원산근산산왕대신
東西南北山王大神　遠山近山山王大神
상방하방산왕대신　흥산길산산왕대신

---

13) 喜、怒、哀、楽、愛、憎の六つの感情。
14) 六十四卦の一つである。
15) 親が死んだ時、婦子女が髪をほどくこと。

上方下方山王大神　吉山凶山山王大神
옴　급급여률령 사바하.
オム　急急如律令　娑婆下。

대산소산산왕대신　대악소악산왕대신
大山小山山王大神　大嶽少嶽山王大神
대각소각산왕대신　대축소축산왕대신
大覚少覚山王大神　大畜少畜16)山王大神
미산재처산왕대신　이십육정산왕대신
弥山諸処山王大神　二十六頂山王大神
외악명산산왕대신　사해피발산왕대신
外嶽明山山王大神　四海披髪山王大神
명당토신산왕대신　금귀대덕산왕대신
明堂土神山王大神　金貴大徳山王大神
청용백호산왕대신　주작현무산왕대신
青竜白虎山王大神　朱雀玄武山王大神
동서남북산왕대신　원산근산산왕대신
東西南北山王大神　遠山近山山王最新
상방하방산왕대신　흉산길산산왕대신
上方下方山王大神　吉山凶山山王大神
옴　급급여률령　사바하.
オム　急急如律令　娑婆下。

대산소산산왕대신　대악소악산왕대신
大山小山山王大神　大嶽少嶽山王大神
대각소각산왕대신　대축소축산왕대신
大覚少覚山王大神　大畜小畜山王大神
미산재처산왕대신　이십육정산왕대신
弥山諸処山王大神　二十六頂山王大神
외악명산산왕대신　사해피발산왕대신
外嶽明山山王大神　四海披髪山王大神

---

16) 六十四卦の一つである。

명당토신산왕대신　금귀대덕산왕대신
明堂土神山王大神　金貴大德山王大神
청룡백호산왕대신　주작현무산왕대신
青竜白虎山王大神　朱雀玄武山王大神
동서남북산왕대신　원산근산산왕대신
東西南北山王大神　遠山近山山王大神
상방하방산왕대신　흉산길산산왕대신
上方下方山王大神　吉山凶山山王大神
옴　　급급여률령　사바하.
オム　急急如律令　娑婆下。

4. 祖先神に願う巫経

4.1　소문경
　　　蘇文経

자아건곤불령안　정대일월불만심
自我乾坤仏霊安　正大日月仏満心
운우뢰공장체리　우사풍백향기연
雲雨雷空蔵体離　憂事風伯向機縁[17]
남극태상삼기연　북두성변화체개
南極太上三機縁　北斗星変体禍皆
순상행식하족연　무진성해본재심
順喪[18]行式下族縁　撫鎮性海[19]本齎心[20]
군웅창명기반척　화토금수제일권
軍雄[21]彰明基盤斥　火土金水第一勧

17）衆生が、仏法などに会う縁。
18）老父母が先に死ぬこと。
19）仏徳をなだめる。
20）心を清め、不浄を避ける。

정신차야응유후　　인간타진적명회
精神此夜応有後　　人間打診積冥晦
부만수위복미공　　아장선례임귀사
符万寿威福微功　　我将先霊任帰事
자미문호별군신.
姿弥聞戸別軍神。

5. 祖先・兄弟の怨霊を慰める経

5.1 만조상해원경
万祖上解願経

선망조상　　후망조상　　부모좌우조상　　혼령님과
先亡祖上　　後亡祖上　　父母左右祖上　　霊魂様と
다생사자　　다생남녀　　형제숙백　　숙질남매
多生死者　　多生男女　　兄弟叔伯　　叔姪男妹
원근친척　　무주고혼　　금일영가　　저혼신은
遠近親戚　　無主孤魂22)　　今日霊家23)の　　あの霊魂は
혼이라도　　오셨으면　　만반진수　　흠향하고
霊魂でも　　いらっしゃったら　　満盤珍羞24)　　歆饗25)なさり
일배주로　　감응하시고　　살다남으신
一杯酒で　　感応なさって　　生前に残した
명과복록은　　자손궁에　　전하시고、
命と福禄は　　子孫窮に　　お譲り、
송경법사　　법문받아　　모질악사　　악심버리시고　　착할 선자
誦経法師　　法文を受け、　　むごい悪事　　悪心捨てて　　善良の善の字をもって

---

21) 外部からの厄の侵入を防ぐ神霊。
22) 子孫や仕えるものがなく彷徨っている孤独な霊魂。無縁仏。
23) 巫儀などの儀礼を依頼した家。
24) お膳に珍味の供物がいっぱいあること。
25) 天地の神々が供物を受け入れること。

선심돌려 풍화환난 제처주시고 재수소원
恩恵を与え、風火患難　取り除き、　財数所願
생겨주시고 왕생극락들어가서 인도환생 하옵소서
叶えて下さり、極楽往生なさって 引導還生 なさいませ
나무아비타불.
南無阿弥陀仏。

금일영가 저혼신은 무엇이 맺혀 원이시며
今日霊家の あの霊魂は 何がつまって 怨となり
무엇이 맺혀 한이나요
何がつまって恨になりますか。
원은맺처 한이되고 한은맺혀 원이되니
怨が募って恨になり、恨は募って怨になるので
낮이면 양기품고 새가되야 앞문으로다가 엿을 보고
昼は陽気を抱き、鳥になって 正門で伺い、
밤이되면 음기품고 쥐가되어 뒷문으로 엿을 보아
夜は陰気を抱き、鼠となって後門で伺い
꿈가운데 래왕하고 맘가운데
夢の中を往来し、心の中に
래왕한들 혼이오면 온줄알며 넋이간들
往来しても 霊が来ても 気付かず、魂が来ても
간줄아나 흐르나니 눈물이요 모롱부롱
気付かず 流れる涙よ　止めどなく
한숨이라 세상사를 생각하니 묘창해지일속이요
溜息よ この世を思うと渺蒼海之一粟[26]である
이세상에 탄생할제 남난시에
この世に誕生する際、他人が生まれた時に
나도나고 남과같이 낫건만은 어떤사람
私も生まれ、他人と同様に生まれたのにある人は
팔자좋아 고대광실 높은집에 원앙금침
恵まれ、高く宏壮な豪邸にて 鴛鴦が枕衾を共にするが如く

---

26) 広く青い海に一粒の粟のように、人間もこの世においてはつまらない存在である。

좌우복에 두손목을 마주잡고 백년해로
左右福に 両手を握り合って百年偕老し、
동락하며 유자생녀 재미보아 아들길러
共に楽して、子らに恵まれ、楽しく育ち息子を育て、
성취하고 딸을 길러 출가 혼인시킨 후에
生就[27]して娘が育って婚姻出家させた後
친손보고 외손보고 증손고손 보아가며
親孫、外孫、曾孫迎えながら
오동나무 상상가지 분향같이 잘사는데
桐の木の枝々のように分郷[28]と共に豊かな生活をするのに
전생에 무삼죄로 남과 이대로 내 못다살고
前世に何の罪で他人のように命を全うせず
아차한번 쓰러지니 혼은 떠서 상천이요
一度倒れて、魂は去って昇天し
넋은 처저서 이성이라 이성에도 반원되고
霊は遅れてこの世に居、この世でも半ば怨み
지성에도 반원되야 이성도 내 못믿고
あの世でも半ば怨んで この世も信じられず
지성에도 내 못믿어 초로인생 생각하니
あの世も信じられず 草露人生[29]思うと
묘창해지일속이요
渺蒼海之一粟だ
부유에 생활갖고 우수에 밤을 갖어 물위에 뜬 거품같고
裕福な生活を持ち 憂愁の夜をすごし 水に浮かぶ泡のように
풀잎에 맺힌 이슬같고 밤바람에 등불일세
草葉に留まった露のよう 夜風に灯火だよ
아차한번 쓰러지면 다시 올 길 막연하네
一度倒れたら 再び戻ることは定まらない

27）宿願を達成すること。
28）分家。
29）草に降りる露のようにはかない人生。

이제가면 언제오리 언제오나 명년이때
今行ったら何時来る 何時来る 明年の今
춘삼월 불탄잔디 속잎나고 꽂은 피여
春三月 火に燃えた芝は芽が生え、満開の花が咲き
만산되고 잎은 피여 청산되면 벌비쫓아 오다던가
山を覆い 青葉が山をうずめ 箒を探しに来るといったのか
상전이 벽해되고 벽해가 상전되면 오마던가
桑田が 碧海になって碧海が桑田になったら来るのか
태산이 무너저서 평지되고 황해바다 육지되면 오마던가
泰山が崩れて平地になって 黄海が陸地になったら来るのか
병풍에 그린수탉 적은목을 길게빼고 좁은날개 툭툭치며
屏風に描かれた雄鶏が短い首を長く伸ばし、狭い羽をばたばたし
꼬꼬울면 오마던가
コッコッと鳴けば来るのか
춘초는 년년록이요 왕손은 귀부귀라 풀과나무는
春草は年々緑で王孫は富貴で草木は
한번지면 움도나고 쌌돈건만 인생한번 죽어지면
一度散っても芽が生えるが、人生一度死ぬと
움이나서 쌌이나며 낭기라서 움돋으리
幼芽が生え、新芽が出、草木のように芽が出るであろうか
청천하늘 높다해도 상경일점에 있으리요 북경만리 멀다해도
晴天空高くても 蒼空の一点にすぎず、北京万里 遠くても
편송행차는 다녀오고 강남천리가 멀다해도
便送行次[30)は 行って来て 江南千里遠いといっても
삼월삼춘에 봄이 되면 연자는 쌍을 지어 옛주인을
三月に春がきたら 燕は番となり昔の主人を
찾아오고 청천하늘 은하수는 오작교로 다리를 놓아
尋ねて来て 晴天の空、天の川には 烏鵲橋という橋をかけ
년년일도 상봉하는 견우직녀도 있건만은 원수의
年に一度 相逢する牽牛織女もいるのに 怨讐の

---

30) 送り、迎え。

황천길은 몇천리며 몇만리가 한번가면 못온다오
黄泉の道は何千里であり何万里よ 一度行ったら戻れないというのか
동원도리 호시춘에 꽃을 보고 노는 나비는 짝을지어
東庭桃李 好時春に 花を見て 遊ぶ蝶々は 番となり
소일하며 록음방초 성하시에 슯히우는 두견새는 날같이도
日暮れ 緑陰芳草 盛夏時に 悲しく鳴く杜鵑31)は私のように、
불여귀에 어이가시리 어이가나
不如帰は どうやって行くのかどうして行くのか
황천길을 어이가나 생왕극락을 가자하니 약수가
黄泉の道をどうして行くのか極楽往生するのに薬水が
삼천리에 풍한서습에 길이 막히고 옥경으로 가자하니

三千里の 風寒暑湿に 道が塞がれ 玉京32)に行こうとすると
장천이 구만리라 옥경에도 내못가고 생왕극락도
長大な天が 九万里で 玉京にも 行けず、極楽往生も
내못가고 이성원혼이 되고보니 그아니원혼이요.
できず、この世に残されるとこれまた怨魂である。

금일영가 저기우시는 저영혼은 이 내한말을 들어보소
今日霊家の あちらで鳴く あの霊魂はこの一言を聞いて下さい
인생일사도 무사요 한번왔던 이 세상에 한번 가시기
人生万事無事で 一度生まれたこの世で一度は死ぬと
정함인데 인간백세지후요 백살에 가셔도 정한명이요
決まっているのに 人間百歳之後33)だ、百歳になって 死んでも天命よ
인간칠십고래희라 칠십에가셔도 정한명이요
人間七十歳古希、七十才で死んでも定まった命
열살에 죽어도 정한명이요 비명횡사도 팔자라오
十歳で死んでも定まった命、非命横死34)も運命である

---

31) 不如帰(ホトトギス)。
32) 玉皇上帝が住むという天上の都。
33) 死者に対する敬称。

성현군자 도덕군자 대인군자 성인들과 영웅렬사
聖賢君子 道德君子 大人君子 聖人達と英雄烈士
호걸이란데도 한번죽음은 다있다오 공맹자 그양반도
豪傑であっても 一度の死は皆ある 孔孟子 両聖人も
도덕이 모자라 가셨으며 요순우탕 문무주공 성덕이
道德が足りず 死んだのか 尭舜禑湯 文武周公は成德が
모자라 가셨나요 만승천자 진시왕은 세력이모자라 죽었으며
足りず死んだのか 万乗天子秦始王は権力が足りず死に、
력발산초패왕은 기운이모자라 죽었나요
力抜山[35]の楚覇王は力が足りずに死んだのか
침잘놓던 편작이가 맥을못봐 죽었으며 약잘쓰던
針術が上手な扁鵲[36]が脈を診られず死に、薬処方が上手な
화타선생이 화제를 몰라서 죽었나요
華陀[37]先生は和剤を知らずして死んだのか
점잘치던 소강절이 패를 모풀어 죽었나요 아항여영 두미녀는
占いが上手な邵康節は卦[38]が解けずに死んだのか アハンヨヨン両美女は
요임금의 소생으로 순임금을 섬기다가 소강 위에
尭王の所生で、舜王に仕えたが 揚子江の上で
이별하고 피눈물을 뿌릴 적에 매디마다 아롱지고
離別し、血の涙を流す度に別れが脳裡を過って
소상반주이 생겼으니 근들아니 원혼인고
瀟湘[39]伴奏が出来たように、彼女らとて怨魂だよ
금일영가 저혼신은 그런혼신의 본을 받아 한번가심에 원을 마시고
今日霊家の あの魂神は そんな魂神に倣って 一度死んだら 怨を止めて
생왕극락에 들어가서 인도환생 하옵소서 나무아미타불

---

34) 悲運の死、自分の生涯を全うせず思いがけない災難で死ぬこと。
35) 力が山を抜くほど雄大な気勢。
36) 中国戦国時代の医者。
37) 中国後漢末期の名医。
38) 易で算木に現れる形象。これで天地間の変化吉凶を判断する。八卦を基本に、
　　更に64卦の変化をする。
39) 中国湖南省の南方にある瀟水と湘江をあわせていう語。

極楽往生して 引導還生なさいませ 南無阿弥陀仏
귀비활윤 장년신이요 양귀비 용태화용 천하일색 그미인은
貴妃活尹は長年神であり、楊貴妃は容態花容[40]天下一色その美人は
당명황의 소실로서 만종록을 누리다가 만조백관의 미움받아
唐明皇の小室[41]として万鍾禄[42]あずかったが、万朝百官に嫌われ
역정에가서 목을매여 격랑치사 원혼되였으니 근들아니
駅亭[43]に行って首を吊って激浪致死[44]して 怨魂になったので彼女とて
원혼이요 그설음같을소냐.
怨魂であり、その悲しみは同じだろうか。

금일영가 저혼신은 그런 혼신에 본을받아 한번가심에 원마시고
今日霊家の あの魂神は その魂神のように 一度死んだら怨にならず
생왕극락에 들어가서 인도환생 하옵소서 나무아미타불
極楽往生して 引導還生してください 南無阿弥陀仏
만승천자 진시황은 역겁천 연후에 천하일색 모아놓고
万姓天子[45]秦始皇は 歴劫遷の後に 天下の美人を集めて
아방궁에 노닐적에 원하오니 불사약이라
阿房宮で豪遊した時に 願ったのが不死薬であり
동남동녀 오백인을 삼십산에다 보냈건만 불사약을 못구하고
童男童女五百人を三十山に送ったが不死薬は手に入れられず
한번죽엄 못면하고 여남송벽 저믄날에 황제무덤이 뚜렸으니
一度の死を免れずに日暮れには皇帝墓にあるのに
근들아니 원혼이요 그설음같을소냐.
彼とて怨魂でその悲しみは同じだろうか。

금일영가 저혼신은 그런 혼신에 본을 받아
今日霊家の あの魂神は そんな魂神に見習って

---

40) 容貌と顔が花のように美しいこと。
41) 妾の意味。
42) 多くの俸禄。
43) 昔、駅館に備えられていた亭閣。
44) 世間の荒波を乗り超えずに死ぬこと。
45) 万民の天子。

한번 가심에 원하지 마시고 생왕극락 들어가서
一度の死に怨をしないで極楽往生して
인도환생 하옵소서 나무아미타불
引導還生下さい 南無阿弥陀仏
　말잘하든 소진장의 육국제왕을 다달래야 육국정전
言葉巧みな蘇秦長儀が六国帝王をなだめて六国停戦
한연후에 아방궁까지 달랫건만 염라대왕은 못 달래고
した後に阿房宮までなだめたが 閻魔大王はなだめられず
한번죽엄을 못면하야 근들아니 원혼이요그 설음 같을 소냐
一度の死を免れず彼とて怨魂である その悲しみと同じであろうか

금일영가 저혼신은 그런 혼신에 본을받아 한번가심에 원마시고
今日霊家の あの魂神はそんな魂神になって 一度の死に怨を持たずに
생왕극락 들어가서 인도환생 하옵소서 나무아미타불
極楽往生して引導還生してください南無阿弥陀仏
　력발산 초패왕은 천하영웅 명장이라 십육세에
力抜山楚覇王は天下英雄名将で六十歳に
강을건너 팔천제자를 다걸치고 천하대업을
川を渡って八千弟子を率いて天下の大業を
도모하다가 팔년풍진 난송중에 대업성사
図ったが八年風塵 乱送中に大業を
못이루고 계명산 추야월에 수잘놓던 장자방은
成し遂げず、鶏鳴山秋夜月に刺繍が上手な張子房は
옥통소를 슯히불어 팔천제자 다헛치고
玉洞簫を悲しく吹き、八千弟子を解散させ
독불장군이 되였으니 우해우해 내약하고
独不将軍[46]になったのですっかり弱くなって
낸들너를 어이하리 역발산도 할일없고
私も貴方もどうしようもない。力抜山もやることなく
기개세도 쓸데없네 평생에 사랑하던 우미인을 남겨놓고

---

46) 人から見放された人。

気蓋世[47]も無縁で一生愛した虞美人を残して
천금산에 목을 바쳐 영결종천 고혼되니 그들아니 원혼이요.
千金山に命を捧げ永訣終天[48]の故魂になった彼とて怨魂だよ。

금일영가 저혼신은 그런혼신에 본을받아
今日霊家のあの魂神はそんな魂神に習って
한번 가심에 원마시고 생왕극락 들어가서
一度の死に怨持たずに極楽往生して
인도환생 하옵소서 나무아미타불.
引導還生してください南無阿弥陀仏。

금일영가 저혼신 육갑가운데 어느갑에
今日霊家のあの魂神は六甲[49]の中でどの甲で
매쳤나요 십대왕 가운데 어느대왕에 매쳤나요
詰まったのか十大王の中でどの大王の所に詰まったのか
저승갑을 론즉하면 경오갑이 상갑이요
黄泉甲を論ずれば庚午甲が上甲である
이승갑을 론즉하면 갑자갑이 상갑이라
この世の甲を論ずれば甲子甲が上甲
경오,신미,임신,계유,갑술,을해,여섯생이
庚甲、辛未、壬申、癸酉、甲戌、乙亥、六生が
상갑인데 어느대왕에 맺혔나요 제일전에
上甲なのにどの大王に詰まっているのよ、第一伝に
진광대왕 도산지옥에 맺혔으니 정광여래 대원으로
秦広大王[50]刀山地獄で詰まったので靖匡如来大願で
이지옥을 면해가소 원왕생 원왕선
この地獄を避けて行って願往生願王先[51]

---

47) 世の中を圧倒するほど意気盛んなこと。
48) 死んで別れること。
49) 十干と十干を組み合わせて干支(六十甲子の略)。
50) 冥途で、死後の七日目にその罪業を裁く冥官。
51) 仏教信仰を歌ったもので月を西方浄土の使者にたとえてそこに帰依しょううと

서방정토 극락세계 왕생극락 하옵소서
西方浄土52)極楽世界極楽往生してください
나무아미타불.[세번]
南無阿弥陀仏。[三回]

무자, 기축, 경인, 신묘, 임진, 계사, 여섯생이
戊子、己丑、庚寅、辛卯、壬辰、癸巳、六生が
상갑인데 어느대왕에 맺혔나요 제이전에
上甲なのにどの大王の所に詰まったのか第二伝に
초강대왕 호탕지옥에 맺혔으니 약사여래 대원으로
初江大王浩蕩地獄に詰まっているので薬師如来大願で
이지옥을 면해가소 원왕생 원왕선
この地獄を避けて行って願往生願王先
서방정토 극락세계 왕생극락 하옵소서
西方浄土極楽世界極楽往生してください
나무아미타불. [세번]
南無阿弥陀仏。[三回]

임오, 계미, 갑신, 을유, 병술, 정해, 여섯생이
壬午、癸未、甲申、乙酉、丙戌、丁亥、六生が
상갑인데 어느대왕에 맺혔나요 제삼전에
上甲なのにどの大王の所に詰まっているのか第三伝に
송제대왕 한수지옥에 맺혔으니 현겁천불 대원으로
ソンゼ大王寒水地獄に詰まっているので現劫千仏大願で
이지옥을 면해가소 원왕선 원왕생
この地獄を避けて行って願往先願王生
서방정토 극락세계 왕생극락 하옵소서
西方浄土極楽世界極楽往生してください
나무아미타불. [세번]
南無阿弥陀仏。[三回]

する意。
52) 西方の極楽。

갑자, 을축, 병인, 정묘, 무진, 기사, 여섯생이
甲子、乙丑、丙寅、丁卯、戊辰、己巳、六生が
상갑인데 어느대왕에 맷혔나요 제사전에
上甲なのにどの大王の所に詰まっているのか第四伝に
오관대왕 검수지옥에 맷혔으니 아미타불 대원으로
五官大王剣樹地獄に詰まっているので阿弥陀仏大願で
이지옥을 면해가소 원왕선 원왕생
この地獄を避けて行って願往先願王生
서방정토 극락세계 왕생극락 하옵소서
西方浄土極楽世界極楽往生してください
나무아미타불. [세번]
南無阿弥陀仏。[三回]

병자, 정축, 무인, 기묘, 경진, 신사, 여섯생이
丙自、丁丑、戊寅、己卯、庚申、辛巳、六生が
상갑인데 어느대왕에 맷혔나요 제오전에
上甲なのにどの大王の所に詰まっているのか第五伝に
염라대왕 발설지옥에 맷혔으니 지장보살 대원으로
閻魔大王抜舌地獄に詰まっているので地蔵菩薩大願で
이지옥을 면해가소 원왕선 원왕생
この地獄を避けて行って願往先願王生
서방정토 극락세계 왕생극락 하옵소서
西方浄土極楽世界極楽往生してください
나무아미타불. [세번]
南無阿弥陀仏。[三回]

경자, 신축, 임신, 계묘, 갑신, 을사, 여섯생이
庚子、辛丑、壬申、癸卯、甲申、乙巳、六生が
상갑인데 어느대왕에 맷혔나요 제육전에
上甲なのにどの大王の所に詰まっているのか第六伝に
변성대왕 독사지옥에 매혔으니 대세지보살 대원으로
邊城大王毒蛇地獄で詰まっているので大勢至菩薩大願で

이지옥을 면해가소 원왕선 원왕생
この地獄を避けて行って願往先願王生
서방정토 극락세계 왕생극락 하옵소서
西方浄土極楽世界極楽往生してください
나무아미타불. [세번]
南無阿弥陀仏。[三回]

갑오, 을미, 병신, 정유, 무술, 기해, 여섯갑이
甲午、乙未、丙申、丁酉、戊戌、己亥、六生が
상갑인데 어느대왕에 맺혔나요 제칠전에
上甲なのにどの大王の所に詰まっているのか第七伝で
태산대왕 좌마지옥에 맺혔으니 관세음보살 대원으로
泰山大王坐馬地獄に詰まっているので観世音菩薩大願で
이지옥을 면해가소 원왕선 원왕생
この地獄を避けて行って願往生願王先
서방정토 극락세계 왕생극락 하옵소서
西方浄土極楽世界極楽往生してください
나무아미타불. [세번]
南無阿弥陀仏。[三回]

병오, 정미, 무신, 기유, 경술, 신해, 여섯생이
丙午、丁未、戊申、己酉、庚戌、辛亥、六生が
상갑인데 어느대왕에 맺혔나요 제팔전에
上甲なのにどの大王の所に詰まっているのか第八伝に
평등대왕 추회지옥에 맺혔으니 노사나불 대원으로
平等大王追懐地獄に詰まっているので盧舎那仏大願で
이지옥을 면해가소 원왕선 원왕생
この地獄を避けて行って願往先願王生
서방정토 극락세계 왕생극락 하옵소서
西方浄土極楽世界極楽往生してください
나무아미타불. [세번]
南無阿弥陀仏。[三回]

임자, 계축, 갑인, 을묘, 병진, 정사, 여섯생이
壬子、癸丑、甲寅、乙卯、丙辰、丁巳、六生が
상갑인데 어느대왕에 맺혔나요 제구전에
上甲なのにどの大王の所に詰まっているのか第九伝に
도시대왕 철상지옥에 맺혔으니 약왕보살 대원으로
都市大王53)凸状地獄に詰まっているので薬王菩薩大願で
이지옥을 면해가소 원왕선 원왕생
この地獄を避けて行って願往先願王生
서방정토 극락세계 왕생극락 하옵소서
西方浄土極楽世界極楽往生してください
나무아미타불. [세번]
南無阿弥陀仏。[三回]

무오, 기미, 경신, 신유, 임술, 계해, 여섯생이
戊午、己未、庚申、辛酉、壬戌、癸亥、六生が
상갑인데 어느대왕전에 맺혔나요 제십전에
上甲なのにどの大王の所に詰まっているのか第十伝に
전륜대왕 흑산지옥에 맺혔으니 석가여래 대원으로
転輪大王54)黒山地獄に詰まっているので釈迦如来大願で
이지옥을 면해가소 원왕선 원왕생
この地獄を避けて行って願往先願王生
서방정토 극락세계 왕생극락 하옵소서
西方浄土極楽世界極楽往生してください
나무아미타불. [세번]
南無阿弥陀仏。[三回]

육정육갑 생원들이 금일제자 성심력과
六情55)六甲56)の生員が今日祭者の誠心力と

---

53) 死王の一つ、冥界で死後一年で死者の罪を裁く王。
54) インド神話の中の王。正法で全世界を統率するとされる。

법사님의 설법으로 지장보살 대원들이
法師様の説法で地蔵菩薩大願によって
명부지옥 면하시고 인로왕보살 인도로서
冥府地獄を避けて引路王菩薩57)の引導で
아미타불 수기받아 극락세계 상품상좌
阿弥陀仏の随機をもらい極楽世界上品上座
연화대로 가옵실제 반야용선 집어타고
蓮華台58)に行く際、般若竜船に乗って
생사대해 건너가서 연화대에 환생하소
生死大海渡って蓮化台に還生しなさい
원왕선 원왕생 서방정토 극락세계 왕생극락 하옵소서
願往先願王生西方浄土極楽世界極楽往生してください
나무아미타불. [세번]
南無阿弥陀仏。[三回]

천수경으로 길을닦고 팔양경으로 인도환생하소서.
干手経で道を開き、八陽経で引導還生してください
급급여률령 사바하.
急急如律令　娑婆下。

6. 神霊の降臨を求める巫経

6.1　신명축원경
　　　神明祝願経

허궁천하 비비천하 삼만은 도리천하 올려달라
はかない天下、悲悲天下に多い恨、道理天下に上げてくれ

---

55) 喜、怒、哀、楽、愛、憎の六つの感情。
56) 六十甲子の略。
57) 死者の魂を迎え入れ、極楽世界に引導する菩薩。
58) 極楽にあるとされる台。

삼십칠관 내려달라 이십팔관 하날이 마련된후
三十七官下げてくれ、二十八官、天が始まってから
땅이 마련된후 천상에 옥황상제 일월성신 북두대성
地が始まってから天上に玉皇上帝、日月星辰、北斗大星
칠원성군 삼불제석 나게시고 땅이 마련되야 팔도명산
七元星君、三仏帝釈誕生し、地が始まって八道名山
산신국사 도사신령 나게시고 천룡지신 사해용왕이
山神国師、道士神霊誕生し、天竜地神、四海竜王が
나게시고 사생부자 시아본사 석가모니 나게시와
誕生し、死生富者、施餓本師59)、釈迦牟尼が誕生して
인간절처봉생이 화기하니 각위 천하장군 지하장군
人間徹底鳳笙が禍機して各位　天下将軍、地下将軍
각성장군과 각성별성이 나시와 천상옥황사자 도청대장
角星将軍と角星別星が誕生し、天上玉皇の使者、祷請大将
소거백마신장과 이십팔만신장과 십이신장과 오방신장 나게시와
素車白馬神将と二十八万神将と十二神将と五方神将誕生し、
축천축지 이산역수 호풍하는 홍운장내 변화가무극커늘
縮天縮地　離山逆水　胡風60)する興運将来　変化が無限なので

천하대신 지하대신 통감 하실적에 호호칭칭
天下大神、地下大神　痛感する際、呼号称称、呼びとなえ
맺힌마음 춘설같이 풀어주고 태산같이 맺힌마음
詰まった気持ちを春雪のように解いてもらい、泰山のように詰まった心
일월같이 푸르시고 란초같이 맺힌마음 초록같이 푸르시고
日月のように解き、蘭草のように詰まった気持ちを草の緑のように解き
령신제사 모신이 양어깨에 듬뿍실어 서기줄도 네리시고
霊神祭祀、祀った者両肩に一杯載せ瑞気61)も下さり
명기줄도 내리시여 흐린정신 제처놓고 맑은정신 돌려내여

---

59) 飢餓に苦しんでいる衆生に飲食を施す。
60) 風習。
61) めでたいこと。

明気も下さり濁った精神取り除き、澄んだ精神取り返し
말문도 열어주고 글문도 내려주고 온갖 조화신통력을
口開きもして知識も下さり、あらゆる調和神通力を
골고루 내려주사 상통천문 하달지리 명견만리 주유천하
残らず下さり天に通じ、地に達し、万里まで見通せ、周遊天下
인간화복 길흉사를 무불통달 하게하사 억조창생 만인간을
人間禍福、吉凶事を無事に乗り越え、億兆蒼生[62]、万人を
구제중생케 하옵소서.
衆生救済してください。

7. あらゆる雑鬼・雑神をもてなし、送る巫経

7.1 뒤영산푸리
後霊山プリ

산에올라 호랑령산 거리로변에 객사령산 약을먹고
山に登って虎霊山、路地辺に客死霊山、薬を飲んで
죽은령산 목을매여 죽은령산 물에빠져 수사령산
死んだ霊山、首を吊って死んだ霊山、溺死した水死霊山
총에맞아 죽은령산 포탄맞아 죽은령산
銃に撃たれて死んだ霊山、砲弾に打たれて死んだ霊山
칼에찔려 죽은령산 말에 떨어져 죽은령산 소에바쳐 죽은령산
刀に刺されて死んだ霊山、落馬して死んだ霊山、牛に突かれて死んだ霊山
기차 자동차에 깔려 죽은령산 다리에서 떨어져 죽은령산
汽車、自動車に引かれて死んだ霊山、橋から落ちて死んだ霊山
기계사고로 죽은령산 산사길에 가신령산 추야장 긴긴밤에
機械事故で死んだ霊山、山道で死んだ霊山、秋の長い夜
님그리든 상사령산 엄동설한 모진추위 얼어죽고 굶어죽은령산
恋煩いの相思霊山、極寒で凍死し、飢餓死した霊山

---

62) 万民。

일락서산 사발들고 기적자리 옆에끼고 청치마 휘여잡고 불에화탈
日落西山[63])、どんぶり鉢を持ち藁むしろを抱え、青チマ掴んで火の禍も
신에화탈도 령산이요 왕산문령산에 내상문령산이요
神の禍も霊山だよ 往相門霊山に来相門霊山だよ
품에들어 달래든령산에 보채든 령산에 아혼아홉령산에
抱えてなだめた霊山に、ねだる霊山に、九九霊山に
쉰삼 명댓습인가 상관되하루연이 양지법취좀에 원단은 말뚝에
五三の命になったのか 関係するのに禳鬼法が良くて 元壇に
날고기 소고기 병전에 나전받고 고픈배 불러가고 마른목 적시여가고
生肉、牛肉 病前に羅銭[64]をもらい、空腹を満腹に、乾いた喉は潤い
대수대명 받아가고 정성덕 입혀주소서
大数大命を受け、精誠の徳を恵んでください
옴 마니밤메흠.
オム マニバァムメフム。

산에올라 호랑령산 거리로변에 객사령산 약을먹고
山に登って虎霊山、路地辺に客死霊山、薬を飲んで
죽은령산 목을매여 죽은령산 물에빠져 수사령산
死んだ霊山、首を吊って死んだ霊山、溺死した水死霊山
총에맞아 죽은령산 포탄맞아 죽은령산
銃に撃たれて死んだ霊山、砲弾に打たれて死んだ霊山
칼에찔려 죽은령산 말에 떨어져 죽은령산 소에바쳐 죽은령산
刀に刺されて死んだ霊山、落馬して死んだ霊山、牛に突かれて死んだ霊山
기차 자동차에 깔려 죽은령산 다리에서 떨어져 죽은령산
汽車、自動車に引かれて死んだ霊山、橋から落ちて死んだ霊山
기계사고로 죽은령산 산사길에 가신령산 추야장 긴긴밤에
機械事故で死んだ霊山、山道で死んだ霊山、秋の長い夜
님그리든 상사령산 엄동설한 모진추위 얼어죽고 굶어죽은령산
恋煩いの相思霊山、極寒で凍死し、飢餓死した霊山

---

63) 日は西の山に沈むこと。日暮れ。
64) 神仏に供養する際、供養する人の年齢数に応じて出すお金。

일락서산 사발들고 기적자리 옆에끼고 청치마 휘여잡고 불에화탈
日落西山、どんぶり鉢を持ち藁むしろを抱え、青チマ掴んで火の禍も
신에화탈도 령산이요 왕산문령산에 내상문령산이요
神の禍も霊山だよ 往相門霊山に来相門霊山だよ
품에들어 달래든령산에 보채든 령산에 아흔아홉령산에
抱えてなだめた霊山に、ねだる霊山に、九九霊山に
쉰삼 명댓습인가 상관되하루연이 양지법취좀에 원단은 말뚝에
五三の命になったのか 関係するのに禳鬼法が良くて 元壇に
날고기 소고기 병전에 나전받고 고픈배 불러가고 마른목 적시여가고
生肉、牛肉 病前に羅銭をもらい、空腹を満腹に、乾いた喉は潤い
대수대명 받아가고 정성덕 입혀주소서
大数大命を受け、精誠の徳を恵んでください
옴 마니밤메홈.
オム マニバァムメフム。

산에올라 호랑령산 거리로변에 객사령산 약을먹고
山に登って虎霊山、路地辺に客死霊山、薬を飲んで
죽은령산 목을매여 죽은령산 물에빠져 수사령산
死んだ霊山、首を吊って死んだ霊山、溺死した水死霊山
총에맞아 죽은령산 포탄맞아 죽은령산
銃に撃たれて死んだ霊山、砲弾に打たれて死んだ霊山
칼에찔려 죽은령산 말에 떨어져 죽은령산 소에바쳐 죽은령산
刀に刺されて死んだ霊山、落馬して死んだ霊山、牛に突かれて死んだ霊山
기차 자동차에 깔려 죽은령산 다리에서 떨어져 죽은령산
汽車、自動車に引かれて死んだ霊山、橋から落ちて死んだ霊山
기계사고로 죽은령산 산사길에 가신령산 추야장 긴긴밤에
機械事故で死んだ霊山、山道で死んだ霊山、秋の長い夜
님그리든 상사령산 엄동설한 모진추위 얼어죽고 굶어죽은령산
恋煩いの相思霊山、極寒で凍死し、飢餓死した霊山
일락서산 사발들고 기적자리 옆에끼고 청치마 휘여잡고 불에화탈
日落西山、どんぶり鉢を持ち藁むしろを抱え、青チマ掴んで火の禍も
신에화탈도 령산이요 왕산문령산에 내상문령산이요

神の禍も霊山だよ　往相門霊山に来相門霊山だよ
품에들어 달래든령산에 보채든 령산에 아흔아홉령산에
抱えてなだめた霊山に、ねだる霊山に、九九霊山に
쉰삼 명댓습인가 상관되하루연이 양지법취좀에 원단은 말뚝에
五三の命になったのか　関係するのに禳鬼法が良くて 元壇に
날고기 소고기 병전에 나전받고 고픈배 불러가고 마른목 적시여가고
生肉、牛肉　病前に羅銭をもらい、空腹を満腹に、乾いた喉は潤い
대수대명 받아가고 정성덕 입혀주소서
大数大命を受け、精誠の徳を恵んでください
옴 마니밤메홈.
オム マニバァムメフム。

■ 参考文献

1. 古文献
『三国史記　上・下巻』
『三国遺事』
『世宗実録』

2. 辞典
堀　一郎・小口偉一監修1973『宗教学辞典』東京大学出版会.
大阪外国語大学1986『朝鮮語大辞典』全二巻　角川書店.
石川栄吉外篇1987『文化人類学事典』弘文堂.
국립국어연구원1999『표준국어대사전』全三巻　두산동아출판.
ハングル学会編1994『最新ハングル大事典』全二巻　語文閣.

3. 韓国文献
姜　健基1988「祈祷와修心」『宗教神学研究』서강대 종교신학 연구소.
금　장태1986「조상숭배의 유교적근거와 의미」『韓国文化人類学』第18輯.
김　열규1995「한국여성의미론」『아시아여성연구』숙대아시아여성문제 연구소.
金　仁会1975「韓国의 샤머니즘」『宗教란 무엇인가』분도出版社.
金　仁会1981「古代巫俗宗教의　教育哲学」『韓国古代文化와隣接文化』정신문화 연구원.
金　仁会1981「巫俗에서의 礼와 教育」『人文科学』연대인문과학.
金　仁会1987『韓国巫俗思想研究』集文堂.
金　仁会1994『韓国人의 価値観 —巫俗과 教育哲学—』文音社.
金　宗大1987「符籍의機能論 序説」『韓国民俗学』8月号、韓国民俗学会.
金　泰坤1965「韓国 神堂 研究」『국어국문학』경희대 국문학과.
金　泰坤1967「天神と帝釈神」慶熙大学学報.
金　泰坤1970「国師堂信仰研究」『백산학보』백산학회.
金　泰坤1980「韓国 巫俗의 原型 研究」『한국민속학』민속학회.
金　泰坤1981「韓国의 民間像 研究」『한국철학연구』해동철학회.
金　泰坤1984「近代巫俗思想」『한국근대 종교사상사』숭산 박길진박사고희기념.
金　泰坤1989「韓国 샤머니즘의 祭儀空間과 時間의 象徴的原義」『경희어문학』경희대국문학과.
金　泰坤1989「巫俗研究半世紀의 方法論的 反省」民俗学会編『巫俗信仰』教文社.

金　泰坤1989「巫俗과 仏教의 習合」民俗学会編『巫俗信仰』教文社.

金　泰坤1992「民間信仰과　道教的傾向」『韓国思想大系』5輯、精神文化研
　　　　究院.

文　相熙1975「韓国의 샤마니즘」『宗教란 무엇인가』분도出版社.

문　상희 역・M.엘리아데 著1977「샤마니즘」『世界思想全集46』三省出版社.

문　상희 1977「샤아머니즘解題」文　相熙　外訳『世界思想全集 48』三省出版.

朴　桂弘1970「忠清南道民의 巫俗観念에 対한 民俗学的考察―韓国民俗 研
　　　　究의一端으로(其七)―」『국어국문학』국어국문학회.

朴　桂弘1971「近世의巫俗禁制考―韓国民俗研究의一端으로(其十二)―」『어
　　　　문 연구』어문연구학회.

朴　桂弘1989「近世巫覡의 社会的機能에 대하여」『民俗信仰』教文社.

孫　晋泰1930『朝鮮神歌遺篇』郷土研究社.

孫　晋泰1948「中華民族의 巫에 関한 研究」,「朝鮮及中国의 腹話巫」,「盲覡孝」
　　　　『朝鮮民族文化의研究』乙酉文化社.

孫　晋泰1981『朝鮮神歌遺篇』『孫 晋泰全集 5』太学社.

孫　晋泰1981「中華民族의 巫에 関한 研究」,「朝鮮及中国의 腹話巫」,「盲覡孝」
　　　　『孫 晋泰全集2』太学社.

柳　東植1975『韓国巫教의 歴史와 構造』延世大学校出版会.

류　동식1987「한국기독교와 조상숭배문제」『神学論壇』연대신과대학.

柳　東植1987「韓国人의 霊性과 宗教文化」『동방학지』연대국학연구원.

李　能和1927「朝鮮巫俗考」『啓明』第19号 啓明倶楽部.

李　能和1959『朝鮮道教史』東国文化社.

李　民樹訳1983『三国遺事』乙酉文化社.

李　丙燾訳1983『三国史記 上・下巻』乙酉文化社.

李　在崑訳・李 能和著1991『朝鮮巫俗考』東文選.

李　相彦1983「韓国巫名称의 語意」『韓国民俗学』第16輯.

이　윤기 역・M.엘리아데 著1992『샤마니즘―고대적 접신술―』도서출판 까치.

임　돈희1990『조상제례』대원사.

任　東権1975「民間信仰」『宗教란 무엇인가』분도出版社.

張　籌根1974「韓国의 巫俗」全 信鎔編『韓国의 民俗文化』国際文化財団出版.

鄭　鎮弘1986『한국 종교문화의 전개』집문당.

조　홍윤1983『한국의 巫』정음사.

조　홍윤1986「종교체험연구」『동방학지』연대국학연구원.

超　興胤1988「雑神雑鬼 연구」『宗教神学研究』서강대 종교신학 연구소.

조　홍윤1990「무(巫)문화의 연구」『아시아문화』한림대 아시아문화 연구소.

超　興胤1991『巫와 민족문화』민족문화사.

超　興胤1991「朝鮮前期의　民間信仰과　道教的性向」『한국사상대계』한국정신
　　　　文化 연구원.
趙　興胤1992「巫教思想史」『韓国宗教思想史』延世大学校出版部.
조　홍윤1993 「天神에 관하여」『東方学志』연대 국학연구원.
조　홍윤1995 「巫의 救援観」『理性과 信仰』수원카톨릭대.
趙　興胤1997『巫—한국무의 역사와 현상—』민족사.
車　柱環1978『韓国道教思想』서울대학교 출판부.
崔　吉城1974「迷信打破에 対한 一考察」『韓国民俗学』12月号、한국민속학회.
崔　吉城1982「韓国祖先崇拝観念構造」民俗学会編『韓国民俗学論叢2』教文社.
崔　吉城1983「무속에 있어서 恨、怨魂、鎮魂」『민속 어문논총』계명대학교.
崔　吉城1986「巫俗信仰의 現代的意味考察」『강용원박사 송수기념논총』 논총
　　　　편집회.
崔　吉城1988 「한국 전통적 여성상과 한(恨)」『先清語文』16・17집、서울대 사
　　　　대 국어국문학회.
崔　吉城1990「韓国샤머니즘의 起源과 特質」『한국문화인류학』한국문화인류 학회.
崔　吉城1994『한국무속의 이해』예전사.
崔　南善1927「薩満教箚記」『啓明』第19号、啓明倶楽部.
崔　南善1973「不咸文化論」「薩満教箚記」『六堂 崔南善全集Ⅱ』玄岩社.
韓国文化公報部文化財管理局1968『韓国民俗大系』全10巻.

4. 日本文献
秋葉　隆1951『朝鮮巫俗の現地調査』養徳社.
赤松智城・秋葉隆1938『朝鮮巫俗の研究 上・下巻』大阪屋号書店.
荒木美智雄1987『宗教の創造』法蔵館.
アンドルー・ワイル著・上野圭一訳1993『人はなぜ治るのか』日本教文社.
李　圭泰著・尹　淑姫　岡田聡役1995『韓国人の情緒構造』新潮社.
池上良正 未公開「救済論としての日本の祖先信仰」.
池上良正1992『民俗宗教と救い—津軽・沖縄の民間巫者—』淡交社.
尹　健次1992『在日を生きるとは』岩波書店.
泉　靖一　外編1951「東京における済州島人」『民族学研究』16巻.
泉　靖一1966「東京における済州島人」『済州島』東京大学出版会.
泉　靖一1971「朝鮮のシャーマニズム」『朝鮮学報』第58輯4号.
伊藤亜人1993『韓国—もっと知りたい—』弘文堂.
任　東権1969『朝鮮の民俗』民俗民芸双書、岩崎美術社.
内田るり子1984「音楽の側面からみたシャーマニズムの諸相—日本周辺地域を
　　　　中心に—」加藤九祚編『日本のシャーマニズムのその周辺』日本

放送出版.

大林太良1984「日本のシャーマニズムの系統」加藤九祚編『日本のシャーマニズムのその周辺』日本放送出版協会.

岡崎精郎1966「朝鮮寺調査記―中間報告として―」『朝鮮学報』第39・40合併特輯号.

岡崎精郎1976「大阪と朝鮮―在阪朝鮮人と朝鮮寺の問題を中心として―」宮本又次編『大阪の研究』第1巻清文堂.

金　泰坤1973「ムーダンとダンコルの世界」『えとのす』3月号、新日本教育図書.

金　泰坤1981「韓国巫俗の他界観」元興寺文化財研究所編『東アジアにおける民俗と宗教』吉川弘文館.

金　泰坤1994「韓国シャーマニズムにおける神観念と祭儀の象徴的原義」宮塚準・鈴木正崇編『東アジアのシャーマニズムと民俗』勁草書房.

金　泰坤1995「韓国巫俗の神観」桜井　徳太郎編『シャーマニズムの世界』春秋社.

崔　仁鶴1975「ムーダンとタンゴルの世界」『えとのす』3月号、新日本教育図書.

崔　吉城1984『韓国のシャーマニズム』弘文堂.

崔　吉城1984『韓国のシャーマン』国文社.

崔　吉城1992『韓国の祖先崇拝』お茶の水書房.

崔　吉城1994「韓国のシャーマニズムにおける女性」宮塚準・鈴木正崇編『東アジアのシャーマニズムと民族』勁草書房.

桜井　徳太郎1974『日本のシャーマニズム・上巻』吉川弘文館.

佐々木宏幹1976「シャーマンと夢」『季刊現代宗教』第一巻一号、エヌエス出版会.

佐々木宏幹1978「シンガポールにおけるTang　Kiの依頼者と依頼内容について」駒沢大学紀要『文化』4号.

佐々木宏幹1979『人間と宗教のあいだ―宗教人類学覚え書―』耕土社.

佐々木宏幹1980『シャーマニズム―エクスタシーと憑霊の文化―』中公新書.

佐々木宏幹1983『憑霊とシャーマン―宗教人類学ノート―』東京大学出版会.

佐々木宏幹1984『シャーマニズムの人類学』弘文堂.

佐々木宏幹1992『シャーマニズムの世界』講談社.

佐々木宏幹1996『聖と呪力の人類学』講談社.

佐藤憲昭1997「シャーマンのイニシエーションと夢―新潟市のS・Aの事例から―」脇本平也・田丸徳善編『アジアの宗教と精神文化』新曜社.

重松真由美1981「チノギ賽神における祖上と神霊―韓国京畿道楊州郡K洞の事例―」『国立民族学博物館研究報告』6巻2号.

重松真由美1982「韓国の女」綾部恒雄篇『女の文化人類学』弘文堂.

宗教社会学の会篇1985「朝鮮寺―在日韓国・朝鮮人の巫俗と信仰―」『生駒の神々―現代都市の民俗宗教―』創元社.

申　長鎬1999「在日韓国シャーマニズムの宗教現象」『麗沢大学大学院言語教
　　　　育研究科年報』創刊号、pp.55～66.

申　長鎬1999「在日シャーマニズム―財数巫儀(チェスクッ)の事例を中心に(1)
　　　　―」『アジア文化研究』第6号、アジア文化学会、pp.204～211.

徐　廷範1980『韓国のシャーマニズム』同朋舎出版.

高橋　亨1929『李朝仏教』大阪宝文館.

武井秀夫1994「医療と宗教」佐々木宏幹・村武精一編『宗教人類学―宗教文化
　　　　を解読する―』新曜社.

田中真砂子1994「祖先祭司と家・家族」佐々木宏幹・村武精一編『宗教人類学
　　　　―宗教文化を解読する―』新曜社.

谷　富夫1995「在日韓国・朝鮮人社会の現在―地域社会に焦点をあてて―」駒
　　　　井洋編『定住化する外国人』明石書店.

張　籌根1973『韓国の民間信仰―論考篇―』金花舎.

寺田勇文1994「世界宗教と民俗宗教」佐々木宏幹・武村精一編『宗教人類学』
　　　　新曜社.

東京府学務部社会課1929「在京朝鮮人労働者の状況」『東京府学務部社会課』
　　　　小松印刷.

鳥居竜蔵1976『鳥居竜蔵　全集第7巻』朝日新聞社.

丹羽　泉1993「巫俗儀礼にあらわれる잡신について―動態論的視角から―」『朝
　　　　鮮学報』149輯.

秀村研二1992「教会と女性」『明星大学研究紀要』3月号.

玄　溶駿1985『済州島巫俗の研究』第一書房.

玄　溶駿1975「済州島のシンバン」『えとのす』3月、新日本教育図書.

平沼孝之訳・I.M.ルイス著1985『エクスタシーの人類学』法政大学出版局.

藤井正雄1993『祖先祭祀の儀礼構造と民俗』弘文堂.

裴　康煥訳・李　御寧著1983『韓国人の心―恨の文化論』学生社.

法曹会1996「平成7年度における出入国管理の状況」『法曹界』48巻9号、法務省.

朴　慶植1975『在日朝鮮人関係資料集成』第3巻、三一書房.

堀　一郎1971『日本のシャーマニズム』講談社.

堀　一郎訳1971『生と再生―イニシェションの宗教的意義―』東京大学出版会.

堀　一郎訳・M.エリアーデ著1974『シャーマニズム―古代的エクスタシー技術
　　　　―』冬樹社.

真鍋祐子訳・崔　吉城著1994『の人類学』平河出版社.

村山智順1929『朝鮮の鬼神』朝鮮総督府発行.

村山智順1931『朝鮮の風水』朝鮮総督府発行.

村山智順1932『朝鮮の巫覡』朝鮮総督府発行.

村山智順1933『朝鮮の卜占と予言』『朝鮮の類似宗教』朝鮮総督府発行.

村山智順1937『部落祭』朝鮮総督府発行.

村山智順1938『釈奠・祈雨・安宅』 朝鮮総督府発行.

山下欣一1983「シャーマンとセックス」関西外国語大学国際文化研究所編
　　　　　『シャーマニズムとは何か』春秋社.

米山俊直1972「生駒の神々」『エナジー』第32特集号、エッソ.

米山俊直1982『大和・河内発見の旅』PHP研究所.

柳田国男1962「先祖の話」『定本柳田国男集』第10巻、筑摩書房.

柳田国男1990「妹の力」『柳田国男全集11巻』ちくま文庫.

山崎隆晃1989「仏教と現世利益—現世利益再考—」駒沢大学『文化』第12号.

梁　賢恵1997「在日大韓基督教の歴史と神学」脇本平也・田丸徳善編『アジア
　　　　　の宗教と精神文化』新曜社.

梁　永厚1982「在日のシャーマン」『季刊 三千里』30号、三千里社.

柳　東植1976『朝鮮のシャーマニズム』学生社.

柳　東植1984「韓国のシャーマニズム—仏教・儒教・道教との交渉をふまえて
　　　　　—」加藤九祚編『日本のシャーマニズムとその周辺』日本放送出
　　　　　版協会.

脇本平也1983『宗教を語る—入門宗教学—』日新出版.

5. 欧州文献

Homer B. Hulbert.1903,The Korean Mudang and Pansu ,The korea Review Vol.3.

C.A.Clark,1929,Religions of Old Korea, N.Y.:Fleming H.Revell (reprinted by The Christian Literature Society of korea,1961).

I.M.Lewis,1971,Ecstatic Religion—An Anthropological Study of Spirit Possession and Shamanism—,Middlesex:Penguin Books.

J.A.MacCulloch,1920,Shamanismin:J.Hastings(ed),Encyclopaedia of Religion and Ethics, vol.11, Edimburgh:T&T.Clark.

M.Eliade,1951,Le Chamanisme et les techniques archaiques de l'extase, Pari:Librairie Payot, (translated by W.R.Trask, 1964,Shamanism Archaic Techniques of Ecstasy,New York:Bollingen Foundation,); Idem, 1958 Birth and Rebirth the Religious Meaning of Initiation in Human Culture (translated by W.R.Trask). New York: Harper &Brothers.

M.Eliade,1964,SHAMANISM ,Princeton University Press.

R.Firth, 1959,Problems and Assumptions in an Anthropological Study of Religion, Journal of the Royal Anthropological Institute, 89.2.

あとがき

　本書は、滞在韓国シャーマニズムの宗教現象の構造と機能に関する宗教人類学的研究である。宗教現象の研究には書物に書かれた文献を中心に行う文献学的研究と教義や神話・伝説などを歴史的・哲学的に思索する研究方法がある。それと同時に現在、世界の各地で行われているように宗教現場に足を運んでその実態を観察・記録し、自らが儀礼や祭典に参加して直接体験を経て、その雰囲気を実感したり或いは当事者に面接調査やアンケートで宗教意識を問うたりする方法もある。

　私が滞日韓国シャーマニズムに本格的な関心を抱いたのは数年ほど前のことである。以来、機会あるごとに菩薩・スニムと連絡を取り合って巫儀の現場、祈祷の現場などにお供させていただきながら、常に関心を寄せていた。しかし、実際のところは彼らの用心深い雰囲気のなかで滞日韓国シャーマニズム全体を調査し、その構造を把握することは非常に困難であった。その繰り返しが続き、やっと互いの立場を理解し、次第に私を仲間に受け入れてくれた。このようにして、これまで調査研究している滞日韓国シャーマニズムはまだ、未知の研究テーマだと言える。

　ここ数年の間、韓国の社会や文化など広範囲にわたって日本人の韓国に対する関心は急速に広まっているように思える。恐らく、今後は多くの学者・研究者が様々な分野から身近な存在である滞日韓国人の研究に取り組むと思われる。韓国の基層文化がシャーマニズムであるなら、滞日韓国人の基層文化も滞日シャーマニズムである。そういった意味で本書は、多くの人に滞日韓国シャーマニズムの存在を知らせ、理解してもらい、身近に存在している韓国人や韓国文化に対する素朴な疑問、興味を持つように

なったら、本書のもう一つの目的が叶えることになる。

　本書の出版にあたっては多くの方々にお世話になった。特に書で取り上げた菩薩・スニムの方々と依頼者の方々には深くお礼申し上げたい。そして、ご指導を頂いた多くの方々にもお礼申し上げたい。とりわけ、多忙にも関わらず事細かく指導してくださった我妻和男先生には心から感謝申し上げたい。また、我妻綱子先生にも多大なご指導を頂きました。そして、J&C出版の尹錫山社長とスタッフ皆さんにも厚くお礼申し上げたい。

2005年

著者

日本の中の韓国文化
－滞日韓国人の宗教生活－

著 者
申 長鎬(しん じゃんほ)

韓国テグ広域市に生まれる。
麗沢大学外国語学部日本語学科卒業
筑波大学大学院地域研究研究科修了(文学修士)
麗沢大学大学院言語教育研究科修了(文学博士)

専攻、 日本学(日本語教育、比較文化)

・ 저자와의 협의 하에 인지는 생략합니다. ・

初版印刷 2005年 12月 16日 | 初版發行 2005年 12月 28日

著 者 申 長鎬
發行處 제이앤씨
登 錄 第7-220號

132-031 서울市 道峰區 倉洞 624-1 現代홈시티 102-1206
TEL (02)992-3224(代) FAX (02)991-1285
e-mail, jncbook@hanmail.net | URL http://www.jncbook.co.kr

ISBN 89-5668-304-2 93830   / 정가 15,000원